Gilles Leroy

Dans
les westerns

Mercure de France

Gilles Leroy est né en 1958. Après des études de lettres, il devient journaliste et publie son premier roman en 1987. Il quitte Paris en 1995 pour s'installer dans un hameau du Perche. Il est l'auteur notamment des *Jardins publics* (1994), de *Machines à sous* (prix Valery Larbaud 1999), *Soleil noir* (2000), *L'amant russe* (2002), *Grandir* (2004), *Champsecret* (2005), *Alabama Song* (prix Goncourt 2007), *Zola Jackson* (prix Été du livre / Marguerite Puhl-Demange 2010), *Ange Soleil* (2011), *Dormir avec ceux qu'on aime* (2012), *Nina Simone*, roman (2013, prix Livres & Musiques de Deauville 2014), *Le monde selon Billy Boy* (prix Marcel Pagnol 2015) et *Dans les westerns* (2017).

1

Hell's Kitchen

Joanne Ellis

Du dernier étage, on voit le ciel sans fin, le ciel piégé tout autour par le verre. Les nuages glissent en accéléré, ils fuient, dirait-on, oubliant derrière eux l'épais rideau de pluie que le vent pousse, oblique.

D'un effleurement sur la commande du variateur, l'assistant du festival a baissé les éclairages et plongé le petit salon dans la pénombre acajou des claustras, il l'a fait sans demander, sans en recevoir l'ordre non plus, il sait par habitude qu'il faut reposer l'œil des gens dont c'est le métier de voir toujours, et montrer, se montrer. Quand la lumière s'adoucit, la voix aussi se tamise : on voit moins crûment, alors on parle moins fort. Nous sommes là, chuchotant, dans la ouate des capitons de cuir havane et de l'épaisse moquette d'un blanc crémeux. Joanne Ellis, amaigrie, paraît plus petite aussi, comme rétrécie dans les trois dimensions. Elle flotte au creux de la grande chauffeuse. Une sibylle. Un oiseau bleu au filet de voix gracieux, un peu tremblant. Elle observe le repose-pied devant elle, je vois qu'elle hésite. Elle sourit, timide et mutine, l'air d'une fillette guettant une permission et, avant même que je comprenne le jeu de ce regard qui court du repose-pied à mon front obtus, d'une poussée ferme sur le talon du soulier elle fait sauter l'un après l'autre ses escarpins bleus, du même bleu myosotis que la robe portefeuille, et étend devant elle ses pieds nus, ses jambes halées sur lesquelles pudiquement elle rabat les pans de la robe. *Et voilà*, soupire-t-elle en français, conquérante, puis elle tortille de plaisir ses orteils aux ongles courts. Le gros orteil est un peu dévié, tordu par soixante-dix années d'une vie perchée sur talons dès le plus jeune âge. La lumière artificielle est flatteuse, elle le sait, elle le sent, aussi dénoue-t-elle le chèche de mousseline qui enveloppait sa gorge jusque sous le menton mais elle ne peut empêcher sa main de vérifier, de lisser, machinale, les tendons du cou.

Ellis, vocal 1, Lincoln Center

« Vraiment, il vous intéresse, ce vieux film ? J'aurais très bien pu l'oublier, quant à moi, d'ailleurs je ne suis pas sûre de me rappeler ce qu'il y a dedans, je crois que ce n'était pas fameux, fameux. Pourtant j'ai de puissants souvenirs de ce qui se passait hors champ, qui allait marquer nos vies à tous et qui ne se voit pas à l'écran – mais de cela non plus je ne suis pas certaine,

12

souvent la caméra perce en nous ce qu'on croyait le mieux caché, le plus impénétrable, et ce qu'on ne veut pas lui donner, elle nous le soutire au premier regard un peu flottant, à la première hésitation de lèvre. C'est un western comme on en tournait à la chaîne, il y a des lustres, et je me demande quelle mouche les a piqués, à la Paramount, de vouloir le ressusciter.

« Les mystères de l'industrie, disent-ils. Vous serez à la projection ce soir ? Ils ont convoqué le ban et l'arrière-ban, trois mille têtes, je crois – oh ! Ne le prenez pas mal, je ne disais pas ça pour vous, mais cette folie des grandeurs m'étonne...

« Que de bruit pour une reprise, tant d'énergie, tant d'argent. Partout dans la presse il n'est question que de la nouvelle copie. En arrivant tout à l'heure, j'ai vu le panneau géant à l'angle de Columbus et de la 65e. Bigre. Si je m'attendais à revoir un jour cette affiche. Vous connaissez la version d'origine, je veux dire : en noir et blanc, avec le son de casserole ? Non ?... Vous vous contrefichez du film, comme tout le monde. Vous êtes là pour Robert Lockhart. Moi pareil. Si ce n'était pour lui, Bob, parce que le festival lui rend hommage, je me serais abstenue, croyez-moi.

« Ils sont si fiers de leur bricolage, du flambant neuf, colorisé, remastérisé – non, quel ennui ce jargon, ce laïus qu'il me faut réciter sans comprendre, Bob saurait me l'expliquer, lui, il a toujours aimé ouvrir le ventre des choses, cette réalité très terre à terre du métier, avec lui je comprendrais – mais au fond de moi, je sais que la technologie la plus brillante ne sauvera jamais un script indigent et j'ai vu ce que donne cette mode commerciale, l'image peinturlurée n'est pas plus riche ni vivante, elle est moins sensuelle, au contraire, moins réelle, comme ce son décapé, optimisé soi-disant, je vais encore me trouver une voix affreuse – sans parler de ma tête, et là, ce n'est la faute de personne, encore moins de la technique, je me suis toujours fait horreur à l'écran.

« Longtemps j'ai essayé de fuir les projections. La veille des premières, je tombais malade ou je me cassais quelque chose, une cheville, un genou. Je me couchais, quoi. Vous parlez d'une vie. On passe son temps dans la terreur de son apparence. Face au miroir, chez soi ou dans sa loge, on triche, on se recompose, on se ment. Mais se voir à l'écran, sans pouvoir se corriger ni rembobiner, ça, c'est infect... Et les années n'apportent pas la sagesse, ce qu'on aurait pu gagner en confiance et en acceptation, on le perd avec le délabrement du corps. C'est sans fin, sans fond. Ce jeune homme du festival, que vous voyez, déclarait ce matin en conférence de presse que c'était fini, le cinéma analogique, et j'ai entendu que *j'étais* finie, anachronique autant hausser les épaules, vous avez raison, et puis je n'aurai pas perdu ma journée puisque j'apprends de nouveaux mots en même temps que ma disparition imminente des mémoires. »

Une pause. Inquiète, Joanne Ellis tend l'oreille, écoute la pluie qui redouble et gifle les vitres avec entrain. Elle a froncé ses grands yeux clairs, incolores ou, disons, à la couleur mal définie, alors ils boivent le ciel, plus ou moins gris, plus ou moins dorés selon l'heure et la saison. (Mais dire ça, n'est-ce pas enjoliver déjà, s'arranger avec les nuages ? Un observateur honnête dirait que les yeux sont usés, simplement – ils ont vécu tant de saisons –, le temps qui les a voilés n'est pas le temps qu'il fait mais le temps qui passe.)

Sur les photos de plateau du western qui ressort à grands frais, l'actrice a d'étranges yeux noirs, un noir terne, comme plastifié : c'est qu'elle interprète, disent les fiches du festival, une jeune métisse apache recueillie par des colons blancs. Toujours selon ces fiches, l'histoire se passe dans le monde des convoyeurs de bétail où deux frères ennemis, l'aîné, fils biologique, et le cadet, fils adoptif, se battent pour la reconnaissance du père et le cœur d'une jeune fille – cette Apache blanche, donc.

« *La Piste héroïque* est le premier film de Bob, mon premier film en tant qu'adulte (j'avais tourné une douzaine de films, enfant, mais rien depuis que j'étais devenue femme, et personne ne pouvait prévoir comment je serais accueillie, si j'allais passer la rampe ou décevoir, au contraire, me voir chassée des écrans comme tant d'autres enfants modèles, car c'est une vie

15

traîtresse, infiniment, qui veut de vous, qui ne veut plus de vous, et aux lauriers tressés succèdent la honte, le couperet, voyez toutes ces idoles du muet que le parlant a décapitées), Paul Young était un acteur en vue, lui, abonné aux westerns de série B et aux rôles de gentil, les gosses et leurs mères l'adoraient pour son sourire blanc et cet éternel brin de paille qu'il tenait pincé entre les dents.

« Pour jouer le père de Paul, Howard Hughes voulait Gary Cooper, qui déclina l'offre, et finalement on se rabattit sur John Wayne, mais ce cinglé de Hughes détestait Wayne qui lui avait soufflé une maîtresse, et Wayne méprisait Paul qu'il appelait sa copie châtrée, son double pour débutantes – et pour tout arranger le metteur en scène aussi débutait, un certain Howard Munch, que Hughes traitait comme il traitait tout le monde, en esclave. On s'était croisés à New York, au conservatoire d'art dramatique puis dans un atelier d'écriture, à une époque où Munch ne savait pas s'il voulait devenir acteur, écrivain ou cinéaste.

« L'ambiance sur le plateau se ressentait de son inexpérience, on était tous sur les nerfs, à l'exception de Bob, incroyablement serein, à croire qu'il portait des bouchons d'oreille, que l'angoisse ni l'hystérie ne l'atteignaient, il se promenait mains dans les poches et l'air en confiance comme s'il était à la place qui l'attendait depuis toujours, la raison même de sa venue sur terre – arrivé enfin à destination. Gary Cooper l'aurait intimidé (à ses yeux, c'était et ça reste le plus grand) mais Wayne, non, Wayne il s'en fichait, aussi il n'eut aucun mal à incarner son fils adoptif, un demi-fils mais un cœur entier, insoumis et sublime, tandis que le vrai fils, joué par Paul, jaloux de l'adoration que son père portait à son rival, essayait de saper sa réputation. Ça me revient maintenant : le père et le faux fils se querellaient au sujet de l'itinéraire à prendre, la piste Chisholm ou bien une autre, moins dangereuse mais plus longue, pour convoyer le bétail en plein territoire indien ; quant au fils légitime, il voulait épouser la petite vivandière du convoi, ça c'était moi, mais je lui préférais Bob – bien sûr – car j'étais une innocente garce – évidemment.

« Je vous amuse, hein ? Profitez-en, vous rirez moins ce soir, vissé à votre fauteuil pendant deux heures et quelques. J'ai un peu oublié la suite, sauf que ça finit mal pour tout le monde et de toute façon mon personnage n'intéressait personne, à commencer par les scénaristes. Un film de mecs, quoi, un Œdipe sans la mère, de la castration entre père et fils comme on en a tourné au kilomètre depuis que le cinéma existe, et moi là-dedans je jouais une fois de plus les utilités, mais là, rien de neuf non plus sous le soleil des plateaux.

Chisholm Trail, 1948

« Ça avait tout l'air d'un film maudit, de ces aventures de productions qui s'enfantent dans la douleur, qui progressent de travers et ne peuvent aboutir à rien de grand.

« Après deux premières semaines dans le studio-ranch d'Encino, on a quitté Los Angeles pour les étendues barbares d'Arizona. Jamais on n'aurait dû se retrouver là à la saison la plus chaude, mais le tournage avait commencé avec deux mois de retard et au lieu du soleil d'avril, c'est celui de juillet qu'il allait falloir endurer. Le ciel nous a punis. Ce fut la météo d'abord, les tempêtes de poussière, pas moyen de tourner ni même de mettre le nez dehors, des jours et des jours on restait confinés à l'hôtel, le standard avait sauté, ou les lignes avaient été arrachées, aucun contact avec le monde, j'imaginais mon père mort d'inquiétude, puis, le vent tombé, le téléphone rétabli, c'est la canicule qui arriva, 49°, je me souviens, la pellicule fondait dans les magasins, les orages secs rendaient fous les chevaux ; enfin il y eut la maladie de Wayne, son pied s'infecta et il fallut l'immobiliser sous peine de gangrène.

« Avant même qu'on ait commencé à monter les premiers mètres de film, l'ardoise s'élevait à trois millions, un scandale pour l'époque, de mémoire de cinéma jamais les retards n'avaient autant explosé un budget. Au moment de payer les dépassements de cachets, les assurances prétendirent que Wayne, blessé avant le tournage, avait dissimulé la gravité de son état et, comme elles n'en trouvaient pas la preuve, elles décidèrent équitablement qu'aucun acteur ne toucherait un centime de plus. Et vous savez quoi ? *La Piste* a rapporté à la RKO plus de dix fois sa mise, trente millions dans le pays, presque autant à l'étranger. C'est ainsi qu'un petit western sans ambition devint l'un des plus gros cartons de Hughes, au point que nous sommes là, cinquante-cinq ans plus tard, à fêter cette copie coloriée avec bande-son tonitruante alors que son titre ne dit plus rien à quiconque, hormis les cinéphiles et les mathusalems du milieu.

« Au passage, un autre s'enrichit, et ce fut une petite sensation dans le milieu, justement : Paul Young était le seul acteur à avoir accepté un salaire médiocre (un beau salaire, en réalité, dans sa catégorie à lui, qui le plaçait tout en haut sur l'échelle des acteurs de western B) et il demandait en contrepartie un pourcentage sur les recettes. L'excentricité fit sourire – le cow-boy se tirait une balle dans le pied. Et Hughes s'était frotté les mains, qui ne voyait dans la tractation qu'une vanité d'acteur en quête d'un statut au-dessus de ses moyens. Les acteurs sont si bêtes, n'est-ce pas. Il faudrait poser la question à Paul Young : je suis certaine que les royalties tombent encore, et qu'elles repartiront de plus belle avec les nouvelles copies, les disques optiques, l'internet et tout ça. Oui, ça me fait rire, que voulez-vous ? C'est l'ironie de notre métier : le seul de cette entreprise que la critique et la profession ont jugé mauvais est celui qui en a le mieux profité.

« Tout fut catastrophique, sauf Bob. Chaque

matin il se présentait sur le plateau en luttant des coudes et des épaules dans l'accoutrement de vacher qui ne lui allait pas, bougonnait-il, il ne pouvait pas bouger dedans et se sentait plus empoté qu'un figurant amateur – mais à chacune de ses apparitions Munch se pâmait d'admiration, chaque matin, oui, ébloui comme au premier jour. C'était comme s'il découvrait un filon sans fin, comme si chaque jour lui révélait une nouvelle facette de son acteur qui lui avait échappé aux essais, puis aux lectures, puis aux premières prises. Il en restait bouche bée de longues secondes. Il y avait sa haute taille bien sûr, ce corps monté sur échasses et qui dansait plus qu'il ne marchait; il y avait ce côté sombre aussi, sa peau mate, ses cheveux noirs, épais, ses sourcils comme deux traits à l'encre de Chine. Mais surtout il y avait son regard. D'où venaient les abeilles dans ses yeux, des abeilles noir et or, insaisissables, qui virevoltaient sans fin et faisaient vibrer l'air autour? Dans son regard, vous aviez le miel et l'instant d'après la morsure. Comme ça, pfft. Il souriait, il piquait.

« Et Munch, ma foi, avait été bien piqué. J'en ris encore, mais tout le plateau se moquait dans son dos du petit metteur en scène vampé. C'était platonique, bien sûr, et pourtant... Vous verrez, ce soir, on sent le désir à l'image. On voit que la caméra bande. C'est Tenn qui m'avait fait remarquer ça, et il avait raison. Tenn ou bien Truman, je ne sais plus. »

Souvent je dois marquer un temps, suspendre l'écoute pour traduire les raccourcis de Joanne Ellis, comprendre que Tenn signifie Tennessee Williams et que Truman, en entier, fait Truman Capote. Parfois c'est plus simple, donné par le contexte, comme lorsqu'elle dit juste Howard et que des deux Howard elle désigne évidemment le réalisateur, pas le financier.

« Il faut comprendre qu'on était des gosses. Il y avait les vieux, Wayne, les producteurs, les techniciens ; et il y avait nous, Howard et Bob avaient vingt ans, moi dix-huit et Paul en avait vingt-sept – ce qui explique que la catastrophe ait pu se convertir en trésor dans nos existences, et là je ne parle plus dollars ni carrière, je parle de ce trésor que fut l'amitié fidèle d'Howard pour nous trois, je parle de cet amour qui naquit du tournage et qui se passa entre Bob et Paul, et qui me laissa si malheureuse, seule et humiliée, dont je garde pourtant un souvenir ébloui comme nous éblouit chaque fois l'amour à son avènement, même celui qu'on envie ou pire, celui qui surgit entre deux autres et vous chasse du cadre, oui, j'ai gardé un souvenir merveilleux de mon chagrin même, parce que j'avais dix-huit ans, n'est-ce pas, et que si je pleurais toutes les larmes de mon corps en voyant Bob aimer ailleurs, aimer là où j'étais impuissante, je savais aussi que ce corps avait toute puissance sur plein d'autres hommes, et la vraie vie, celle dont j'ignorais tout alors que la fausse, la vie des plateaux, avait commencé très tôt, trop tôt même, au dire de certains, la vraie vie n'en était encore qu'à ses balbutiements, elle connaîtrait des faux départs et des ratés sans que je puisse savoir au bout du compte ce qu'était échouer vraiment et vraiment réussir, car le corps neuf et vaillant que je lançais dans l'aventure était comme ce film lui-même, une piste au final plus miraculeuse qu'héroïque

oui, lorsque j'y songe, je me revois, atterrée, incrédule, lisant sur mon lit ce scénario promis à devenir un navet de plus, et c'est lui pourtant que l'on ressort en fanfare, lui qui nous réunit et nous replace pour quelques jours dans la lumière comme si avec lui nous avions gagné le panthéon de notre art, pourquoi celui-là plutôt que tant d'autres scripts médiocres tournés dans les mêmes conditions et avec des distributions ni meilleures ni pires ? Pourquoi lui, et pas les cent autres auxquels j'ai prêté mon corps et ma vie, qui ont disparu des mémoires sitôt leur affiche recouverte au frontispice des cinémas ? Pourquoi, je ne saurais dire, sinon que ce film que je n'aimais pas, qui à mes yeux ne valait pas un caramel, m'aura toujours réservé son lot de surprises, déjà à l'époque, à sa première sortie, quand vous n'étiez pas né, il rencontrait un succès insolite et absurde, déjà on disait que c'était un phénomène de génération plus que de cinéma, que Bob, Munch et moi on s'était mis à incarner un rêve nouveau pour les très jeunes gens qui ne trouvaient pas leur compte avec

Brando, malgré nous on se retrouvait à symboliser une Amérique revigorée, entendez : une Amérique d'attaque, positive et rassurante, bref, un rôle dont on se serait bien passé, et c'était comme si ce film devait me préparer à quelque chose, comme s'il murmurait à mon oreille que tout dans cette existence n'est que de raccroc, et que la seule différence entre les gens normaux et nous, c'est que nous, les acteurs, savons que nous jouons...

« Quelle tristesse qu'Howard ne soit plus là pour ce triomphe, il eût été si fier. Je parle de Munch, bien sûr – l'autre se fichait du cinéma comme la plupart des gens qui y mettent de l'argent.

« Vous me trouvez sombre ? C'est ce temps, aussi... Je déteste le vent. Le vent me fait peur. Je crois... Je crois que je n'ai pas envie d'être là. »

Elle voudrait rire – c'est une femme qui doit se moquer facilement d'elle-même –, le rire ne passe pas ses lèvres.

« Se revoir si jeune, qui en a envie au fond ? Ça fait du bien, ça fait encore plus de mal... Oui, je m'étais persuadée de ma laideur, une tare arrivée à la puberté et qu'on ne pouvait pas rater puisque c'était en plein visage : mon nez avait poussé, énorme avec une bosse au milieu. Je passais mon temps à la triturer, à évaluer sous mes doigts la déformation de l'os que j'imaginais monstrueuse. On eut beau me photographier de face et de profil pour me prouver le contraire, me dire que la bosse se devinait à peine et qu'elle ajoutait du caractère à mes traits, je me voyais défigurée. Et ça n'allait pas s'arranger car j'ai repris les tournages et j'ai surpris plus d'une fois les gars sur les plateaux qui tous disaient que j'étais, ouvrons les guillemets : super gaulée, refermons les guillemets, mais aucun ne disait que j'étais belle, alors j'ai cru que c'était pour ça qu'on m'employait, comme une fille bien roulée, un objet de convoitise, peut-être, mais pas d'amour.

« Ne dites pas cette chose à laquelle vous pensez, qui se lit dans vos yeux. Je n'ai pas fait rectifier mon nez parce que chez les Elizarov, mes parents, il n'est pas distingué de le faire. Il n'est pas digne de toucher à son corps, c'est un péché d'orgueil, une offense à la matière – Lev et Margaret sont des athées radicaux qui ont remplacé le mot dieu par celui de nature. Paradoxal, pour des gens qui ne juraient que par le théâtre et les arts plastiques. J'ai eu des parents formidables. Notez-le bien, si vous écrivez sur moi, car très peu d'acteurs peuvent en dire autant – la plupart du temps, les acteurs naissent du chaos, du manque d'amour et des rêves avortés de leurs géniteurs. Pour revenir à Bob, puisque vous êtes là pour lui, il a eu une enfance de chien pouilleux et encore, certains chiens des rues sont plus choyés, mieux soignés par des inconnus que lui ne le fut par son père. »

De l'autre côté de l'avenue, le campus du Lincoln Center luit comme un étang sale sous le ciel mercuriel, les derniers passants ont renoncé à sauter les flaques et pataugent jusqu'aux chevilles, fatalistes. Imbibés par huit jours de pluie continue, les carrés de jardin rendent gorge et la dalle blanche de l'esplanade disparaît sous le mélange de terre recrachée et de flotte. Suspendu au fronton de l'Alice Tully Hall, un cordiste lutte avec l'oriflamme qui annonce la venue exceptionnelle de Robert Lockhart le soir même et qui, mal arrimé, menace de tomber. Bouche bée, Joanne Ellis suit la scène : *Mais qu'est-ce qu'il veut au juste?*, l'air de penser : *Qu'il l'enlève, plutôt, qu'il décroche tout puisque ce soir...* Ce soir l'acteur sera à quatre mille kilomètres, resté chez lui, trop souffrant pour prendre l'avion, dit-on, et ces mots incongrus me traversent l'esprit, peut-être soufflés par cette bannière claquant au vent, que l'acteur bat de l'aile – mais la toile gonflée d'eau est trop lourde, les bourrasques la secouent, l'enroulent, la retournent, le corps de l'ouvrier percute la façade, aussi il abandonne et, d'un signe du poing, demande qu'on le remonte sur le toit. Joanne Ellis applaudit.

« Je vous jure que ce film a la poisse. Il l'a toujours eue. Nous, les acteurs, nous portons une grande attention aux signes, vous savez? Et savez-vous, par exemple, que Robert Lockhart dans son enfance était funambule?

« Bobby et moi, on a cette chose en commun d'avoir commencé à travailler très tôt, d'avoir été des petits singes exhibés dès le plus jeune âge. Oh, la comparaison s'arrête là, j'ai grandi loin des réalités fâcheuses, dans une famille d'artistes et d'intellectuels new-yorkais, puis dans le circuit du cinéma, à l'écart de tout, dans cette cité artificielle de la Metro-Goldwyn-Mayer à L.A., une ville à l'intérieur de la ville, disait-on à l'époque, sauf que je ne voyais jamais Los Angeles, j'étais cloîtrée dans un décor, ce trompe-l'œil de Culver City, parquée dans la petite école au toit rouge cerise où nous étions une quinzaine de pseudo-prodiges, filles et garçons, à faire semblant d'étudier, on ne faisait rien qu'apprendre un peu d'anglais et d'arithmétique, les cours de danse, de chant, de comédie occupaient tout notre temps avec les séances chez le coiffeur, le dentiste, le kiné, le phoniatre, à part ça rien, on nous traitait avec les égards réservés à des créatures lucratives, un chauffeur pour nous conduire à l'école, imaginez un peu le ridicule, de beaux habits payés par les studios et dont je ne voulais pas, évidemment, parce qu'on avait beau être des trésors nationaux et accessoirement des potiches pas finies de cuire, on restait d'accord pour être des gosses, avec des lubies de gosses, et c'est quand même plus pratique de faire les quatre cents coups en short et en tennis plutôt qu'en robe de princesse et vernis à bride, mais on avait tout ce dont rêvent les parents, en gros, des parents qui à leur façon, même abusive, même maladive, nous choyaient et ne souhaitaient pas notre perte, la plupart n'avaient aucune conscience d'exploiter leur progéniture, de la monnayer tel un vulgaire matériel humain, la plupart croyaient sincèrement faire notre bonheur – tandis que Bob, c'était le jour et la nuit, son enfance, son père le pressait sans relâche et sans nulle récompense, pas le moindre signe d'affection chez ce type, Wallace Lockhart il s'appelait, un forain des faubourgs de Glasgow, artiste de cirque, soi-disant, qui passait plus de temps au comptoir des pubs que sur les champs de foire ou sous les chapiteaux, et le gamin ne mangeait que les soirs de chance où le père n'avait pas bu et pissé sur les murs leur dernier argent

oui, leur argent, car c'est Bob qui les faisait vivre, Bob le petit danseur de corde que de tout le comté les foules venaient applaudir, une vedette à six ans, jusque dans les Hautes-Terres on se répétait son nom, les troupes du pays se l'arrachaient, le directeur du cirque royal d'Édimbourg avait fait le déplacement sur les bords boueux de la Clyde

la légende, dites-vous ?

peut-être, mais il faut croire aux légendes, nous sommes payés pour ça et nous payons de nos vies pour ça, la légende dit aussi que le petit Bob sut marcher sur un câble avant de tenir debout sur le pavé des rues, il avait deux ans lorsque son père le hissa sur son premier tréteau, le fil était tendu à un mètre cinquante de haut sur trois mètres de long et le gamin s'en était acquitté assez vite, une chute, puis deux, puis trois, il était remonté chaque fois, chaque fois encouragé, houspillé, menacé par le père, si bien qu'au bout d'une semaine de gadins et de cris il fit son premier aller-retour sur le câble, la nuque droite, les bras en balancier, un rictus scotché sur les lèvres en guise de sourire ou de cache-douleur. Plus haut, toujours plus haut, disait le père. Et il allongeait le câble en même temps qu'il le remontait, car il avait un projet pour son fils, un record unique : le suspendre au-dessus de la Clyde, lui faire enjamber le fleuve plus haut que le plus haut des ponts. Pas étonnant qu'un jour Bobby s'en soit allé ferrailler les étoiles. »

Elle renoue le chèche à son cou, un tour, puis deux, puis trois. Le signal, sans doute, que mon temps est passé. Le garçon du festival est revenu, lui tend un téléphone auquel elle doit répondre. Elle s'est mise à parler fort – pas comme quelqu'un qui voudrait qu'on écoute sa conversation mais comme quelqu'un qui a peur.

« Pardon pour le coq à l'âne – ces maudits téléphones, toujours urgents, disent-ils. J'ai cru qu'on me passait l'hôpital mais non, à croire que plus personne ne sait peser ses mots, celui d'urgence en particulier. Bob, oui. On a dû l'hospitaliser. Je voudrais tellement qu'on me dise que ça ira mieux. Bob est solide. Une force de la nature, tout le monde le dit. Au physique comme au mental, il encaisse, il résiste. Le mois dernier encore, les médecins avaient bon espoir, son chirurgien me rassurait. Là, j'ai laissé trois messages. Pourquoi ne rappelle-t-il pas ? »

Paul Young

« Si vous voulez lui parler, et vous devriez lui parler, avait dit l'assistant du festival, il faut prendre rendez-vous au plus vite. »

Young, vocal 1, Park Avenue

C'est lui qui m'a appelé le premier, lui, le fils légitime du western, l'acteur blond retiré du circuit depuis fort longtemps et qui n'y remettait les pieds que par fidélité à un film qu'il avait aimé faire et que la nouvelle copie restaurée aiderait, sinon à ressusciter, du moins à sauver de la destruction chimique, un homme dont la voix avenante se teintait de dérision comme pour me dire et se redire à lui-même les raisons qu'il avait eues de fuir ce métier, qui m'a parlé de façon directe, très américaine, allant droit au but : « Je reste en ville trente-six heures, pas une de plus, on a dû vous prévenir, j'irai à la projection ce soir mais si vous voulez qu'on parle, je vous propose demain matin, 7 h 30 à mon hôtel, la 54ᵉ au coin de Park Avenue, soyez ponctuel, je redécolle de Newark à 11 heures », débitant tout cela sans me laisser placer un mot, pas d'espace pour une question ou une objection, comme si ce n'était pas vraiment lui, en direct au téléphone, mais un enregistrement de sa voix qu'un automate diffusait, me dictant, oui, il n'y a pas d'autre mot, m'imposant son agenda, et me voici à 7 h 29, donc, dans le vieil ascenseur de marbre rose qui file au vingt et unième étage avec une souplesse étonnante, me demandant comment m'y prendre avec cet acteur dont je ne sais rien, même pas le nom exact, qui au générique du film s'appelle Paul Young et que le concierge de l'hôtel, me corrigeant, a appelé monsieur Paul Young Jr, à 7 h 30 précises l'acteur blond m'ouvre la porte et me fait entrer dans le petit salon de sa suite, il n'a plus de blond que ce beige cendré recouvrant ses cheveux blancs mais il est encore bien pour son âge, quatre-vingt-trois ans si la notice biographique ne triche pas, la taille élancée, le dos droit, il porte un jeans empesé et une chemise de percale gris souris un peu trop cintrée, aux pieds il arbore de très inattendues bottines en serpent, grises elles aussi, à croire que toute nostalgie ne l'a pas quitté de son premier métier et que, devenu un grand capitaine d'industrie et un sénateur des plus conservateur, une pointe d'excentricité lui est restée des déguisements de sa jeunesse avec ce goût des bottes de vacher, une signature sympathique, un côté sans prétentions qui doit plaire, j'imagine, dans les revues de finance et de politique dont il fait la couverture plus souvent qu'il n'avait fait jadis la une des pages cinéma, et, toujours cash, il me demande si j'ai aimé le film projeté la veille mais sans attendre ma réponse, comme s'il avait tout de suite senti mon embarras, il prend les devants : « Un peu kitsch, non? », sur quoi je hoche la tête, interdit, parce que le kitsch serait plutôt ici, dans cet hôtel refait à neuf et pourtant démodé, avec ses laitons étincelants, ses sols miroitants en rosaces de marbre, ses murs retapissés à l'identique d'une moquette rouge et or qui avait dû faire son effet cinquante ans plus tôt, avec ses dais en soie rouge à même motif de fleur de lys jaune qui orne la tête des lits comme je peux l'apercevoir par la double porte entrouverte sur la chambre tandis que Paul Young, deuxième du nom, me guide, sa main carrée sur mon épaule, vers la vaste terrasse pavée de brique sur laquelle est dressé le petit déjeuner, nous voici cernés par les falaises de verre des buildings tout autour, sous le regard dérobé des milliers de fenêtres : « Vous n'avez pas le vertige, au moins? » s'inquiète-t-il, amusé, non, bien sûr que non, le vertige est un luxe qu'on ne peut se permettre ou alors il faut changer de ville, et c'est reparti pour le soliloque, il expulse les mots par cette même rotation de la langue qui lui fait broyer puis engloutir ses œufs brouillés à la truffe et ses toasts nappés de beurre, il fait si froid, le même soleil qui nous aveugle ne chauffe plus en ces premières heures de l'automne, le serveur apporte des plaids avec un nouveau pot d'eau bouillante dont il remplit la théière, et, tandis je me demande pourquoi un homme riche comme monsieur Young choisit de se perdre dans un hôtel somme toute médiocre dont même la suite présidentielle manque de classe, l'ancien acteur doué d'intuition entend encore ma question muette : « Ce n'est pas qu'il soit beau, ce simili palace, mais je ne peux m'empêcher d'y revenir, c'est affectif, vous comprenez, c'est sentimental... des bons souvenirs sont attachés à ces murs, oui... C'est ici que j'ai vécu, jeune homme, à mes débuts, oh ! pas dans cette suite ronflante, non, dans une chambre simple des étages plus modestes. Puis je suis parti sur la côte Ouest, j'ai eu ce moment où ça marchait pour moi, et alors j'aurais pu jouer le jeu, descendre dans les palaces pour vedettes et millionnaires, mais c'est ici que j'ai continué de loger quand je revenais en ville, même que ça étonnait Lockhart, je veux dire : Robert Lockhart... Jamais il n'a voulu dormir ici... On se pintait au bar de l'hôtel jusqu'au milieu de la nuit, mais il repartait toujours, qu'il pleuve ou qu'il neige, Lockhart rentrait dormir dans son petit appartement de la 44e, deux méchantes pièces tout ce qu'il y a de sommaire, où il n'invitait personne parce qu'il avait honte, disait-il, mais je ne crois pas, je crois que c'était sa tanière, son havre, c'était là qu'il pouvait être seul... », Paul Young a cessé de manger, repoussé loin devant lui l'assiette

33

qui percute la mienne : « Oh! je comprenais, il faut comprendre ça, voyez-vous, comment on peut en avoir marre à certains moments, éprouver alors ce besoin vital de paix, de silence, d'ennui. Plus tard, Lockhart devenu une vedette aimait faire le zouave au Pierre, au St. Moritz, au Waldorf Astoria – le Waldorf surtout, *à cause du train secret*, disait-il, c'était comme un bout de métro privé, un tunnel ferroviaire qui reliait la gare centrale à l'hôtel sauf que la rame unique ne comptait qu'un wagon, et quel wagon, décoré tel un fumoir pour gentlemen – ça l'amusait comme un môme. À cette époque on passait notre vie en train mais ensuite, avec l'avion qui faisait la navette entre New York et Los Angeles, on a cessé de prendre le train et, du coup, plus de gare centrale, plus de Waldorf, Lockhart a pris un appartement décent, cette fois, pas loin d'ici, sur la 52e, où je ne suis pas plus allé que dans le garni de Hell's Kitchen, mais c'est une autre histoire, je m'égare », je le sens qui commence à lâcher, désorienté en effet, j'ai peur qu'il ne se mette à gâtifier ou ne me chasse, aussi je me décide à ouvrir la bouche, à manifester ma présence, mon bon vouloir : « Il est très bien, cet hôtel, central, pratique, j'aime son charme suranné », Paul Young hoche la tête, le mensonge poli ne lui fait ni chaud ni froid, ou bien il n'a pas entendu, il écarquille les yeux, le café noir suinte un peu aux commissures de ses lèvres, la voix se fait râle, murmure.

« La vérité? J'ai peur d'avoir de la peine. Je sais

que dans ces lieux, dans ces hôtels où il allait, il y a des suites baptisées à son nom, parfois même des salons, et si jamais je passais devant, rien qu'à lire son nom en toutes lettres sur une porte, eh bien... je crois que je voudrais entrer. C'est con ce que je dis là, n'est-ce pas, parce que même si je poussais la porte et si j'entrais, évidemment il ne serait pas derrière... Rien que son nom croisé sur une plaque... », il lève ses mains devant ses yeux, forme un cadre imaginaire qu'il fixe avec effroi, « ... je risquerais de le regretter. Ça pourrait me causer de la peine, voilà... du chagrin au souvenir des belles années.

« Ah! Ça tourne? Vous enregistriez déjà? Alors comme ça, mademoiselle Ellis n'aime pas la couleur. Moi je trouve ça très chouette la couleur, je trouve très bien qu'on aille chercher le jeune public, qui sans ça ne connaîtra jamais le cinéma de la grande époque. Oh oui! Je sais que Jimmy Stewart, Lancaster et d'autres ont protesté qu'on leur peignait la face comme un œuf de Pâques, mais à quoi bon râler, une fois qu'on a signé on leur abandonne tout, son image, sa pudeur et le reste. Faire semblant de le découvrir maintenant, ce serait hypocrite, non?

« Lockhart et moi, donc, on ne s'est pas rencontrés à l'Actors Studio comme le veut la rumeur – je n'ai jamais mis les pieds là-bas –, mais sur ce tournage de *Chisholm Trail*. Comment vous l'appelez en français? *La Piste héroïque*? Ma foi, ça sonne presque mieux que notre titre. Au départ, entre acteurs mâles, on se méfie. Je ne savais jamais sur quel pied danser avec un partenaire, si ce serait la neutralité ou la lutte – la camaraderie est si rare que je ne l'envisageais même pas. Là, je me suis senti très seul. D'un côté, les jeunots qui se connaissaient déjà de New York, Lockhart, la petite Ellis et Munch formaient un clan où je n'étais pas invité. Quant à Wayne...

« Wayne était, comment dire ça poliment?... problématique.

« Il avait menti sur sa forme, il boitait et, malgré ses efforts pour le cacher, je l'ai vu tout de suite, les cascadeurs aussi ont compris, et certains techniciens. Mais on n'a rien dit, pas question de semer la panique, déjà que ce bleu de Munch nous menait dans le mur, infoutu de lire un télémètre, pas fichu de se faire respecter, du genre qui demande le silence plateau et ça continue de papoter dans son dos, une calamité, vous dis-je. Trois jours n'avaient pas passé que Wayne, trempé de fièvre, ne pouvait plus poser le pied au sol ni même enfiler les bottes. L'hélico l'a conduit aux urgences de la première ville. Un premier rôle absent sur un tournage, c'étaient dix mille dollars-jour qui partaient en fumée. Avec Wayne et son tarif, disons trente mille plutôt. Cette angoisse, plus l'incompétence du metteur en scène, plus la fournaise et les états d'âme de Jo Ellis... Je priais pour que Hughes renonce, qu'il décide d'arrêter les frais et me rende ma liberté. Mais ça n'arrive jamais. On doit aller au bout du cauchemar. Il n'aurait plus manqué que la nouvelle recrue, ce Lockhart dont on parlait beaucoup, soit un fléau comme on en voit tant surgir puis s'évanouir dans l'année, un enquiquineur, une couleuvre, un cabot. Il n'était rien de tout ça, bourré de talent, bosseur et sympathique, conforme en cela au bruit qui nous en arrivait de la côte Est.

« Ce que la rumeur et la presse sous-estimaient, c'était son incroyable grâce. Ce qu'elles ne pouvaient savoir, que personne n'aurait su prédire, à commencer par moi qui n'avais jamais regardé un homme *sous cet angle*, c'est que j'en tomberais raide.

« En fait, je ne l'avais pas regardé du tout, la veille, au dîner et à la soirée qui s'ensuivait dans un salon de l'hôtel. Je ne l'avais pas vu avant ce premier matin où je sortais de la caravane de maquillage et où il allait y entrer, costumé déjà, le stetson vissé de travers à l'arrière du crâne, pas du tout comme le portent les cow-boys mais plutôt les voleurs de chevaux et les insoumis. Je lui ai serré la main, je n'arrivais pas à la lâcher et en moi-même je pensais que ce type n'avait vraiment pas besoin de passer au maquillage, sauf si c'était pour l'enlaidir – une nécessité qui n'était pas dans le scénario que j'avais lu.

« On en voit, dans le métier, des physiques exceptionnels et des visages saisissants. Lui, Lockhart, c'était autre chose. Pas la perfection, non, un côté échalas sur ses jambes immenses, son menton avait un trou, son front et ses tempes étaient comme étouffés par la masse de

cheveux noirs (plus tard, les studios le convain-
craient de faire corriger cette implantation, ça
prendrait plusieurs séances d'épilation qui le
mettaient d'humeur massacrante, j'avais intérêt
à ne pas traîner dans les parages quand il rentrait avec le cuir rougi par l'électrolyse, mais il
ne put nier que ça en valait la peine, son regard
gagnait en intensité, ce nouveau front l'adou-
cissait, clair, aérien, poétique), non, il était pire
que parfait : on voulait entrer dans sa lumière,
dans sa sphère, on voulait le prendre dans ses
bras et sentir comment c'était d'être dans ses
bras. Ce je-ne-sais-quoi qui fait la différence
entre un grand acteur et un génie, il l'avait. À
l'époque, on appelait ça le *it* – tu l'avais ou pas.
It, c'était le pouvoir de séduire les deux sexes en
toute innocence, sans rien faire, juste en étant
là. Mais c'est au-delà du sexe, comprenez bien,
ça va chercher plus profond dans l'être, dans
l'enfance, dans les limbes... Un sortilège.

« Vous croyez que j'exagère ?

« Sur moi ça a marché. Ça a pris du ton-
nerre. Je ne m'appartenais plus, ma vie avait
basculé d'un coup, sur une poignée de main.
Là, c'est tout qui se mêle et se ligue pour vous
étourdir : le sourire, la fossette, la peau nue par
la chemise entrouverte, sa main chaude et son
haleine – j'en étais enveloppé, transporté. »

À regarder Young cligner des paupières et
vaciller un peu sur sa chaise, on dirait que la
tête lui tourne à nouveau, comme si l'apparition

revenait en mirage à ses yeux bleus délavés et tentait de le ravir une fois encore. Il est si fragile, soudain, la chair du visage se fissure – un plâtre sec, friable.

« Ma franchise vous choque ? Ne jouez pas l'étonné, pas d'hypocrisie, même polie. Comme si vous ne saviez pas, pour Lockhart et moi. Ou alors vous habitez une autre planète. Mais non, bien sûr que vous êtes au courant de ce qui se trame. Ce livre, oui. Tout le monde en parle, il y a des fuites dans toute la presse et des kilomètres de ragots sur l'internet. Des révélations intimes, soi-disant – un secret de polichinelle, oui. Toute la vie privée de Lockhart, et des photos de nous, paraît-il, des récits secrets. On ne s'écrivait pas, Robert et moi, c'était pas notre truc, aucun souvenir d'aucune correspondance à part les mots sur le frigo et les fax d'hôtels. Qui a pu raconter quoi, je l'ignore, mais des photos de nous il y en a plein, on se laissait photographier, tout le temps, dehors, chez nous, dans des moments de notre vie qui ne regardaient personne. Pour des gens qui se cachaient, c'est même dingue comme on s'est montrés.

« J'ai mis mes hommes de loi sur l'affaire, mais l'avocat de Lockhart leur a fait savoir la semaine dernière que son client ne s'opposerait pas à la publication. Et si lui ne dément pas, alors je serai le seul à nier, et j'aurai l'air d'un parjure en plus d'être un lâche. J'en ai assez d'avoir le rôle du salaud dans cette histoire. Plus de quarante ans que ça dure, quarante années qu'on m'éreinte de tous les côtés, les homos, les hétéros, les cul-bénits, les mécréants. Ras-le-bol. Il n'y a plus rien à sauver. Ni mes enfants ni mes petits-enfants n'en souffriront, ils sont assez intelligents, je crois. Il paraît qu'aujourd'hui ce n'est plus une tare. Selon mon épouse, c'est une erreur de jeunesse qui arrive à tout le monde, mais les gens qui disent ça sont en général ceux à qui ce n'est pas arrivé. Elle dit, Blossom, mon épouse, que je dois prendre les devants puisque je ne peux rien empêcher. Garder la main, reprendre le contrôle – et ça, je sais faire. Parler avant d'être balancé. Jo Ellis pense pareil, que je devrais faire une déclaration officielle. *Tu respireras mieux,* m'a-t-elle dit hier. Si seulement ça pouvait rendre à Lockhart ses poumons, l'aider, lui, à respirer. »

En quelques secondes, le ciel a viré au noir, une poche d'encre prête à crever sur nos têtes. Déjà le serveur a débarrassé la table et rentré les fauteuils. C'est toute la ville, bientôt, qui plonge dans la nuit. « On dirait une éclipse », admire Paul Young, puis, sans transition : « Les belles années sont si loin. » Il n'a pas évoqué les tours jumelles, on n'en parle pas, ça ne se fait pas, pourtant il m'a semblé deux ou trois fois voir ses yeux bleus scruter le ciel en direction du sud. Le décor a changé et Paul Young est épuisé, je le vois à l'affaissement de ses traits, aux cernes creusés d'un coup et au tremblement discret qui soulève l'extrémité de ses doigts, *Quarante ans que ça dure, quarante années qu'on m'éreinte* – les contradictions de son esprit n'en sont peut-être pas dans son cœur.

« On a fait fortune dans la viande. Toute ma famille, maternelle et paternelle. Mes deux grands-pères étaient courtiers en bétail, les plus puissants courtiers expéditionnaires d'Omaha. Pour rivaliser avec les parcs à viande géants de Chicago, le vieux Young et le vieux Magnussen ont arrangé le mariage de leurs enfants et c'est ainsi que j'ai vu le jour. Enfant, je faisais le tour des parcs et des gares de fret dans le sulky du grand-père Magnussen, un Viking pas rigolo, croyez-moi, qui refusait chez lui le confort et la technologie dont il truffait ses entrepôts et ses abattoirs. Aucun téléphone dans la maison, pas d'électricité dans les chambres ; l'eau courante, soit, mais pas de baignoire car les bains sont pour les oisifs, les personnes lascives. Ouais.

« Je ne suis pas du sérail, moi, je n'ai rien fait pour devenir acteur et je n'ai eu aucun mal à arrêter. Eva Magnussen et Paul Young, mes parents, n'avaient que répugnance pour ce milieu et ce métier. Tricher à l'écran ou épouser Satan, c'était du pareil au même.

« Pourtant, j'avais une sorte de prédestination géographique : ce trou d'Omaha, personne ne le sait et d'ailleurs personne n'y va, c'est là que sont nés aussi Clift et Brando. *Une ville qui fait de belles carcasses*, avait dit Lockhart, un soir qu'on s'était pintés tous les deux au foyer du Pantages, après ces foutus oscars qui lui passaient sous le nez à chaque fois.

41

« Le plus drôle dans tout ça – qui faisait moyennement rire mes parents –, c'est que le cinéma a tout de suite fait de moi un cow-boy, à longueur de films j'ai convoyé du bétail, des centaines de milliers de têtes à la fin, et je faisais pour de faux, en simple garçon vacher, ce que j'aurais dû faire pour de vrai, en grand patron propriétaire. J'ai eu une enfance sage, et je suis venu à New York pour y suivre de sages études de droit et de commerce. C'est par hasard, dans la rue, que j'ai croisé cette femme qui m'a proposé de poser pour la campagne publicitaire de Childs, une chaîne de restauration. Les gens bien mangeaient là, en famille ou entre copains, parce que c'était sain, prétendait la pub. J'ai toujours incarné ça, la santé, la normalité – la banalité, vous diront certains. Trois mois plus tard, je tournais mon premier film, une comédie avec Mae West dont j'étais censé être le soupirant alors qu'elle avait cinq ans de plus que ma mère. Tout était dit, déjà. Le vaste n'importe quoi. »

Ici, l'enregistrement marque une longue pause. Plusieurs appels ont retenti en quelques minutes, sur les téléphones de la suite et sur le cellulaire, auxquels Paul Young a dû répondre précipitamment. À la suite d'une explosion, ou d'une alerte à la bombe – ce n'était pas clair, et la télé allumée aussitôt ne nous renseignait pas mieux – l'aéroport de Newark avait fermé, le trafic était interrompu et toutes les voies routières bloquées ainsi que les accès aux hangars.

Son pilote ignorait quand ils pourraient repartir. Paul Young a claqué entre ses doigts, commandé cette fois des bières et deux shots de bourbon, sans glace. Les coups de fil qui d'abord l'avaient contrarié, puis énervé, pour finir l'ont revigoré. À le voir sourire et pilonner de l'index son clavier, on pourrait croire que l'empêchement lui fait plaisir, qu'il vient distraire une vie trop sage et pliée. Il repose le téléphone, me sourit. *Dents blanches au garde-à-vous, ne manque que le brin de paille entre les incisives.* Il a rajeuni de vingt ans.

« Les premiers jours, on a joué finement, Lockhart et moi, on déployait des trésors d'ingéniosité pour berner notre monde et j'étais assez naïf pour croire que personne ne voyait, ne savait rien. Se cacher, au début, c'est excitant, ça ajoute à la joie. Et Robert était d'accord, à cette époque, pour rester discret : je crois que c'était autant pour sa carrière que pour ne pas blesser Joanne, qu'il aimait sincèrement mais comme une sœur, vous comprenez – et elle, ma foi, ne percutait pas ou disons qu'elle était sur une autre longueur d'ondes.

« Très vite, un émissaire de Hughes a débarqué, dépêché à la hâte pour prendre la température, disait-il, et donner leur biscuit aux médias. La température était toujours à 49° et les esprits chauffés d'autant. Des crises de nerfs dans tous les coins, à toute heure. Quelqu'un de l'équipe, un espion de Hughes, avait rapporté qu'on était devenus copains, Lockhart et moi, un peu trop proches, et ça, ce n'était pas bon pour les recettes, voyez-vous, car pour qu'un film se vende, il fallait que les types à l'écran se bouffent entre eux. Pas question que les frères ennemis fraternisent hors plateau. Avec le temps, j'en viens à me demander s'il n'y aurait pas une part de vrai dans cette théorie : deux acteurs qui s'apprécient dans la vie auront du mal à se haïr devant l'objectif. Imaginez alors deux acteurs qui s'aimeraient. Le larbin du studio l'a deviné, notre entente dépassait les bornes de la camaraderie. Il fallait y mettre un terme, nous diviser. Du biscuit, les journalistes en ont eu. Dès son retour, le larbin a fait annoncer dans *Variety* qu'Ellis et Lockhart se fiançaient – son nom à lui ne disait rien au grand public mais Jo était encore célèbre, la jeunesse de l'époque avait grandi avec la série des *Alec* et son personnage avait fait d'elle une enfant modèle, une petite fiancée de l'Amérique, alors pensez un peu, qu'elle se dégote un fiancé à elle, de chair et d'os, quelle sensation – et la même semaine, cette bouche d'égout de Louella Parsons a écrit dans l'*Examiner* que je m'étais acoquiné avec le réalisateur afin qu'on modifie le dénouement du script à mon avantage. Comme si Wayne avait pu tolérer ça.

« N'importe quoi, vous dis-je, voilà le sentiment que je garde de ce monde, du boulot lui-même, qui n'est pas sérieux, franchement, pas digne d'un adulte quand on y réfléchit. Lockhart a eu vite fait de percer à jour la colonie. *Trois*

malheureuses collines qui se prennent pour des hima-
layas. Et sur ce caillou, disait-il, *des types qui font*
passer le premier bout de verre pour un diamant à
cent carats.

« La compétition était partout souhaitée,
orchestrée, entretenue par les producteurs et par
les metteurs en scène eux-mêmes, je veux dire :
ceux avec qui je tournais, qui ne dirigeaient
que des westerns ou des films de guerre, des
affaires de mecs, donc, du bouillon d'hormones,
ceux-là aimaient nous mettre en concurrence,
l'idée était d'utiliser à l'image ce qui sortirait
de nos affrontements hors champ, Dmytryk
faisait ça, et aussi LeBeau, avec qui j'ai fait dix
films, pas moins, John LeBeau avait ce truc à
lui, pervers, de faire voyager ses vedettes mas-
culines ensemble. Sans prévenir, il leur réservait
un compartiment de train rien qu'à eux, qu'ils
devaient partager. Avec la plupart d'entre nous,
l'éducation ou l'intelligence permettaient de
déjouer le piège. On s'en tenait aux politesses
d'usage, aux prévisions météo, à nos récents
tournages. On dégoupillait les ego, du moins
on essayait. Mais c'était foutu, au fond, car on
ne pouvait se retenir de regarder l'autre, sa car-
rure, son ventre, son teint, ses dents, les golfes
à ses tempes qui trahissaient la progression de
la calvitie ou le sourire trop aligné, aux facettes
si blanches qu'elles en paraissaient bleues, qui
dénonçait les dents refaites et pas par le meilleur
chirurgien du Caillou.

« Et on ne pouvait non plus s'empêcher de

penser à son contrat, on se perdait en conjectures sur son cachet, sur les négociations annexes (hôtel, voiture, escapades les jours de relâche, venue du conjoint) et sur les surprises du montage final, les scènes qui seraient gardées, celles qui seraient coupées et ce qu'il en sortirait pour vous, en bien ou en mal. Je me rappelle avoir passé une nuit avec Tony Quinn dans un train en direction du Texas. Au matin, quand on s'est réveillés dans le wagon-lit, on n'avait dormi ni l'un ni l'autre mais on avait fait semblant, afin de ne pas avoir à se parler. Je le sentais hostile, physiquement heurté : avec mon air viking, ce côté lisse que j'ai toujours eu, gendre idéal et cow-boy pour dames, j'étais le visage pâle de l'histoire et lui le métèque, le métis mexicain élevé à la dure, au visage ingrat, à l'accent des rues. Et vous savez quoi? Je le trouvais chouette, Tony, les techniciens, les collègues, tous racontaient que c'était un chic type. On aurait dû être amis, mais ce n'était tout simplement pas possible. À la descente du train, LeBeau est venu à notre rencontre et à peine nous avait-il donné l'accolade – moi en premier, Quinn en second –, que déjà on était pris lui et moi dans ce système affreux d'épier le traitement réservé à l'autre, chaque attention, chaque attitude du metteur en scène, les compliments dont il gratifiait Tony, les clins d'œil affectueux qu'il m'adressait…, on était pris malgré nous au cercle vicieux de la rivalité, car cette angoisse qui nous rongeait de n'être pas le préféré, l'élu du boss et le champion de l'équipe, cette terreur nous poussait à nous comporter pas bien, à nous poser en rivaux, précisément.

« Lockhart a une formule pour ça, il dit que c'est toujours meilleur dans l'assiette du voisin. Mais lui, contrairement à moi, il a une raison de ressentir ça, il l'a vécu, il sait ce que c'est que de ne pas manger tous les jours à sa faim et de lorgner la gamelle des autres au réfectoire.

« Toujours est-il que les manœuvres du studio n'ont pas marché, je veux dire, elles n'ont rien cassé entre Lockhart et moi. C'est entre le morveux et lui que ça s'est tendu, méchamment, car Munch en pinçait pour Ellis et cédait à ses quatre volontés, plus elle ignorait sa cour, plus il envoyait de fleurs et de parfums, c'en devenait gênant et dangereux pour finir car elle intervenait dans tout, se mêlait des mises en place, décidait à elle seule de ses scènes et voulait nous diriger, Lockhart ou moi, mais lorsqu'elle a voulu indiquer à Wayne une autre façon de jouer sa réplique, le décor a bien failli partir en cliquettes. Elle, si intelligente, ne se rendait pas compte que sa prétention, rigolote quand elle avait dix ans et des nœuds dans les cheveux, était crispante à son âge. Devant l'ultimatum de Wayne, Munch s'est ressaisi mais trop tard : Hughes lui avait collé dans les pattes un nouveau directeur artistique qui s'imposa dans les faits comme le second réalisateur. Alors c'est Jo qui est tombée malade.

« Faute de découvrir qui étaient les espions

dans l'équipe, on a adopté un profil bas et on s'en est tenus à la stricte prudence, Robert et moi, en évitant de nous montrer ensemble hors des répétitions et des prises de vue. On éloignait nos fauteuils sur le plateau, on prenait chacun le bout de table opposé aux repas. On se retrouvait la nuit, après avoir attendu une bonne heure que l'hôtel soit silencieux, les fenêtres éteintes à toutes les chambres. C'était risqué, on le savait. Une nuit, j'ai dit à Lockhart que ce serait peut-être bien de graisser la patte du garçon d'étage qui regardait aimablement ailleurs quand je quittais sa chambre ou lui la mienne. Il m'a embrassé et il a ri. *T'inquiète pas de lui, j'en fais mon affaire*, et je n'ai jamais su ce qu'il entendait par ces mots.

« Humilié de tous côtés, jaloux, impuissant, Munch a décidé que nous plongerions avec lui en enfer. Le jour où le thermomètre a atteint la barre des 50°, on a cessé de le consulter. Les maquillages dégoulinaient sur les cols avant qu'on n'ait soufflé mot, à peine enfilés les costumes étaient trempés de sueur, si bien que l'atelier d'Encino a dû fabriquer trois copies de chaque tenue et les expédier en toute hâte, la luminosité était si intense que le chef-op et les électriciens n'arrivaient plus à la mesurer, encore moins à la contenir ; et puis il y avait les bobos, les trachéites et les extinctions de voix à cause des ventilateurs ou de la mauvaise clim de l'hôtel. Joanne avait les yeux injectés de sang et se plaignait que le sable venait se coller à ses

lentilles de couleur. Chaque geste coûtait une énergie dingue. Sans parler des cascades – les bagarres, passe encore, on apprenait à s'économiser, mais les séquences équestres, les cavalcades sur les canassons explosifs, là c'était l'angoisse. La canicule, les taons, le fourrage à demi brûlé, les pauvres bêtes au supplice nous désarçonnaient à la première ruade, même les doublures dinguaient comme des poupées. Le seul à ne pas vider les étriers, ce fut lui
Lockhart, oui, je vous jure
le seul à ne pas tomber, c'était lui
on lui avait attribué la grande doublure équestre du moment, un jeune cascadeur que les acteurs de western réclamaient à cor et à cri, et la surprise fut générale lorsqu'on vit Lockhart approcher des vans d'où descendaient les montures de la production et inspecter les chevaux des pieds au chanfrein avant d'en désigner un au chef cascadeur : *C'est lui que je veux.* Il ne demanda rien de plus, empauma les rênes de transport et, sans besoin d'étrier ni de selle, il se hissa des deux poings sur le dos du cheval, de ses longues jambes en ciseaux il s'y rétablit puis, d'une simple pression sur les flancs noir et feu, il donna le signal ; c'était parti.

« Et comme on admirait ses talents de cavalier, Munch s'écriant : *Vrai, Lockhart, tu nous avais caché ça ! Qui l'eût cru ?*, le réalisateur numéro deux a enchéri : *Sacré Robbie, vous êtes fait pour mater ces putains de canassons et courser nos putains d'Indiens.* Nul ne s'attendait à quelqu'un d'aussi physique, la faute à un préjugé tenace qui voulait que les ateliers de théâtre de la côte Est n'accouchent que de mauviettes et de cérébraux. Le bruit courait que Lockhart ferait carrière dans le registre psychologique et Lenny Lieberman, son agent, confirmait qu'il en prenait le chemin avec pas moins de deux films en préparation, une comédie sentimentale et un mélo social, deux rôles très urbains, à des années-lumière de sa composition de vacher acrobate. En fait, personne, même pas Joanne, même pas Lieberman, personne ne savait qu'il montait à cheval – et comment. Plus que de technique véritable, disait le maître cascadeur, il possédait le don des grands écuyers, cette relation avec la monture qu'on a ou qu'on n'a pas, c'est d'instinct, paraît-il. *Une communion sensible avec la bête*, disait le cavalier professionnel, et moi, ce que je ressentis de nouveau ce matin-là en voyant Lockhart chevaucher sous le soleil intraitable, c'est cette grâce encore qu'il mettait dans le mouvement, qu'il mettait dans tout, j'en eus aussitôt la confirmation : ses gestes, sa démarche, son sourire, cette main puissante qu'il vous tendait, cette fossette au menton qui chez n'importe qui d'autre m'aurait paru moche et qui chez lui était un nouveau signe distinctif, une nouvelle exception, oui,

ce que je compris lorsqu'il nous revint après dix bonnes minutes de galop et qu'il se laissa glisser du cheval aussi frais et léger qu'il y était monté, comme impondérable, comme céleste, comme irréel, ce que j'eus sous les yeux c'était la majesté de son être et presque dans le même instant, sans y croire, sans rien comprendre, des larmes me sont venues, embarrassantes, ouais, mais moins gênantes que ce qui se passait plus bas

aujourd'hui et à vous je peux bien l'avouer, il y a prescription pour l'auguste vieillard que je suis, la vérité c'est que sous mon froc, *excuse my French*, je bandais comme un âne et je n'avais que mon stetson pour planquer cette vilaine manifestation. Lockhart, lui... Lockhart, impeccable, immaculé, son chapeau même n'avait pas frémi, qu'il portait au mépris des codes, je vous le disais, en arrière comme les méchants et un peu incliné sur l'oreille droite comme les rebelles, et le défi n'échappa pas aux bons critiques qui commentèrent son port de tête plutôt que son interprétation psychologique – à raison, d'ailleurs puisque, dès ses premières interviews, Robert Lockhart confirmerait qu'il se foutait de la psychologie comme de tout le fatras appris aux cours de théâtre, ces affaires d'âme et d'intériorité – pouah !

« *Bande de brêles* – il riait, le soir, au bar de l'hôtel où ses cavalcades alimentaient encore les conversations – *j'ai grandi dans un cirque, j'ai marché sur une corde avant de fouler la terre ferme, à deux ans je montais à cru mon premier shetland et à quatre je me tenais debout sur le dos des juments. Si je m'étais pas bousillé les deux jambes à neuf ans je serais devenu grand voltigeur, pas un bouffon d'acteur.*

« Des années plus tard, c'est pour sa petite écurie de trois boxes qu'il choisirait d'acheter l'hacienda – où il habite toujours, oui, vous la verrez si vous allez sur le Caillou. Il a pris une jument, une appaloosa, mais ça n'a pas marché, il était trop souvent absent, la bête à l'étroit, malheureuse, et moi je n'étais plus là, ma foi, plus là pour m'occuper de ce que Lockhart laissait en plan – alors il l'a mise en pension dans un ranch, il y allait tous les dimanches au départ et peu à peu les visites se sont espacées, jusqu'au jour où il l'a vendue parce qu'elle était encore jeune, elle méritait une seconde vie. C'est ça, Robert, aussi, ce renoncement qui peut sembler de l'indifférence et qui serait plutôt un sens tragique de l'existence, je crois, car je suis certain que s'il ne montrait rien de sa honte, il ne s'est pas moins senti criminel et abject.

Ne rien montrer

ouais

par fierté, Lockhart ne laissait rien paraître quand il était largué et les deux réalisateurs – aussi nuls l'un que l'autre, Hughes savait les choisir – les minables en ont profité. Ils le poussaient à prendre plus de risques, à faire lui-même toutes ses cascades, si bien que j'ai demandé au chef cascadeur d'intervenir, de rappeler à ces messieurs qu'il y avait des règles, des contrats et aussi un syndicat. La canicule impose des précautions pour les machines et des égards pour les vivants. Tant de fois j'avais tourné dans la vallée de la Mort par des chaleurs qui frôlaient le K-O, inhumaines et guère plus endurables aux troupeaux et aux chiens. Un grand metteur en scène sait s'adapter. Pas cet irresponsable de Munch. Nos costumes, par exemple. Les cuissards, c'est déjà encombrant, déjà très pénible quand ils sont en cuir, et là, ils étaient en peau de mouton. Imaginez le poids sur le dos, sur les jambes, imaginez comme on cuit et on étouffe là-dessous. Munch et l'acolyte ne voulaient rien savoir et, un midi, j'ai eu un tel coup de chaud que j'ai bien cru que j'allais tomber dans les vapes. Ils utilisaient les blondes pour les gros plans, des bombes de cinq cents kilowatts qui nous brûlaient la peau en quelques secondes, on se décomposait, les yeux pleuraient et il fallait recommencer... Lockhart acceptait cette violence parce qu'il avait connu cent fois pire dans son enfance, sur les tréteaux, avec son sadique de père. Il croyait aussi que c'étaient des exigences normales des metteurs en scène de cinéma car ils étaient les généraux en chef et avaient tous les droits sur nos corps et sur notre temps, mais Joanne et moi, qui connaissions la chanson, on a refusé tout net de se laisser cramer la face. Un soir, à l'hôtel, avant le dîner, on a rassemblé tout le monde, acteurs, figurants, doublures, techniciens, on a apostrophé les deux incapables et on a exigé que ça change ou alors on envoyait un télégramme collectif à Hughes. Même Wayne, qui n'était pas homme à se soulever contre le pouvoir et qui, grâce à sa jambe amochée, était dispensé de cuissards, même ce *moi-je* invétéré a fait savoir, depuis sa chambre où il prenait ses repas, ne bougeant du lit que pour venir sur le plateau avec ses béquilles, qu'il nous soutenait. Plus tard, à notre retour dans le monde civilisé, c'est tout juste s'il ne me ferait pas passer pour un rouge, le salaud.

« À compter de ce jour, Robert s'est mis à me considérer autrement, à chercher un abri, oui, et une forme d'enseignement auprès de moi. J'étais l'aîné, je l'aimais – et je l'ai aimé encore plus, alors, quand il osait appeler à l'aide. C'est cette nuit-là que le mot a été prononcé. Le mot d'amour. Cette nuit-là et plus jamais après. Plus une fois dans les sept années qu'il a duré, l'amour. Le jour où on l'a redit, c'était pour constater qu'il était mort. Ouais. »

Newark allait rouvrir. Alerte levée, aurait dit le pilote à son dernier appel, et aussi qu'il avait obtenu de la tour de se présenter parmi les premiers au décollage. Le chauffeur reviendrait d'une minute à l'autre pour le conduire à l'aéroport et Paul Young Jr signait la facture de l'hôtel en remerciant avec grande gentillesse – une gentillesse non feinte, cela m'étonna – le serveur qui avait fait le pied de grue toutes ces heures.

Je le revois ouvrir son portefeuille. Je crois qu'il va chercher du liquide pour le garçon, mais il a dû inscrire le pourboire sur la facture et ses doigts cherchent autre chose, tournent les soufflets, s'arrêtent à un mica qu'ils caressent. En transparence, je devine un bout de photo, un noir et blanc jauni. J'attends. Finalement, les doigts reviennent au premier rabat et en sortent une carte. « Vous avez tout là-dessus, mon téléphone, mon mail, même le télécopieur. » Il chausse des verres bleutés, se lève en réprimant une grimace de douleur et je vois qu'il me dépasse de cinq bons centimètres (si l'on se souvient que les vertèbres se tassent, Paul Young m'aurait sans doute dépassé d'une tête autrefois). À travers le bleu des lunettes, je vois aussi des larmes dans ses yeux et à ses lèvres qui se crispent je sais qu'il voudrait pleurer. Être tranquille pour pleurer.

Il déglutit longuement, lave sa voix. « Quand vous le verrez, dites-lui... Non, ne dites rien. Robert Lockhart ne veut plus entendre parler de moi. »

Joanne Ellis

« Moi, enfant ? Qu'est-ce qui peut bien vous animer ? L'archéologie ? La paléontologie ? Pardon, je ne voudrais pas paraître coquette ou impudente, mais je n'ai plus l'habitude qu'on s'intéresse à moi. C'est si loin, le temps de la Metro et de la poussinière du vieux Mayer... C'était son truc, au brave ogre, de prendre des enfants sous contrat de longue durée. Il faut vous dire qu'on rapportait beaucoup. Le premier volet des aventures d'Alec avait fait quatre millions de dollars de recettes. Il m'aimait, Papa Mayer, il m'adorait même. Afin qu'on poursuive nos études, il avait fait bâtir dans la cité-studio cette école qu'on repérait de loin à son toit rouge vif, un lycée soi-disant..., un pavillon moins grand que le cabinet vétérinaire voisin, avec deux classes seulement, une de maths, une d'anglais, qui mêlaient tous les âges. Pas d'histoire, pas de géographie, aucune langue étrangère. Les animaux de dressage soignés à côté en savaient plus que nous.

« On n'avait pas de repères, on grandissait coupés des autres enfants, au contact d'adultes dont nous n'étions que des répliques miniatures et pas finies ; il fallait développer sa forme d'intelligence à soi, sa technique de survie bien à soi. On rêvait différemment, on s'échappait difficilement. On ne nous lisait pas d'histoires, par exemple, et jamais on n'ouvrait de romans : les histoires, c'est nous qui les racontions ; c'est nous qui avions en charge la fiction.

La chance d'avoir des parents

« Moi j'ai eu de la chance qu'un jour ma mère ouvre mes cahiers d'écolière et réalise le désastre. Alors elle s'est résolue à appeler mon père à New York pour lui demander son avis. J'ai eu la chance d'avoir des parents instruits. Papa a pris l'avion, il a vu ma vie et alors tout le tableau s'est éclairé : depuis mes premières règles, je n'avais plus tourné que des publicités et des messages pour le département d'hygiène infantile, je devenais boulimique et grossissais comme si j'avais voulu ainsi expliquer ou plutôt effacer la poussée de mes seins (ça, c'est ce que dit papa, qui ne jurait que par Freud et Winnicott), et le plus pénible, pour moi au moins, c'est que j'avais des accès terribles de psoriasis pendant lesquels je ne quittais plus la chambre et pleurais. C'est comme ça que je me suis retrouvée dans le train pour New York avec mes malles, sauvée, perdue, heureuse de retourner dans ma ville d'origine, auprès de mon père et de mon frère, inquiète de ce que serait ma vie dans un monde où plus personne ne me connaîtrait.

« Ma mère ?... Restée à L.A., bien sûr, sa place était auprès de mon beau-père. C'était une femme de devoir, et, sur l'échelle des devoirs, Margaret a toujours placé le mari avant les enfants. Elle et moi, ça n'a jamais été la grande fusion, d'ailleurs voyez : je n'ai pas eu d'enfants. Est-ce un hasard ? »

Elle sursaute, nos deux regards se tournent vers l'immeuble en face. Une nouvelle bourrasque a fait claquer la bannière avec un bruit de carlingue qu'on désosserait à la dynamite, si fort que la détonation a passé l'épaisseur des vitrages. Une manille finit par céder, le hauban supérieur se décroche et le panneau pend à moitié dans le vide. Joanne Ellis pousse la voix en direction de l'assistant du festival mais il a disparu et elle se retourne vers la vitre, implorant elle aussi dans le vide.

« Mon Dieu ! Quelqu'un peut-il faire quelque chose pour cette toile qui se décroche ? Qu'attend-on ? Un blessé, un mort ?... C'est à cause de ma mère, le cinéma. Mon père, lui, ne jurait que par le théâtre, en tout point supérieur. Et c'est à cause d'elle que j'avais dû émigrer en Californie, parce que le nouvel époux avocat se faisait de l'or avec ses clients de l'immobilier.

J'aurais voulu être plus innocente, connaître à seize ans ce statut de jeune première et les rôles qui vont avec. Être vierge de toute lumière, de toute publicité, de toute duplicité, comme Robert Lockhart, comme tous ces inconnus garçons et filles que le public voit éclore sur la toile, qu'il peut épouser dans son cœur. Nous, les anciens *wonderkids*, il y avait belle lurette que nos corps étaient déflorés par les flashes, nos traits défraîchis et comme rongés par le nitrate de la pellicule.

« Vous savez ce que j'ai appris, des mois après la sortie de ce fichu western annoncé à l'époque comme mon grand retour sur les écrans ? La RKO avait organisé des avant-premières dans quelques villes tests et les sondages de sortie de salle ont rendu ce verdict : pour la plupart des spectateurs, j'étais gênante, ça les mettait mal à l'aise de retrouver, non pas Joanne Ellis, Joanne Ellis n'existait pas, mais la petite Alec, l'héroïne des dimanches en famille, avec ces seins qui lui avaient poussé et ces hanches rondes – *obscène*, le mot aurait fini par tomber. Voyez comme c'est drôle, comme on se trompe toujours sur son image, qui que l'on soit, même quand l'image est son métier : j'étais obsédée par l'essor de mon nez si vilain, quand les autres, eux, ne voyaient que ma poitrine et mon cul.

« À seize ans, de retour à New York, j'ai demandé à suivre des cours sérieux avec des gens de théâtre exigeants – or, tout ce qui se faisait de plus sérieux et exigeant sur les planches de la côte Est dînait à la maison et partait en week-end avec papa. Je suis allée dans le lycée alternatif que dirigeait l'un de mes oncles, et un an plus tard j'entrais à l'université de l'élite progressiste, la New School for Social Research, un lieu de l'avant-garde, bouillonnant, excitant, merveilleux quand j'y resonge – ah! quel désespoir que cette banalité, ce conformisme dans lesquels barbotent les enfants aujourd'hui.

« Je vois votre œil qui frise... Dites-le, ce que vous pensez, que j'ai l'air d'un *cliché* new-yorkais avec mes parents de gauche, mon école à la mode, et tous ces gens qu'on recevait à dîner ou en week-end et qui avaient leur nom dans les journaux... Eh bien, je préfère ce cliché à beaucoup d'autres. La New School était dans le Village, tout près de Patchin Place où j'ai rencontré Bob. Il faisait la plonge dans un restaurant. C'était sa pause, il fumait sur le trottoir, curieusement adossé à la façade, dressé sur une jambe, l'autre jambe repliée sous ses fesses, le cou bien droit et l'œil aux aguets comme un grand échassier veillant sur la rive. On s'est souri, ou plutôt : il a surpris mon regard sur lui, il a souri et j'ai répondu à son sourire en rougissant, je crois, moi qui ne rougis jamais. De près, il m'a paru encore plus immense, et je devais basculer la nuque en arrière pour lui parler. *Qu'est-ce que vous faites ici ? – La vaisselle*, a-t-il répondu. Moi alors : *Vous n'avez pas une tête à ça. – Et j'ai la tête à quoi ?* J'hésite, je me lance : *À faire comédien.* C'est alors qu'il a ri et m'a pris la main : *Je suis déjà comédien. La vaisselle, c'est pour manger à mon tour quand les autres ont fini de bâfrer.* Sa main était brûlante, je sentais les gerçures au bout de ses doigts. Les détergents, oui. Les lames des couteaux. Je lui ai donné rendez-vous devant le restaurant à 19 heures pour lui montrer mon école, et ensemble on est allés au cours du soir de Stella Adler. Il y est revenu tous les soirs, pendant six mois, jusqu'à ce qu'on décide de rejoindre Kazan – on l'appelait Gadge, encore un copain de papa – et son atelier qui n'avait pas encore le nom d'Actors Studio.

« Adler était folle de Bobby. Elle croyait en lui et, comme il l'impressionnait, elle le malmenait, se moquait de lui, le harcelait, cherchait le point de rupture, l'instant où il abandonnerait, se vexerait, s'insurgerait. Mais rien. De marbre, Bobby Lockhart. Nul signe de fatigue ni d'irritation. Refaire pour la trentième fois ce geste d'ouvrir une porte ? Il le reproduirait cent fois que chaque fois le geste nous semblerait nouveau.

« Stella avait autant d'intelligence que de métier. Elle a tout de suite vu que Bobby était physique, explosif même, et c'est cette maîtrise du corps qu'elle s'attacherait à parfaire chez lui, sans trop s'occuper de sa voix – pour le jeu et la psychologie, on verrait bien plus tard. (Au fond, nous dit un jour notre professeur émue après que Bob eut improvisé une imitation de Keaton, s'il n'y avait eu que des zigotos comme

Lockhart, le cinéma se serait fort bien passé du parlant. *Et le théâtre de textes?* demanda Bob, malicieux. Stella nous bassinait à longueur de cours avec les grands textes et le devoir pour un comédien de les servir exclusivement.)

« Lui qui voltigeait sur un fil et à dos de cheval, dans la vie sur terre il pouvait sembler mal assuré, dégingandé, brutal comme si ses bras et ses jambes, infinis, l'embarrassaient. *Ce n'est pas des vraies jambes, vos jambes,* disait Stella Adler, *c'est des rampes de lancement.* Il se cognait partout, dans sa précipitation ratait souvent une marche ou deux, et sa casse à la plonge l'avait fait virer du restaurant du Village. Il avait aussi pris l'habitude réflexe de rentrer les épaules comme un gamin qui eût craint les taloches, et ça lui dessinait de profil un vilain début de voussure que Stella corrigea en lui imposant de longues séances de déambulation avec trois annuaires empilés au sommet du crâne. Enfin, il fut question de lui faire tenir un rôle écrit et pas n'importe lequel puisqu'il s'agissait du Hamlet français, selon la prof. Elle lui a tendu une liasse de stencils décolorés, couverts d'annotations dans les marges. Planté raide au milieu de la pièce, ayant oublié la classe autour de lui, Bobby fixait le texte comme aveuglé. Seules ses lèvres remuaient, qui formaient les syllabes à mesure que son œil les photographiait. Je me suis demandé, effarée, s'il savait lire, j'entends : s'il savait lire couramment, assez vite pour mémoriser un texte en quelques minutes. À cet instant, j'ai eu peur pour lui, une peur si terrible que j'en ai eu le ventre noué, la gorge sèche, et j'ai compris qu'entre ce garçon et moi il se passait quelque chose, une chose pas ordinaire. Pourquoi ce souci de lui ? Même Peter, mon ami d'enfance et mon premier amour (mais déjà, pour commencer, c'était quoi l'amour ? Quel sens lui donner ? Me donner à Peter n'avait pas changé la vie, sinon que j'évitais de me retrouver seule avec lui, parce qu'il voulait recommencer et pas moi) même lui, je vous jure, n'avait jamais soulevé en moi ce sentiment viscéral, panique et – j'ai honte – délicieux aussi.

« Le soir où Bob a donné sa première scène, donc, la scène du meurtre du duc dans *Lorenzaccio*, j'ai assisté à un phénomène rare dont la fréquence se compte en générations plutôt qu'en jours ou en années : la naissance d'un acteur génial ou plutôt sa révélation, car Robert Wallace Lockhart était un acteur-né. J'ai eu cette chance, oui, avec les autres élèves pareillement émerveillés, les filles et les garçons, même si eux tiquaient, n'osant avouer leur admiration, travaillés malgré eux par le poinçon de l'envie. Demandez-leur, si un jour vous croisez l'un ou l'une de nos camarades, prononcez ces deux mots, Lockhart, Lorenzaccio – vous verrez fuser le souvenir dans leurs yeux.

« Comme vous l'avez peut-être lu ou entendu, je suis l'intellectuelle du circuit, moi, on s'est assez payé ma tête avec ça. C'est vrai, j'ai du mal à admettre la paresse des camarades qui, sortis de leur rôle ou de l'auteur qu'ils vont interpréter, ne s'intéressent à rien. Un jour, un confrère archicélèbre a parlé de sa joie de dire bientôt du Shakespeare, cette langue qui n'avait pas pris une ride *en deux siècles*. Au moins Bob était-il curieux, lui. Il n'avait pas de lacunes : il n'avait rien. Une page blanche. Les fois où je l'emmenais à la maison, il tournait autour du bureau de mon père, aimanté par la bibliothèque dont il évaluait discrètement les rayonnages. Un jour, il avait même calculé, en fonction de l'épaisseur moyenne d'un livre, de la longueur des étagères et de leur nombre, le nombre approximatif d'ouvrages qu'avait lus le docteur Lev Elizarov. On frôlait le millier – mais Bobby était loin du compte, il le découvrirait quand papa l'inviterait à la campagne car il y avait dans notre cottage une seconde bibliothèque qui occupait toute une pièce sous six mètres de plafond.

« On dira ce qu'on voudra, c'était vulgaire, le vaudeville, c'était bas, graveleux, raciste et j'en passe, mais on y apprenait tout, strictement tout ce qu'un acteur complet doit faire et même au-delà. Bobby savait danser, jongler, voltiger, monter à cheval, mimer, jouer la comédie ; il possédait des rudiments de magie et il lui arrivait aussi d'imiter à merveille. Ses imitations de Charles Boyer et de Laurence Olivier nous faisaient nous tordre de rire sur les banquettes des pubs.

« Contrairement à son image d'homme facile et un peu fumiste, Bob était un bosseur et cette détermination à remonter après une chute, cette humilité qui le rendait souple à diriger, c'est ce sens du travail autant que son charme qui emballait nos metteurs en scène.

« Les dialogues de *La Piste* étaient médiocres, les tournures alambiquées ou rigides. Il y avait un monologue, un tunnel de dix lignes au moins, dont Bobby ne se sortait pas. Il cafouillait, s'emmêlait, reprenait, trébuchait de plus belle. Je l'ai vu transpirer et ce n'était pas la fournaise, non, c'était l'angoisse. Il savait qu'on savait d'où il venait. Une bonne âme lui avait rapporté le mot de Marlon à son propos : "Quelqu'un qui a grandi sans salle de bains et sans chiottes ne sera jamais un grand acteur", une amabilité comme ça

pardon, ne faites pas attention, je ne sais ce qui me prend de répéter ce ouï-dire, Marlon n'était pas méchant mais il avait la jalousie féroce et, jaloux, il l'était à mort de l'intérêt que Gadge portait au petit nouveau ; et si je laisse de côté les sentiments, je me souviens aussi que la classe ouvrière était absente de nos cours et de nos conservatoires, alors pensez un peu le quart monde... Les vagabonds, les sans-famille et les sans-abri, ils ne passaient pas la porte

une demi-heure plus tard Bobby butait toujours, pas moyen d'articuler les phrases, de les enchaîner, il perdait pied et comme chaque fois qu'il était vulnérable l'accent des rues de Glasgow resurgissait, histoire de tout arranger. N'importe quel acteur aurait fini par reporter la faute sur l'auteur et exigé qu'on lui change le texte. Bob, non. Il a serré les dents, sué encore, jusqu'à le sortir enfin, ce monologue pourri.

« Il était là pour apprendre, oui, tout ce qu'il ne savait pas déjà – or il savait beaucoup, ayant appris sur son fil de fer, sur les routes et les trains de marchandises, bien plus que ses professeurs et ses directeurs actuels ne voulaient le reconnaître. Pour les petits vernis qu'étaient Marlon et les autres, qui se levaient à midi et ne savaient pas une ligne de leur scène en arrivant à la classe de 19 heures, le fait que Lockhart doive trimer huit heures, de jour comme de nuit, dans des arrière-cuisines ou des usines de banlieue, ne faisait sans doute qu'exciter leur mépris.

« Et il allait les irriter un peu plus au cours de danse : *d'instinct le bon port*, disait Anna Sokolow, notre professeure qui le donnait en exemple, *le bon placement de pieds et de bras*. Comme Stella, Anna l'a poussé, martyrisé même, pour en faire l'un des meilleurs de notre génération. Broadway lui tendrait les bras, assurait-elle, et tout le cinéma musical. Seulement... Anna ni personne n'avait encore entendu Bobby chanter. »

Joanne éclate de rire, un rire en tourbillon, cristallin, chatoyant, magnifique. Naguère on a écrit pour ce rire, on a bâti des scripts et des dialogues entiers à seule fin d'y enchâsser le rire de Joanne Ellis et qu'il résonne loin, de travée en rangée, un siège après l'autre, irrésistible telle une fontaine sur l'ivoire d'un piano-forte.

« L'horreur ! Bobby chantait comme une casserole. Il tenait le rythme, et pas une note. Les maîtres de chant renoncèrent – jamais ils n'avaient entendu une telle fausseté, et Bob en était si vexé, lui dont aucun spectateur ne s'était plaint dans les foires et les beuglants où il poussait la chansonnette avec sa troupe, si ulcéré, oui, qu'il a consulté un phoniatre recommandé par Stella, lui-même jetant l'éponge. Il serait allé jusqu'à la chirurgie, mais il n'y avait rien à opérer.

« Non, monsieur, croyez-moi… », le rire carillonne encore, qui s'étrangle et déraille un peu, elle fronce le nez, hume l'air comme pour en évaluer la teneur en miasmes et polluants, puis elle rembobine autour de son cou le chèche de soie bleue : « … vous ne l'avez pas *entendu* chanter dans cette malheureuse et unique comédie musicale qu'il a faite, vous l'avez vu chanter mais c'est un play-back qui passe, on avait préenregistré sa voix afin de pouvoir la trafiquer en studio, certains mêmes prétendent avoir reconnu le timbre d'un chanteur de revues nommé Costa mais Bob a toujours juré que non, c'était bien sa voix à lui, *juste un peu arrangée*, et tout le monde était prié de se taire, d'admirer plutôt la perfection technique de son *lip sync*, indécelable en effet. Puisque vous évoquiez son caractère tout à l'heure, c'est quelque chose qu'il faut garder à l'esprit quand vous vous adressez à lui : Robert Wallace Lockhart est susceptible – un rien le froisse. À part ça, un amour. »

Lenny Lieberman

« Je ne l'ai pas rencontré ici mais à la mer, à Provincetown, dans la baie de Cape Cod où les citadins dans le coup avaient des résidences secondaires. Une petite bande d'élèves venus de plusieurs cours, des anciens de la New School, d'autres du Studio, d'autres encore de l'Académie, s'étaient regroupés avec l'idée de faire un théâtre d'été, une sorte d'atelier sauvage, sans professeur, sans règlement et sans le premier centime, évidemment. S'inscrivait qui voulait, pourvu qu'on soit capable de s'acheter à manger et de camper sans se plaindre. C'est Peter Glass, un élève dont la famille avait le bras long, qui avait trouvé un terrain à P'town et obtenu quelques facilités de la mairie en échange de spectacles à prix modique. À l'époque, j'étais paumé. J'avais traîné dans plusieurs cours privés, sans en suivre aucun sérieusement, et j'aurais pu croiser Bob ou Joanne à la session du soir chez Stella Adler mais ça ne s'était pas fait. De toute façon, j'étais tellement crevé après mes journées de boulot que je me terrais dans un coin, incapable de passer une scène ni de me rappeler un texte appris la nuit précédente. Je bossais dans le garage de mon père, à Riverdale, le vieux me faisait marner douze heures par jour et, s'il avait su que je voulais devenir acteur, il m'aurait fait boire l'acide des batteries avant de me balancer dans le fleuve. Aussi je m'étais bien gardé de dire où et à quoi j'allais passer mes deux malheureuses semaines de vacances.

« L'après-midi, c'était laboratoire, on devait explorer notre jeu dans des improvisations passées au crible, c'est-à-dire que quelques diplômés se perdaient en leçons freudiennes et vous faisaient miroiter le trésor à tirer de vos traumas petits et grands, mais heureusement ça durait peu et à la fin plus personne n'y allait, non, on gardait nos forces pour la représentation du soir, la scène, un vrai public enfin – et le reste du temps, de minuit à midi, on était sur la plage. Oh! Il ne m'a pas fallu trois jours pour découvrir ce que je venais chercher : je n'étais pas doué pour le jeu – j'avais cette intelligence, au moins, de mes limites – mais, d'une façon ou d'une autre, je ferais ma vie dans le monde du spectacle parce que... je ne sais pas comment décrire ça... avec eux ça brillait... parmi eux je pourrais briller moi aussi ou disons... vivre d'étincelles, dans les miettes électriques de leur sillage.

« Sans attendre la fin du stage, je suis retourné à la maison, j'ai dit à mon vieux que j'arrêtais la mécanique, que ce serait le théâtre et rien d'autre, il n'a pas sauté de joie mais ne m'a pas jeté dans l'Hudson non plus, il m'a juste donné une heure pour faire mon paquetage et quand j'ai dit que j'aurais besoin de la voiture car je retournais à P'town la nuit même, il a dit : *Ok, garde ce tas de boue et disparais de ma vue.*

« Les gens de P'town nous aimaient bien, pas tant pour le spectacle qu'on proposait sur scène que pour celui qu'on donnait en ville. *Vous êtes comme le retour des hirondelles,* avait dit une charmante petite dame qui venait soir après soir, peu importait la pièce, et ça m'avait marqué. Tout à coup les journaux parlaient de leur bled ailleurs qu'à la rubrique mondaine, il y avait du tapage, des atteintes aux mœurs, des gens arrêtés, même... Deux mois sans dormir, à se nourrir de glaces et de sandwichs, à fumer, à picoler, à baisouiller, aussi. J'ai bien aimé P'town. »

Lieberman, vocal 1, Indie Club

Il m'a donné rendez-vous au coin de la 9ᵉ et de la 44ᵉ, au bar d'un théâtre perché en entresol dans un immeuble étroit. L'escalier moquetté de rouge est lui-même si exigu et raide qu'on a l'impression de gravir deux étages d'un coup. C'est un lieu de nuit : il a en plein jour cet aspect fatigué, pas très net, des lieux surpris dans leur sommeil et que leur nudité dépouille. Derrière le bar, une main invisible éteint le lustre aux bougies factices pour allumer en grand les spots halogènes du plafond. Dans la lumière crue, les murs peints se délavent d'un coup, plus gris que noirs, comme l'ardoise des tableaux où l'éponge a dilué la craie au lieu de la supprimer. Ce n'était pas pour nous, cette lumière, mais pour l'homme de ménage dont l'aspirateur retentit.

« Une estrade récupérée à la salle des fêtes de la mairie nous servait de scène, dressée dans un champ face à l'océan. Là, sur ce plateau de plein air éclairé à peu de frais, Bob nous enfonçait tous. Ce qu'il faisait, je l'ai compris tout de suite, aucune méthode de jeu, aucun prof ne pouvait nous l'enseigner. Le ciel et les étoiles étaient ses cintres à lui, c'est là qu'il avait grandi, enfant livré à tous les vents, et une assistance de fermiers et de pêcheurs reconnaissait en lui l'homme à sa place, l'homme dans son élément. Pas sûr qu'on ait compris tout ce qu'il disait – le vent jouait des tours à la direction des voix, même au puissant coffre de Bob –, mais le texte n'avait pas d'importance, depuis des années le public venait voir des spectacles expérimentaux et, disons-le, fumeux un soir sur deux, alors le texte n'était pas ce qu'ils attendaient, ils venaient pour du spectacle, des sons, des corps, des visages, des étoffes, ils voulaient les envolées de voix et des étreintes de chair, des corps libérés de la pesanteur du jour, des larmes pour rire, des rires à en pleurer, ils venaient pour les bagarres, les crimes, les baisers, les reproches, les menaces, les promesses, les rois, les reines, les idiots, les félons, les amants, les cocus, les maudits, les bénis, les sacrifiés, les coupables, les secourus, les innocents, les riches et les chameaux, ils venaient pour le royaume des cieux, et ça, Bob Lockhart en avait les clés pour une heure ou deux. Le bruit a couru dans le patelin d'un jeune zouave qui méritait le détour et, une fois n'est pas coutume, la rumeur est remontée de la bouche du populo aux oreilles des estivants, ceux qui étaient censés se reposer dans leurs villas du bord de mer des fatigues de Boston ou Manhattan et pour qui on avait construit, allez comprendre, des bars et des boîtes de nuit où ils s'épuisaient à boire et danser tout l'été – des gens difficiles, eux, qui avaient des exigences sur le poisson qu'ils mangeaient et sur le théâtre qu'on leur vendait. Comme souvent, là où sont les riches sont aussi leurs artistes, sur les dunes autour de P'town avaient poussé des baraques sauvages, sans l'eau ni l'électricité, parfois le téléphone quand même, et dans ces bicoques vermoulues des types peignaient des toiles invisibles, des peintres appelés Jackson Pollock, Max Ernst, Machinchose ou Trucmuche, ceux qui étaient à la mode et ceux de l'under-underground.

« Les anciens du cours, ceux qui en étaient à leur troisième ou quatrième année d'études, appréciaient de voir les parterres se remplir et les caisses aussi un peu, même si ce n'était pas le but. On était là pour l'Art, hein, mais un dieu beatnik veillait à arrondir nos minables recettes puisque nous aussi, on avait nos riches, ou plutôt notre riche, le jeune Peter Glass par qui tout avait commencé, un élève millionnaire – transposé aujourd'hui, il serait milliardaire – gentil comme tout et qui dépérissait d'amour pour Joanne Ellis.

« À quatorze ans déjà, Pete était une figure de New York. Une mère célibataire qui entendait le rester, un grand-père qui vendait du savon à Cincinnati et qui à sa mort était l'un des plus grands lessiviers du pays... L'unique petit-fils, Pete, a tout raflé. La mère scandaleuse, mais raisonnable, a placé l'argent de l'enfant dans des pressings et des laveries automatiques, d'abord dans Hell's Kitchen et le Village, puis dans tout Manhattan. Lorsqu'on allait à la laverie sur la 9e, Bob et moi – pardon, je fais un saut en avant, là, quand à l'automne on habitera ensemble –, en glissant nos pièces dans la fente des machines on disait qu'on faisait nos bonnes œuvres pour les Glass, et des bonnes œuvres, Pete en avait beaucoup autour de lui, sa mère entretenait quelques artistes, elle avait notamment pour meilleure amie une certaine Molly Green, le nom ne vous dit peut-être rien mais ce fut une grande galeriste et une mécène pour l'art américain à une époque où les gens de la haute ne juraient que par les Européens,
or cette madame Green avait acheté une ancienne amirauté avec un phare à la pointe de la presqu'île et elle en avait fait une des plus belles demeures que j'aie vues, encore à ce jour, et sachez que j'en ai vu des faux châteaux, des

ranchs infinis, des palais mégalos, mais une maison aussi harmonieuse, aussi authentique que la villa Green à P'town, jamais – et c'est là, pour nous changer des sandwichs, des sacs de couchage et du bivouac sur la plage, c'est chez cette grande dame que Peter Glass nous emmena dîner un soir, Joanne, Bob et moi. Devinez quoi – bah, c'est sans suspense : madame Green a adoré Bobby.

« Qui va encore à Cape Cod aujourd'hui ? Joanne m'a dit que c'était irrespirable de touristes. Il y avait juste nous, alors, les petits acteurs, les peintres enfermés dans leurs cabanons, leurs riches bienfaiteurs. Et il y avait, traînant entre les deux mondes, le théâtre et l'argent, des écrivains dont le seul vraiment connu était Mailer. Le seul célèbre, et le seul hétéro. Moi, les homos... comment dire ? Bon, il y en avait beaucoup dans le milieu, même du fin fond de mon Bronx ça ne m'avait pas échappé et je m'en fichais, mais à P'town, ils exagéraient à mes yeux. Tenn Williams, Capote et les autres, une brochette de folles en chaleur, c'est tout ce que je voyais. Et Bobby – je ne savais rien quant à lui, mais je percevais des choses, sa gêne parmi eux notamment, qui n'était pas de même nature que la mienne –, Bobby supportait sans rien dire les mains baladeuses, les propos lourds, l'humour sinistre. Tenn était venu avec son régulier, Pancho, ce qui ne l'empêchait pas de lever des gamins sur la plage, des fils de pêcheurs crève-la-faim qu'il soudoyait pour trois dollars, et la discussion, le soir, au restaurant, portait sur l'augmentation brutale des tarifs, un dollar d'un été à l'autre, est-ce qu'il ne fallait pas négocier, ramener la passe à deux dollars cinquante, un compromis en somme – Bobby, j'ai vu que ça l'écœurait et il a quitté la table au milieu du dîner, je l'ai suivi, je suivais toujours, on s'est sauvés, on a rejoint une fête chez Molly Green où j'ai trop bu, je me sentais en sécurité alors je me suis lâché à propos des convives qu'on venait de quitter... Ma stupeur, le lendemain, lorsque Pete me glissa, impassible, que madame Green et madame Glass étaient peut-être plus que de simples amies. À peine dessoûlé, je gardais en mémoire un écho vaseux de mes tirades vertueuses, leur bêtise et leur vulgarité me revenaient par bouffées, j'ai voulu m'excuser mais le fiston a ri : *N'en fais rien, au contraire, tout le monde t'a trouvé drôle et très... rafraîchissant.* Hum. Me suis senti encore plus plouc.

« Bob ne disait rien de ce qu'il avait sur le cœur, c'était à vous de deviner, de vous démerder. Puisqu'il vous avait élu pour ami, c'est que vous deviez être assez brillant pour tout comprendre sans dessin ni sous-titres. Parfois on aurait dit qu'il se foutait des autres, il vous écoutait et son visage restait de marbre, totalement indéchiffrable – et ça me rendait chèvre, ce masque lisse où rien ne se lisait, ni accord ni réprobation. Non, je n'avais pas compris pour lui. Les filles le dévoraient des yeux, c'était un homme heureux.

« Ça se défonçait beaucoup, à P'town, alcool, marijuana, amphètes, le régime de base, quoi. Bob fumait mais on ne le voyait jamais boire à l'époque : les copains se moquaient de lui, on disait qu'il avait fait vœu d'abstinence en même temps que de chasteté (si vous ne baisiez pas les filles, c'est que vous ne baisiez pas du tout), mais on ignorait encore tout de lui, seul Monty savait

Clift, oui, le grand, le vénéré Montgomery, l'ombre la plus désirée et la plus secrète des rues de New York, l'idole de toute notre génération

lui seul savait les torrents d'alcool que le jeune Lockhart pouvait descendre, certaines nuits, lorsqu'ils erraient tous deux dans les bars du Village et de Tribeca, et sans doute lui seul aussi savait dans quel camp Bobby aimait. Faute de coucher ensemble, ces deux-là buvaient ensemble. Ça les unissait très fort – je n'ai jamais compris pourquoi, comme une chimie particulière à leurs cerveaux – et longtemps par la suite j'ai été jaloux de ce que Bob trouvait dans la compagnie de Monty, qui à mes yeux était une épave – géniale, certes, mais une ruine quand même, un être pathétique.

« Au moment de rentrer à New York, j'ai pris Bob et Joanne dans ma guimbarde, je les ai ficelés à une ceinture de sécurité imaginaire et je ne les ai plus lâchés. Et vous savez quoi? Soixante ans plus tard, on est toujours unis, comme les trois mousquetaires. Qui étaient quatre, vraiment? La quatrième, ce serait Julia, alors, ma tendre épouse. D'ailleurs, je me souviens qu'à mi-chemin, Joanne a poussé un cri à l'arrière de la voiture. J'ai cru qu'un ressort avait trans-percé le siège, c'était déjà arrivé. *On a oublié Peter*, a-t-elle gémi. Son soupirant. Son éploré. On l'avait oublié, totalement.

« Si j'en pinçais pour elle ? ça se voit donc tant que ça ? Ah, mon grand, pouvez pas ima-giner. Ses cheveux blond cuivré qui ondulaient, sa peau laiteuse, si délicate, et ses grands yeux dorés si pâles... »

Lenny l'impresario lève au plafond un regard émerveillé, il écarte les bras tel un orant mais ne peut ouvrir entièrement ses mains où les doigts se rétractent un à un, l'auriculaire, l'an-nulaire, bientôt le majeur, recroquevillés contre la paume par cette atrophie des tendons ou des nerfs dont j'oublie le nom – une affection de l'âge, irréversible. Je réalise alors ce qui m'in-triguait chez lui depuis une heure : il n'a pas un cheveu blanc, pas un poil blanc non plus dans ses favoris, et je ne l'imagine pas se teindre.

« Je me rappelle une fête, chez qui, je ne sais plus, une vraie razzia, des bouteilles dans tous les coins, des joints dans les cendriers et dans les gobelets, les gars et les filles faisaient l'amour dans les chambres, à même les tas de manteaux qui recouvraient les lits. Joanne, elle, se tenait impeccable, debout près de la fenêtre elle regar-dait le jour se lever, on aurait dit qu'elle respirait un autre air, qu'elle flottait en surplomb des débauches. Un ange, oui, pas la fille à se laisser embrasser dans le couloir. Elle a dit : *J'ai fait du café dans la cuisine*, et elle m'a souri encore, elle me souriait tout le temps mais quand on se lançait des clins d'œil c'était comme des copains, avec les mots doux des potes, *Buddy*, elle disait, ou bien *Liebe*, mais c'était pour se moquer, pour parler comme Bob, et j'attendais, j'espérais l'un de ces moments où on parlerait en tête à tête, si sérieux, si solennels, car on avait des choses à se dire, elle et moi, des choses qui comptaient, notre idéal d'un monde émancipé, sans races ni classes, notre foi en un État d'Israël libre et égalitaire, oui, on avait tant de belles choses à partager.

« Ses yeux, vous avez vu ses yeux ? Ils reflètent le ciel, on dirait une rivière. Parce qu'elles ont le même âge, qu'elles ont été formées toutes les deux dans l'incubateur de la Metro, on a souvent comparé Joanne et Liz, toujours au détriment de Joanne, il faut bien le reconnaître, parce que Liz a un visage plus évident, et surtout elle a ces yeux sensationnels, terrifiants, bleu marine avec ces épais cils noirs – *l'œil Technicolor*, comme dit Bob.

« Il y en a qui rêvent des bombes, blondes ou brunes, les pulpeuses, les effeuilleuses de calendrier. Moi, c'était Joanne Ellis ou Anne Bancroft, que j'ai connue un temps – des filles qui ont du chien. Sur mes goûts, Bob a une théorie : j'aurais trouvé en mon épouse Julia la perle absolue, qui est tout à la fois Ellis pour la classe et la culture après lesquelles je cours (*Et tu peux toujours courir*, dit-il, le salaud), Bancroft pour le culot et l'accent du Bronx, mes racines.

« Allez, je n'étais pas le seul à me languir de Jo, la moitié des mâles de Manhattan lui tournaient autour. Les gars dans la rue s'arrêtaient sur son passage – ce n'était pas pour la célébrité car à l'époque plus personne ne la reconnaissait sous son enveloppe adulte, la notoriété ne reviendrait qu'à la sortie de *La Piste*, précisément –, les gars se retournaient sur elle mais ils ne sifflaient pas, voyez-vous, ce n'était pas une fille qu'on siffle. Mais comme l'a écrit Peter Glass dans un joli poème,

Tous les garçons étaient amoureux de Joanne
Or Joanne n'aimait qu'un garçon
Le seul qui ne l'aimait pas.

« Bob et moi, on était les loquedus de la bande et inévitablement ça soude. On devait se repasser les tuyaux, se recommander auprès des patrons, des logeurs, des casteurs, payer pour l'autre, aussi, quand il était à sec. Faute de réseau, on inventait un duo. Et puis, de la simple association d'intérêts est né autre chose. On s'est appréciés. On s'est aimés. C'est très difficile de résister à Bobby. Difficile de ne pas lui vouloir du bien. Bobby est tout seul au monde, voyez, mais moi, moi j'ai un frère et ce frère ne m'est rien, je n'ai pas honte de le dire, rien, comparé à Bob Lockhart.

« Beaucoup d'élèves des cours étaient des acteurs en chômage chronique que leurs parents avaient les moyens d'aider, quand ils ne les finançaient pas grassement comme Brando père ou les blanchisseries Glass. Quand j'ai vu où Bobby logeait, un hôtel pourri de la 56ᵉ Ouest où l'héroïne circulait plus vite dans les couloirs que l'eau chaude dans les tuyaux, j'ai dit : *Ça ne peut plus durer, mon ami, je cherche un toit, tu as besoin d'un endroit propre, additionnons nos quelques dollars et prenons une piaule ensemble.* C'était le bon sens. Il a eu une étrange réaction. Non pas qu'il hésitait à me dire oui, mais j'ai senti qu'il regrettait d'avance ses voisins de palier, les putes, les travelos braqueurs, les alcoolos au dernier degré. Croyez-le ou non, il avait de la tendresse pour eux et, lui qui ne pleure jamais, quand il a fallu dire adieu, je l'ai vu écraser une larme sur la grosse joue du drag-queen d'à côté, celui ou celle qui repassait son linge et lui faisait du pain perdu sur son réchaud de camping. *Même que des fois une paillette bleue tombait sur le pain, qui avait résisté au démaquillant.*

« Bref, on a emménagé dans cette rue, à dix numéros d'ici – enfin, ici, ça n'était alors qu'un bar à musique comme tant d'autres dans le quartier, et la moquette, déjà rouge, était trouée de mégots, une autre époque, hein. Sans être grand, l'appartement était bien fichu, chacun avait son domaine et on avait aussi un canapé pour héberger au besoin. Pas de pain perdu au menu, mais des pâtes tous les soirs. Pendant six mois on s'est nourris de pâtes, un dollar l'assiette de spaghettis à la trattoria Carmine, et l'assiette était copieuse. On les aimait tellement, leurs pâtes, qu'on s'y est fait embaucher pour les manger gratis.

« La trattoria était bondée comme un métro à l'heure de pointe sauf que c'était tout le temps l'heure de pointe, les jeunes et les employés de bureau adoraient les sandwichs au pastrami de Carmine, ça faisait la queue, il fallait prendre un ticket sur un escargot à l'entrée puis attendre son tour mais les gosses resquillaient tous, alors ça gueulait, ça s'insultait du matin au soir, et nous on tartinait à la chaîne, on ressortait de là essorés, puant la charcutaille, puant le vieux parmesan aigre, une grosse migraine vissée aux tempes. Bob en a eu marre, j'ai trouvé une usine de nettoyage à sec au nord du Bronx, c'était loin mais bien payé et surtout c'était la nuit, comme ça il pouvait répéter le jour, aller en cours ou aux auditions tandis que moi je démarchais les télés pour des figurations et des spots de réclame. Ce qu'on ignorait, c'est qu'au lieu du pastrami et de la sueur, huit heures durant, on allait respirer l'affreux trichlo, et les migraines, alors, seraient à se taper la tête contre les murs. Fini les cours, plus moyen d'apprendre une scène, plus de jus pour courir les théâtres ni les agences de casting. Un jour, on a appris que l'usine appartenait à Peter. Ça nous a fait bizarre.

« Quand il a réalisé que j'étais parti pour de bon, mon frangin, qui ne supportait pas que je m'échappe en le laissant seul avec le garage et le père sur les bras, mon cher frère a raconté au vieux que je devenais homo et le vieux, plutôt que de faire la crise cardiaque dont il nous menaçait depuis vingt ans, a voulu me traîner chez le rabbin de Virginia Avenue – notre père! qui se biturait dès le vendredi soir et ne savait même pas le premier verset de la première prière.

« Le frangin n'était pas si bouché qu'il en avait l'air et ses doutes m'avaient effleuré moi aussi. Dans le petit monde du théâtre, avant-garde ou pas, tout le monde couchait avec tout le monde ou du moins le prétendait, parfois des gars avaient des histoires d'une nuit avec d'autres gars tout en continuant de voir des filles, aussi je m'étais un temps posé la question de ce truc que j'avais avec Bob qui, lui, j'en étais certain à présent qu'on dormait séparés juste par un couloir, n'avait aucun truc avec les filles.

« J'ai adoré notre vie »

« Les aînés qu'on prenait en modèles vivaient en couple libre, Strasberg et Paula Miller, même Stella Adler et Horace. J'avais un doute sur cette liberté qui n'avait pas l'air de les épanouir ni de les combler tant que ça. J'essayais d'en discuter avec Bob, il esquivait.

« Oh! On se confie peu avec Bob, aujourd'hui encore, les choses ne sortent pas facilement entre nous. Pourtant, un soir qu'on commençait à mieux se connaître, je déconnais avec des anciens voisins du Bronx passés me voir pour boire des bières, et, depuis sa chambre, Bob m'avait entendu dire que les homos avaient de la chance en Amérique, ce grand pays libre, démocratique, tolérant, et après leur départ il m'a envoyé ça dans les gencives : *Vous, les Américains, vous appelez liberté sexuelle ce qui n'est que votre liberté hétérosexuelle.* Pour la première fois, les choses étaient dites, enfin non, justement... le mot qui fâche n'était pas prononcé... mais à moins d'être demeuré ou sourd, je pouvais et même je devais entendre qu'il me déclarait son homosexualité.

« Notre vie ? J'adorais notre vie. On avait dix-huit ans, voyez un peu, le Studio c'était le mouvement, l'insolence, la révolution, pas cette vénérable institution qui recense aujourd'hui ses élèves illustres comme Harvard ou Yale ou West Point. Une école décriée, sans adresse fixe ni professeurs établis, on déménageait tous les trois mois d'un local de danse à une ancienne soupe populaire puis à des bureaux désaffectés qu'une banque nous prêtait, je ne sais pourquoi. Pour bouger, ça bougeait.

« On avait les yeux au milieu des joues tellement on était crevés, on avait faim un jour sur deux mais grâce au syndicat des acteurs on allait au théâtre gratis, et souvent après les représentations on était invités à dîner (disons : Bob était invité et me faisait inviter) par un metteur en scène ou une comédienne à qui il plaisait, j'ai adoré aussi les soirs moins chanceux où on n'avait pas d'admirateur pour nous nourrir mais on allait prendre des pots avec les machinistes ou bien on allait aux séances de minuit des cinémas sur la 42e (pas de méprise, hein, je parle d'avant que ça ne devienne la rue du porno), des séances à prix cassé et on essayait de resquiller quand même... Oui, j'ai adoré notre vie.

« Et puis, là où était Bobby, Joanne n'était jamais loin. Nous trois, oui. Nous trois on avait un jeu

excusez-moi

notre jeu puéril

je perds le fil

excusez, je suis qu'un vieux machin sentimental et je me fais du mouron, là, du souci pour ses poumons

c'est le trichlo, aussi, rien que le fait d'en parler je me dis

le trichlo n'a pas dû arranger, c'est sûr

une grosse bronchite, a dit Jo, ce n'est pas la première fois qu'il faut lui décrasser les tuyaux mais Bobby se retape toujours, l'emphysème ça le connaît, pensez donc, avec ce qu'il a bombardé tout au long de sa vie

le trichlo, *plus* les clopes, *plus* la bouteille, *plus* le chagrin

l'addition, je me dis, la douloureuse. Mais Bob est solide. Une force de la nature. Dans huit jours, il fera ses longueurs de piscine.

« Tous les trois, oui, notre jeu à nous, c'était d'aller faire les cons dans le Photomaton de

Times Square, on arrivait à des acrobaties pas possibles dans la cabine minuscule, il fallait que Bob entre le premier, histoire de caler sa carcasse, qu'il se rapetisse pour entrer dans le cadre, puis Jo et moi on prenait place sur ses genoux, chacun le sien, on grimaçait évidemment, on se léchait la pomme, plus c'était moche et plus on remettait de l'argent, des fortunes on y a englouti, des rouleaux de film aujourd'hui égarés.

. . . .

« On trafiquait nos cartes d'identité pour pouvoir entrer dans les bars et les clubs. Quand on n'était pas de rotation à l'usine, on marchait beaucoup la nuit. Bob aimait marcher, ça l'aidait à parler.

« Tout ce qu'il m'a dit d'important, comme cette fois où il m'a raconté son arrivée en Amérique à treize ans,

on avait échoué sur un banc face à l'East River et je me souviens qu'on a vu le soleil se lever sur la ville,

tout ce qu'il m'a confié, son errance les premiers mois avec sa troupe, la troupe qui explose, son père qui disparaît, puis sa vie dans le Missouri chez une lointaine cousine qui l'avait recueilli, c'était au cours de nos marches nocturnes.

« Il avait comme des antennes pour les endroits, un flair qui le poussait à pousser les bonnes portes derrière lesquelles se trouvaient les gens bien. C'est par hasard qu'on s'est retrouvés à La Boule Blanche, à l'une de leurs soirées interraciales et intersexuelles – je ne pigeais pas bien ce langage, Bob si, pas besoin d'un dessin – et on est devenus des fidèles, on rencontrait là ceux qui deviendraient des potes pour la vie, le poète Langston Hugues, et James Agee, James Baldwin, et plein de jazzeux, blancs, noirs, hétéros, homos, pauvres et friqués, tout se mêlait.

« Avec Bob, vous pouviez frapper à n'importe quelle porte, même les plus fermées, de la boîte underground au bar de palace. La mine de Bobby avait valeur de sésame, et pour cause : il lui suffisait d'entrer et c'était comme si tout s'illuminait autour, les murs, les visages, le plafond. C'était... spécial. Les gens arrêtaient de manger, de boire ou de parler, bouche bée. Je les voyais se demander *Qui c'est?*, et quand ils réalisaient qu'il n'était encore personne de connu, je comprenais à leurs regards avides que ça viendrait un jour, et sans tarder.

« Je n'étais pas doué, moi, je vous l'ai dit – oh! j'aurais pu faire mon trou, devenir un acteur de genre, encore un petit juif rigolo, futé et dragueur malheureux, le bon copain, toujours, mais j'avais trop d'orgueil pour me contenter d'être un artiste de talent moyen, pour être moyen je n'avais qu'à rester mécano chez mon père, mon rôle j'ai dû me l'inventer, ça s'est improvisé comme ça, un jour que Bob me demande de l'accompagner à un casting au théâtre Barrymore, pourquoi ce curieux besoin, on ne le saura jamais, *Une intuition*, dira-t-il plus tard, et là, un quiproquo en entraînant un autre, on me prend pour son agent, ça m'amuse alors je ne démens pas et je me retrouve une heure plus tard à négocier son premier contrat en tête d'affiche avec la productrice de la pièce – mais pas n'importe quelle productrice, figurez-vous, Irene Mayer Selznick en personne. Oui, moi qui jamais n'avais tenu plus de vingt dollars en main, je tapais le bout de gras avec la fille du dieu Mayer, ce putain de bougre de nabab des studios, et l'épouse du génial David Selznick qui venait de faire *Autant en emporte le vent*.

« Quand on s'est retrouvés sur Broadway, éblouis par le soleil de midi et les chromes, j'ai eu l'impression d'un décor, les immeubles fondaient comme du chewing-gum, le macadam flottait sous mes pieds. Mais la flaque, c'était moi. Pas plus remué que ça, Bobby riait de mon émotion et ça m'a rappelé qu'on ne venait pas de la même histoire, je ne suis même pas certain que les noms Mayer et Selznick aient tilté dans sa tête, pas certain qu'il ait réalisé : il avait tapé dans l'œil de *la* femme à convaincre, la chance d'une vie, sa carrière était faite à même pas vingt ans et vous savez quoi ? Ce petit couillon m'a demandé si j'étais bien sûr que la pièce valait le coup, si le texte n'était pas un peu rasoir, si deux cent cinquante dollars la semaine c'était assez. On ne gagnait pas ça en deux mois sur les cuves de trichlo et les machines à repasser. Alors je lui ai foutu un coup dans les tibias (plus grand, j'aurais tapé direct au cul) et j'ai dit : *À partir de ce jour, Bobby Lockhart, tu te tais et tu écoutes*, j'ai pris ses yeux dans les miens et j'ai mis un doigt sur sa bouche : *Apprends que, dans ce pays-ci, on ne dit pas non à l'héritière de la MGM et par ailleurs épouse du plus gros succès de tous les temps.*

« Tout de suite, il a eu le public dans sa poche. Ses premiers admirateurs attendaient à la sortie du Barrymore, des filles, oui, et quelques garçons, qui tous rêvaient de devenir ses groupies – mais ce n'est pas le genre de la maison Lockhart, jamais de cour, jamais de faux espoirs. Le rideau tombé, on se tirait à toute blinde, on passait par le local à poubelles, on se retrouvait dans l'arrière-cour aveugle et là, soit on sautait les clôtures, soit quelqu'un avait laissé ouverte la porte du restaurant attenant et on empruntait les cuisines, on chapardait au passage un sandwich ou une cuisse de poulet.

. . . .

« J'ai mis des années à comprendre que le public l'angoissait, lui renvoyait une image détestable de lui-même. Un peu comme de surprendre son reflet dans l'eau noire d'un puits. Il n'a jamais voulu savoir le courrier qui arrivait, même quand ce fut par sacs entiers, et si j'évoquais ça devant lui il changeait de pièce. Ça n'existait pas – une abstraction. Faut dire aussi que les rares fois où il s'est matérialisé, ce public qui n'existait pas, c'est quand un fondu s'introduisait chez lui. Deux fois c'est arrivé, quand il habitait sa maison sur la plage. D'abord ce fut une fille qui l'attendait dans le noir, sur la chauffeuse en face du lit, si bien qu'il ne l'a pas vue tout de suite et a failli faire une attaque en allumant sa lampe de chevet; puis ce fut un jeune type qu'on a retrouvé dans le lit, lui, entre les draps, à poil carrément.

. . . .

« La pièce suivante fut une autre histoire. On s'est fait très peur. Dès la première lecture, c'était la panique. Bobby ne savait plus lire, il bégayait, il cherchait l'air, ou alors il lisait trop vite, avalait la moitié des syllabes, *les lignes se tortillaient comme des vers*, dira-t-il, *les mots rongeaient le papier et ma rétine avec*. La sueur inondait son front, j'ai cru qu'il allait tomber raide de sa chaise, il s'est tu, il a fixé par la fenêtre les immeubles blancs et majestueux comme des gâteaux de mariage, puis, cœur vaillant, il a replongé le nez dans la brochure et sa voix s'est remise à batailler avec le texte imbitable, plus chichiteux et boursouflé que les façades pâtissières dehors, les phrases se sont carambolées de nouveau, la torture est devenue telle que Bobby s'est arraché de sa chaise, sa carcasse a fusé dans l'air et tous nous avons sursauté, il a dit pardon, il a voulu sortir mais au lieu de prendre la porte il a ouvert un placard et là, estomaqué, il a éclaté de rire, il avait retrouvé son souffle et sa voix, à l'évidence, alors l'auteur vexé a hurlé au scandale (une heure plus tôt, nous présentant sa pièce, il nous expliquait que c'était Shakespeare et Euripide en plus percutant, *une tragédie antique en langue moderne*), le producteur a cru que Bobby était défoncé et il m'a engueulé, mais, coup de théâtre, on peut le dire, le metteur en scène nous a tous cueillis en déclarant qu'il voulait Lockhart et personne d'autre. Au cœur du magma, il avait vu quelque chose, disait-il. Une pépite encore noire de terre qu'il se piquait de faire briller.

« Le jour des répétitions arrive – et c'est pire encore. J'ai pensé au trac. Mais ça n'avait pas de sens, un trac qui lui tomberait dessus maintenant, quand il ne l'avait pas éprouvé enfant, seul sur son fil, à dix mètres au-dessus du vide. Et s'il m'avait menti? J'en savais si peu sur lui, des choses invérifiables qui s'étaient passées de l'autre côté de l'océan – s'il était mythomane? Peut-être aussi que les cours l'abîmaient, ça s'était vu déjà, les profs me l'avaient bousillé avec leur psychanalyse et leur introspection permanente. À Broadway, pas de place pour les états d'âme : dans les cinq premiers jours de répétition, on peut virer un comédien d'un simple coup de pied au cul, sans rupture de contrat ni dédommagement.

« Le lendemain matin, je tambourine à sa porte pour le réveiller – qu'il soit à l'heure, règle numéro un –, je trouve le lit vide et je me dis que tout est foutu. La mort dans l'âme, je file au théâtre pour prendre ma raclée et là je tombe nez à nez avec mon Bobby qui sort du taxi. Il ne sent pas l'alcool, pas l'herbe non plus, il sourit – il a une mine superbe, en fait. Nouvelle lecture, debout cette fois, et, miracle, plus une hésitation, plus un accroc. On était sauvés.

« Ici, je vous dois une explication et surtout des excuses à la mémoire de Monty Clift dont je craignais l'influence. Avec son désir d'apprendre, son besoin d'être aimé en plus, Bobby tombait facilement sous emprise. Il connaissait mal le cinéma, je l'avais compris lors de nos séances sur la 42ᵉ, il faut croire que les foyers de l'Assistance n'ont pas de quoi y emmener les petits et que, plus tard, sur les routes, il voyait ce que l'œil peut voler dans l'entrebâillement d'une issue de secours qu'on force, bienheureux si un peu du dialogue vous arrive aux oreilles. Avec Monty il a beaucoup appris, et du cinéma, et du système autour. Une éducation en accéléré. Ils avaient leurs nuits à eux. Monty lui donnait rendez-vous devant une salle où se donnait un classique puis ils allaient en discuter en sifflant des doubles vodkas dans l'un de ces bars glauques où Monty avait ses habitudes

glauques, qu'est-ce qui me prend de parler comme un père-la-morale ? Ils ne devaient pas être si glauques, ces bars et ces gens, puisqu'ils savaient lui foutre la paix

d'ailleurs ce que je sais ou puis imaginer de leurs nuits s'arrête ici.

« Allez donc lutter contre Clift : en plus de la

beauté, de l'érudition et du génie, il avait sur moi cet avantage d'une fraternité clandestine avec Bob, cette complicité sexuelle qui les liait sans être amants. Les agents entre eux disaient Monty ingérable, ombrageux et paranoïaque. Il décortiquait les gens comme les textes, cherchant les intentions cachées entre les mots. Et si ses intentions à lui étaient mauvaises? Si son projet était de détruire le nouveau venu plus jeune, plus désirable – cette menace? En marchant jusqu'au théâtre, je m'étais fait un film horrible où Monty soûlait et droguait Bob à mort, puisque c'est auprès de lui, je n'en doutais pas, que Bob était allé chercher secours.

« Sur ce dernier point seulement, j'avais raison. De 10 heures du soir à 5 heures du matin, ils avaient travaillé. Eau plate et café noir. À 8 heures, Monty secouait Bob un bon moment avant de l'extirper du canapé puis il le mettait sous la douche, lui prêtait son rasoir, une brosse à dents et une chemise propre dont les manches, Bobby me les brandissait sous le nez, les manches lui arrivaient à mi-bras. Enfin, Monty lui avait donné un remontant, je n'ai pas demandé lequel, et l'avait mis dans un taxi.

« Avant de refermer sur lui la portière, le grand acteur s'était fendu d'un dernier conseil : *Oublie ce que t'a dit Adler. Oublie ce que te dit Lewis. N'écoute que d'une oreille ce que dit Kazan. Oublie le laboratoire et toutes ces lunes. Tu sais tout ce que tu dois savoir, mon vieux. Il te reste à apprendre ce qui s'apprend seul : le temps.*

« Clift avait une collection de disques rares de la Royal Shakespeare Company, des enregistrements anciens des grands textes dits par les plus grands comédiens anglais, qui devaient aider Bob à poser sa voix. Il lui en avait dressé la liste, comme on fait pour un gosse, et devinez qui s'est retrouvé avec la liste de courses en main ? Je n'ai pas moufté, au contraire, j'aurais pu envoyer des fleurs ou mieux, une caisse de vodka à Monty pour le remercier du sauvetage – maudits disques anglais, introuvables, que j'ai trouvés pourtant.

« Je ne crois pas que Bob ait aimé le théâtre. Il en a fait pour plaire à Joanne et à monsieur Elizarov. Un soir, le mari de Stella, un critique dont je n'ai jamais compris un traître mot, a sermonné Bobby sur les acteurs de cinéma, des pourris, sans éthique, sans flamme, indignes de ce métier. Heureusement, Clift était à la soirée, il a surpris ces paroles et, dans l'ascenseur, il a recadré Bob : *Méfie-toi de ceux qui ont des théories pour t'isoler dans un registre et te couper les ailes. Fais du cinéma, tu es né pour ça.*

« Oh ! il n'y a pas eu à le forcer.

« Autant il désespérait de la scène étriquée, du carton-pâte et des trompe-l'œil qui sont les conventions du théâtre, autant les artifices du cinéma le passionnaient, les effets spéciaux surtout, les illusions cinétiques – un reste, sans doute, de ses années de vaudeville, des numéros de magie qu'il se faisait expliquer, gamin. Rien ne l'amusait plus que les décors rétro-projetés, toutes ces scènes en voiture, de simples carcasses secouées par des mandrins sur des fonds de route et des paysages un peu flous, un peu pâlots, ces cascades en avion dans des ciels préfilmés où pas un nuage ne bougeait. Plus tard, il s'est offert des cours auprès d'un ingénieur familier d'Hitchcock afin qu'il lui apprenne les rudiments techniques. Pour lui c'était le cinéma, c'était la modernité et c'était tirer un trait sur le sale passé, le Vaudeville Circus, la vie de crevure que lui avait faite son vieux.

« Le cinéma, c'était dire adieu au père et bon débarras.

« Voilà ce que je me disais, avant d'apprendre combien ça lui coûterait, au propre comme au figuré, car le vieux n'a pas lâché l'affaire si facilement. Être le père de Bob Lockhart – l'aubaine, le jackpot. Et il a resurgi, celui qu'on croyait mort. La tête du fils, quand il a reconnu la carcasse de son vieux au comptoir du coin, oui, juste là, à l'angle avec la 9e, le bar en bas... »

De l'index – le dernier doigt qu'il puisse encore tendre –, Lenny pointe le pub pavoisé du drapeau irlandais où je suis entré par mégarde, deux heures plus tôt, croyant que le rendez-vous était là.

« Il n'était pas si chic, à l'époque, il était vraiment tenu par des Irlandais, et le vieux n'était pas là, dans notre rue, par hasard, il avait tracé son fils comme un fin limier,

94

*L'un des nombreux talents qu'on développe sur la
route*, me dira Bobby plus tard, *un type habitué à
errer a le flair pour retrouver son monde autant qu'il
a de facilité à l'abandonner,*
on marchait vers le métro, donc, on passait
devant ce pub quand j'ai vu mon pote se cabrer
de tout son long, il m'a saisi le bras et j'ai compris à son masque qu'il avait croisé un fantôme.
Le vieux se tenait au zinc, pas rasé, pas peigné,
sinistre avec ses vêtements fatigués, il fixait Bob
à travers la vitre, riait et lui clignait de l'œil. *Non,
pas ça.* Bobby était dans un tel état. *Attends-moi
dehors*, il a dit. J'ai collé mon front à la vitre,
pour voir moi aussi. Quand je dis le vieux, le
père n'avait rien d'un croulant, au contraire. La
cinquantaine vaillante, à ce qu'il m'a paru.

« Comment avait-il trouvé notre adresse ?
Mystère. Une chose ne faisait aucun doute, et
je l'ai tout de suite vue à son expression tordue :
cet homme voulait de l'argent, il ne venait que
pour ça. Comme j'ai vu à la mine dévastée de
mon Bobby que le vieux aurait son argent, le fils
paierait et je ne me suis pas trompé : désormais,
à chaque cachet qui tomberait, il enverrait un
chèque à une boîte postale de Newport et, plus
tard, quand j'aurais des bureaux avec compta,
télex et tout, les virements se feraient automati-
quement sur un compte Lockhart à la National
Bank et sur un autre à la Bank of Scotland. Je ne
pouvais pas le laisser croupir dans une caravane,
dira simplement Bobby. Et je tairai les questions
qui me turlupinaient, cette envie furieuse de

protester : *Tu paies quoi au juste ? L'ingratitude, l'indifférence, la lâcheté ? Tu remercies quand on t'abandonne, toi ?*

« Bah ! j'étais trop jeune, trop carré pour ressentir les ambiguïtés du cœur humain. En tout cas, le chantage a fonctionné : on n'a jamais revu la face de rat du vieux et au bout de quelques années Bobby a confié la gestion des choses privées à un avocat. Je savais seulement que les virements continuaient et j'ai imaginé que le père était rentré en Écosse où il coulait des jours heureux pas mérités. C'est bien plus tard, à la naissance de mon fils Seymour, quand je lui ai demandé d'être le parrain, que Bob m'a dit du bout des lèvres qu'il fallait excuser son père et comprendre que c'est à cause de lui, Bob, que sa mère avait fui. Il avait à peine un an quand la belle contorsionniste est partie, abandonnant mari et enfant pour les bras d'un colporteur rencontré dans un pub, car elle traînait beaucoup dans les pubs, la nuit. *Voilà la vérité*, disaient Wallace et les gens de la troupe. Mais elle ne l'avait pas emporté au paradis, assurait le père qui se voyait vengé, elle avait fini ivrogne et folle dans un hospice de Bristol après que son amant l'eut lâchée à son tour sur un bord de route – ça ou pire, car selon une autre version du père, l'amant aurait battu à mort la mère une nuit de beuverie. Bob payait d'avoir été ce garçon *mauvais*, le nourrisson qui a fait fuir la femme aimée, un bébé que sa mère abomine au point de l'oublier à jamais.

« Quand vous entendez ça, vous n'insistez pas, hein.

« Je savais ce qu'il en coûtait à Bob de le raconter. Je savais sa pudeur pour les sentiments. Le vieux aurait tué son fils sans hésiter pour sauver sa peau, il l'aurait trahi pour une poignée de dollars, mais ça, Bob ne pouvait pas le dire, à peine le penser. »

Joanne Ellis

« Je ne savais pas encore que j'allais faire avec
lui ce film (j'avais lu le script, en fait, si mauvais que je m'apprêtais à le refuser) quand il est
venu me trouver un soir d'hiver où il neigeait,
un bonnet rayé sur la tête qui ne lui allait pas du
tout : on lui proposait son premier vrai rôle au
cinéma – pas de ces figurations à deux répliques
que Lenny lui avait dégotées jusque-là. Il avait
honte, ne savait comment m'annoncer ça.
Je venais de le voir en Brutus, l'ombre de lui-
même, emprunté, saucissonné dans sa prétexte
et ses spartiates, et je souffrais pour lui. Il aurait
eu tort d'insister avec la scène. Oh ! je savais la
raison de son scrupule : c'était Stella, c'était Pis-
cator, c'était Strasberg, et tous ces intellectuels
de l'avant-garde, les gentils snobs comme mon
père, qui suivaient le mouvement en croyant le
précéder, qui s'entêtaient à parer la scène de
vertus supérieures à celles de l'écran. Bob avait
si peur de les décevoir. Il avait trouvé des gens
qui lui ouvraient leurs portes, celle de leur esprit

et celle de leur maison, des gens chez qui déjeuner le dimanche, avec qui partir en week-end, mais aussi des gens qui exigeaient le meilleur de lui, qui surveillaient ses progrès – une vie de famille, en somme, où il avait sa place, c'est aussi bête que ça.

« Mais moi, quelle place devais-je lui donner ? Et quelle place espérer auprès de lui ? Depuis plus d'un an, j'entendais jaser au cours. Les filles s'étonnaient qu'il fuie les tête-à-tête. S'il sortait avec l'une, il fallait toujours un troisième larron pour tenir la chandelle. Il ne tentait rien, pas un geste déplacé, même au cinéma. Bien sûr, les garçons haussaient les épaules, ils comprenaient, eux, Bobby le tombeur avait tant jeté sa gourme avec les dames chics de la ville qu'il devait collectionner les chaudes-pisses et les tréponèmes, alors mieux valait qu'il couchât ailleurs que dans le cours – et les garçons de s'envoyer des coups de coude : *Imaginez un peu qu'il vous plombe toutes, on serait mal, nous qui n'avons pas sa chance.* En entendant ces mots, je fuyais, malheureuse, honteuse. Sa chance. Ne serait-ce jamais moi, sa chance ?

« Et puis il y eut Iphigenia, une gamine fragile débarquée à la New School en milieu d'année et que Stella Adler avait prise sous son aile. Elle n'était pas là depuis un mois qu'elle se vantait d'avoir couché avec Bob – oh ! juste une fois, ça n'avait pas duré au-delà de la nuit, mais la gamine nous en rebattait les oreilles tant et si bien que certains doutaient de son récit. Moi, bizarrement, je voulais la croire. J'y tenais. Si une fille comme Iphigenia, immature et quelconque, savait séduire Bob et pas moi, c'est que j'étais la dernière des gourdes.

« Aussi j'ai décidé de perdre ma virginité. Avec Peter, oui, Peter Glass, que je connaissais depuis toujours et qui était amoureux de moi, hélas. Il aurait fallu prendre un type qui n'en avait rien à faire, qui me ficherait la paix ensuite. Résultat, Bob Lockhart ne m'a pas regardée différemment et je me suis vue affublée d'un fiancé malgré moi.

« Il n'y a pas de quoi rire, on voit bien que ça ne vous est jamais arrivé, ce genre de malentendu. Bon, soit, c'est *un peu* drôle. Mais je souffrais tellement à l'époque, avec tout le sérieux qu'on met à souffrir à dix-sept ans.

« Ça s'est bien terminé ? Avec Peter Glass ? Parce que vous estimez que se marier à dix-neuf ans pour divorcer à vingt et un, c'est une réussite ? Non, épouser Peter n'a été qu'une façon de me punir encore plus – et de le punir au passage, cruellement.

« Maudit soit ce film.

« Maudits soient l'Arizona, et tous les cowboys, et toutes les mouches à bœufs. Un jour, un taon m'a piquée à la lèvre. J'ai fait un choc, perdu conscience, et on m'a transportée aux urgences – pauvre hôpital, ils n'avaient jamais eu d'autres patients que les ravis et les soiffards du désert et voilà qu'en quelques jours on leur apportait deux acteurs de cinéma. Je ne sais qui a prévenu Peter et en quels termes, mais il est arrivé de New York dans la nuit et m'a tenu la main tout le restant du tournage. Du coup, je la lui ai accordée, cette main. Le matin suivant, je suis tombée sur Bob au bas de l'ascenseur de l'hôtel. Je descendais, il remontait. Je lui ai dit que j'allais épouser Peter, et il est resté sans réagir ou plutôt si : il a eu cet air étonné mais sans plus, l'air condescendant de ceux qui sont pris ailleurs, par des choses bien plus captivantes que cette nouvelle qui bouleverse votre vie. Il était pressé, quoi. Dans ses mains, il tenait deux paquets de cigarettes neufs, l'un de sa marque à lui, l'autre d'une marque que fumait Paul Young. Pas une seconde à perdre, donc, pour rejoindre Paul dans sa chambre et griller ensemble leur première cigarette du jour. Cette rumeur sur eux... Elle courait depuis des jours sur le plateau, je l'avais surprise à des messes basses entre les techniciens, les cascadeurs, les gens des loges aussi.

« Oh ! Je ne vous apprends rien, j'imagine. Vous devez savoir, pour eux.

« Peter, à qui j'énumérais tous mes griefs contre la production, m'a demandé pourquoi je m'étais embarquée dans un projet déjà médiocre à la lecture. J'avais si souvent clamé que, pour me faire revenir à l'écran, il faudrait un grand film. Quoi lui répondre ? Que j'avais signé pour partager avec Bob Lockhart ne serait-ce qu'une affiche ? J'aurais préféré me cacher sous le sable et disparaître.

« Ce soir de neige où il était venu chercher

mon approbation, où il ignorait qu'on m'avait moi-même pressentie pour le film, je m'étais montrée pratique. *Je ne dois pas céder aux sirènes du cinéma*, me répétait-il, à moi, qui entendais cette scie depuis toujours. *Ce serait me compromettre, et de toute façon je me suis engagé pour trois mois de plus au théâtre.* Il m'agaçait soudain, les scrupules sonnaient faux et je me suis fichue de lui : *Comment, tu vas refuser une offre de la RKO à trois mille dollars la semaine par fidélité à un théâtre où ton cachet monte à quoi ? cinquante dollars la représentation ?* J'ai tout de suite vu que l'argent n'était pas le bon argument – ce ne le sera jamais avec lui. *Tu vas dire non à Howard Hughes et tu te sens fier, tu crois que c'est du courage, quand ce n'est qu'un enterrement de première classe. C'en serait, Bobby, du courage, si tu étais déjà quelqu'un, un nom dont on veuille se venger, mais tu n'es personne. Personne.* Cette fois, j'avais touché au cœur.

« Qui voulais-je sauver ce soir-là ? Le jeune acteur des griffes trop aimantes de nos barbons ? Moi et mon conte de fées, disons plutôt mon idée fixe ? Je nous ai vus, loin d'ici, loin de la routine et de ce cadre qui ne nous valaient rien, je nous ai imaginés sur un plateau, bizarrement seuls au monde, et je crois que j'entendais malgré moi le personnage de Bobby dire à mon personnage les mots écrits par un autre dont j'aurais voulu qu'ils soient les siens, qu'il les dise sans le truchement d'un costume et d'une fiction. »

Ceci alors, un cliché noir et blanc que Joanne Ellis me montre dans le cahier central de la brochure où sont regroupées les photographies du tournage : ils posent devant un gros gâteau rond, tous trois en tenue de soirée, Joanne en robe de dentelle claire, Paul Young et Robert Lockhart en smoking et chemise blanche au nœud papillon défait. Joanne est au centre, Bob à sa droite, Paul à sa gauche, et tient en main le couteau étincelant qui va bientôt entailler le glaçage parfait du gâteau sur lequel on peut lire, écrit en lettres de sucre :

On Their Road to Film Fame

Des vœux de succès assez étranges, là où l'on attendrait plutôt un message d'anniversaire puisque, nous apprend la légende sous la photo, c'est cela qu'il s'agit de fêter, le double anniversaire de Bob, né un 24 juillet, et de Paul, né le lendemain, c'est-à-dire un 25 juillet sept ans plus tôt. Comme le tournage s'arrêtait officiellement le 26 au soir, la RKO avait décidé qu'on fêterait les trois événements ensemble et le gâteau fut commandé aux cuisines de l'hôtel, un monceau de crème, se souvient Joanne Ellis, qu'il fallut entourer de glace et de plusieurs ventilateurs pour l'empêcher de fondre le temps de la mise en place des photographes débarqués en nombre de Vegas et Phoenix.

« N'imaginez pas une quelconque gentillesse derrière tout ça, ce n'était pas un geste de camaraderie mais un peu plus de publicité pour Hughes qui venait de racheter la compagnie avec l'ambition de devenir le plus grand, le sachem du Caillou. Il n'avait pas fait le déplacement, bien sûr, mais il était la pin-up cachée dans le gâteau.

« Voyez comme j'ai l'air crispée, mécontente au fond. Et eux, frères ennemis soi-disant, leurs larges sourires, le cœur à la fête.

« J'étais pompette, moi qui ne bois jamais, et je me suis fait ouvrir la suite de Bobby par le garçon d'étage qui s'est exécuté : *Bien sûr, miss Ellis, monsieur Lockhart sera ravi de la surprise*, et il me souriait la mine complice, certain de contribuer aux amours clandestines de deux acteurs qui occuperaient bientôt les manchettes des journaux.

« Dès le salon j'ai compris. Une veste de smoking noir traînait par terre, trois chaussures éparpillées ne faisaient pas le compte et, plus loin, retournées, bouchonnées ensemble, deux chemises à plastron n'avaient pas plus de sens. La veste de satin bleu, je l'ai reconnue aussitôt – il n'y avait que Paul pour porter des tuxedos bleus assortis à ses yeux.

« Je n'avais pas besoin de pousser la porte de la chambre, encore moins de tendre l'oreille pour discerner les murmures derrière le capiton. J'ai reculé dans le couloir, je sentais les joues me cuire. Le petit concierge m'a regardée et lui-même, j'ignore ce qu'il a compris au juste, lui-même est devenu pivoine. Son regard sous la casquette me fuyait à présent, je sentais sa honte pour moi et sa pitié de moi aussi. Le couloir jusqu'à ma chambre donnait le vertige, un vertige horizontal, et je m'y suis jetée, j'ai pressé le pas, j'ai couru.

« Oh ! son regard, à ce garçon, m'a poursuivie longtemps : c'était comme s'il m'avait vue nue, comme s'il m'avait surprise, moi, en train de forniquer. La fautive, c'était moi. »

Lenny Lieberman

« Cent kilomètres de pellicule plus tard, on put voir enfin le bout de *La Piste*. Un film ni très bon ni pire qu'un autre, dans son genre. Hughes voulait faire les choses en grand mais comme le Roxy, vitrine de la RKO, était fermé à cause d'une sombre affaire, il avait loué le Capitol Theatre et débauché la moitié de la police de Manhattan pour garder les parages.

« Inutile de pianoter sur votre clavier, l'écran ne vous dira rien, il y a belle lurette que le Capitol a été rasé pour faire place à une tour de bureaux. Vous n'étiez peut-être même pas né quand on l'a explosé. C'était un palais rococo à mort avec sa mezzanine immense d'où la vue plongeait sur une Mésopotamie de bazar, ses arches dorées, ses frises, ses colonnades et ses jardins suspendus peints en trompe l'œil... Une de ces salles magnifiques comme on en avait alors, quatre mille, cinq mille places, des théâtres extravagants... Rien que d'entrer dans les lieux, de fouler la moquette pourpre et de

106

sentir les parfums des femmes, le tabac des fumoirs, vous frissonniez de joie et d'espoir, ça vous soulevait, vous sentiez que vous alliez vivre un truc à part, peut-être même exceptionnel, vous entriez dans un monde où la lumière est plus belle, les plafonds plus hauts que la voûte céleste, l'écran plus profond que l'horizon. Sous les dorures et les moulures, la petite dactylo se voyait aussi sec propulsée dans le temps et dans l'espace, en reine de Saba, en Scarlett sudiste, en Jeanne d'Arc, loin, très loin de sa condition.

La première première

« J'étais allé le chercher à son immeuble, entendez : notre immeuble, avant qu'on s'installe à L.A., il avait gardé l'appartement miteux et le prêtait à des copains dans la dèche ou à des gamins sans adresse à New York qui entraient à leur tour dans le circuit des écoles de jeu, il refusait de loger au Carlyle où on planquait les acteurs avant les premières, le Carlyle est un vrai coffre-fort, pourtant, il aurait pu s'y préparer au calme, et je ne sais pas comment l'adresse avait fuité mais, dès que la limousine s'est arrêtée sur la 44e, trois reporters surgis de nulle part ont reconnu sa silhouette et son pas singulier à l'instant où il sortait et se sont mis à le mitrailler. Le smoking de confection était trop court aux jambes, il aurait eu le temps de faire rallonger l'ourlet mais avait oublié, dit-il dans la voiture quand je lui demandai, furibard, s'il avait eu un feu de plancher, mais moi je sais que ça le faisait suer, il détestait qu'on le touche ainsi, que des inconnus posent la main sur lui, qu'il n'avait pas choisis, et les costumiers redoutaient les essayages avec lui car il ne tenait pas en place, les pressait d'en finir et les rabrouait grossièrement, c'était toujours des hommes, ce qui aurait dû le mettre à l'aise, toujours des hommes qui habillaient les hommes, ça marchait comme ça à l'époque, pour raisons de décence, et Bob fit cette chose très choquante alors de demander par contrat une habilleuse, ça le gênait moins, un comble, n'est-ce pas, Bob Lockhart voulait se faire tripoter par des couturières,

bref, ce pantalon ridicule lui arrivait au-dessus de la cheville comme s'il avait fait une poussée de croissance en quelques heures et j'avais honte, que dirait-on de moi, vous parlez d'un agent, pas capable de veiller aux apparences, le minimum, quoi, mais figurez-vous que ça a plu, on a compris les jours suivants, par les articles et les sondages de rue, que ce feu de plancher faisait craquer les minettes, Bobby était trop chou, hein, et Leslie, une chargée de publicité du studio, a eu l'idée d'exploiter l'anomalie, elle a constitué pour lui une garde-robe composée uniquement de pantalons trop courts, de sorte que c'est devenu la signature Lockhart, son style rien qu'à lui, mi-homme fatal, mi-ado attardé.

« Vrai, rien que d'y repenser, j'ai l'impression d'avoir quinze ans moi-même, que tout nous sourira, rien de mal ne peut arriver tant que Bob est là.

« Ce rêve d'enfance, ce fantasme enfin réalité, je me frottais les yeux pour y croire : arriver en limousine dans le secret des vitres fumées, en descendre lentement et se faire acclamer, avancer sous les flashes qui crépitent, j'imaginais que ça lui ferait quelque chose, qu'il montrerait un peu de trouble, de confusion, de fébrilité, je ne sais pas, moi...

« Rien.

« J'en étais plus retourné que lui. Ça commençait, les choses sérieuses, et Bob les mènerait sérieusement. Il n'a pas cillé, pas vacillé non plus quand il a fallu fouler son premier tapis rouge, sourire aux micros et signer ses premiers autographes aux badauds en grappe derrière les barrières de police. Oh ! on avait déjà donné une projection, en fait, sur le Caillou, dans cette salle mythique du Pantages que Hughes venait d'acheter, et l'accueil avait été correct, mais là c'était New York, comprenez, là c'était le Capitol et je m'attendais à ce que Bobby soit fier, au moins, de revenir en vedette dans la ville où trois ans plus tôt il faisait la vaisselle et la lessive des autres.

« Il était parfait de maîtrise, presque décevant de perfection.

« La première dame était là, et cette brave Bessie Truman amenait avec elle le gratin. Même le conseiller Harriman était venu pour Bobby, le candidat démocrate Harriman dont on disait qu'il serait le prochain président, et c'est l'un des rares moments où j'ai vu la vanité embuer le visage de Bob. Sur ses traits connus par cœur, aimés pour leur franchise et leur intelligence, j'ai cru voir passer la satisfaction d'un vieux con revenu de tout, un peu comme si l'œil de velours noir clignait depuis l'écran en direction d'un public acquis. *Hi! Buddies, vous et moi on sait à quoi s'en tenir sur tout ce barnum mais je peux vous dire aussi que c'est bougrement bon d'être à ma place et que je ne la céderais pour rien au monde.*

« Lui qu'on disait lucide, la tête froide, perdait toute mesure en présence des politiques et c'est un comble, si l'on y réfléchit, un comble que Paul Young ait fini dans la politique, parce que je ne peux pas m'empêcher de me dire, aussi grotesque, aussi farfelu que ça paraisse, qu'ils étaient vraiment faits l'un pour l'autre, que ce n'était pas qu'une question de deux types magnifiques que le hasard réunit et qui se découvrent bander l'un pour l'autre, ce n'était pas non plus seulement une affaire de cœurs blessés, de sentiments réciproques et de tendresse partagée, ça avait à voir avec le monde réel, le monde extérieur – ce monde qui ne voulait pas d'eux ensemble et auquel ils auraient peut-être pu contribuer, vous vous rendez compte ?

« Parfois au fil des années j'essayais d'imaginer ça, oui, je me représentais les affiches de campagne, les tee-shirts et les banderoles des meetings avec, réunis dans un cœur, au lieu des sourires banquise de l'acteur Reagan et de sa petite Nancy, les visages heureux de Paul Young et Bobby Lockhart, les demi-dieux formant le ticket idéal, l'association magique pour conduire le pays au succès collectif

vous me trouvez zinzin, non? Vous auriez le droit.

« Bref. Pour l'heure, Bob et Paul se serraient la main devant les photographes tels des collègues bons copains mais Bobby ne s'est pas attardé, il a vite retiré sa main et replongé avec moi dans la voiture qui nous conduisait à la chaîne ABC pour une heure de direct, dehors c'était la folie, soixante flics en uniforme dans Times Square, il y avait aussi la police montée mais on ne voyait rien, plus tard on nous a rapporté qu'une femme était tombée sous les sabots d'un cheval et en avait réchappé de justesse, qu'une vingtaine d'autres blessés avaient été transportés aux urgences de Mount Sinaï et de Lenox Hill mais nous on n'a rien entendu, pas un cri, pas une sirène

je vais vous dire, Lockhart m'a épaté... Sa concentration, sa détermination, c'était... Je n'ai pas de mot sauf monstrueux, peut-être... monstrueux, un peu

après l'émission, il y avait un grand cocktail chez Sardi où je croyais pouvoir souffler, retrouver terre, mais non

là j'ai vu mon Bobby exploser, irradier de bonheur, une étoile était née, comme on dit, et j'ai eu ce truc bizarre au cœur, de joie pour lui et de dépit aussi, un peu, parce qu'il m'avait échappé, enfin je le croyais, il s'envolait loin de moi – mais je me trompais parce que Bob, je l'ignorais, Bob était un lierre, et sans que je le voie il s'était attaché à moi comme à la pierre, il se cramponnait à ceux qu'il avait choisis une fois pour toutes et il savait choisir, au moins, il ne se trompait pas sur nous, et je serais son rempart, son fidèle support, fidèle comme Joanne, comme Young aussi, à sa façon compliquée.

« Mais cette nuit-là, Jo seule comptait. Dès l'arrivée au Capitol, le manège m'avait surpris, dont j'ignore aujourd'hui encore s'ils l'avaient prémédité ensemble au téléphone ou si c'était la seule idée de Bob : avant d'entrer sous la marquise, il avait fait signe aux photographes de patienter et il avait attendu sur le trottoir que la limousine de mademoiselle Ellis arrive, qui suivait la nôtre d'une minute à peine. Et il avait lui-même ouvert la portière de sa partenaire, il avait pris sa main et c'est ensemble, bras dessus bras dessous, qu'ils avaient foulé le tapis.

« À la main droite de Jo, la bague de fiançailles avait disparu. La belle, l'énorme émeraude offerte par maman Glass.

« Évidemment, les photographes et le public étaient dingues de ce qui leur apparut comme un couple, qui confirmait les rumeurs dans la presse, je veux dire : l'insolent bâtard de l'histoire n'avait pas seulement poqué le cœur de la belle à l'écran, il l'avait aussi conquise à la ville, c'est ainsi que tout un chacun interprétait leur attitude complice, fervente, jouisseuse pour tout dire. Et ni Bob ni Jo n'avaient envie de les dissuader.

« Paul était en retrait, comme toujours, il n'a jamais montré de plaisir à ces choses et même, on aurait dit que quelque chose en lui réprouvait ces noubas trop bruyantes, trop arrosées et trop chimiques, qu'un fond de culpabilité l'empêchait de s'étourdir, de se mêler, comme un dégoût moral et physique, ou bien un refus de perdre le contrôle, m'est avis que ça n'a pas dû rigoler tous les jours à la maison quand il était môme, que ça devait être actions de grâce, châtiments corporels et toilette à l'eau glacée, voyez ce que ça donne à la fin,

du désir et des regrets – des regrets surtout. Je n'aime pas beaucoup Paul, entre nous soit dit, je l'ai supporté quand sa présence était inévitable, mais cette nuit-là, chez Sardi, il m'a fait un peu de peine. Défait, comme son personnage dans le film, comme s'il avait fallu que se rejoue en public et en réel le triangle du scénario – sauf que ce n'était pas ce foutu désert d'Arizona mais la foule chatoyante abreuvée de champagne et d'hypocrisie d'un banquet new-yorkais. Il était si transparent, je me suis demandé si Bob et lui ne s'étaient pas fâchés dans la journée.

« Oui, j'ai eu pitié de Paul, tout seul, à peine si le monde s'intéressait à lui, mais je me faisais encore plus de souci pour Jo à qui la tête tournait visiblement, dansant au bras de Bob et comme entraînée dans un tourbillon où elle désirait se perdre. Avait-elle sincèrement oublié qu'elle épousait Peter dans deux mois? Ma peur, pour être simple, c'était qu'elle finisse par croire à la fiction du film et au mensonge des journaux. Que ça se télescope dans sa tête. Oh! je ne suis pas un ange, j'avais de la colère aussi. La fiancée secrète, épousée mille fois dans le noir, n'avait rien à faire d'un grouillot comme moi, même pas mignon, elle qui depuis ses sept ans avait tous les garçons à ses pieds. Elle voulait Bob, parce que Bob pourrait la faire souffrir, la frustrer, la faire douter, et elle avait besoin de souffrance, de frustration, d'incertitude si elle voulait avancer, devenir une très, très grande actrice. Les grands acteurs ne recherchent pas l'épanouissement, figurez-vous, ni les plaisirs. Le bonheur n'est pas le but. Ils cherchent le gant de crin plus que la caresse, le cilice plutôt que la soie, l'humiliation plus que les vivats. C'est pour ça qu'on les appelle monstres. Elle aimait en moi le bien que je voulais à Bob. Tant que je serais fidèle à Bob, j'aurais le respect de mademoiselle Ellis. Ça se passait comme ça.

« Parfois j'enrageais, contre elle, contre Bob, j'avais des pensées pas jolies, jolies, je les insultais en mon cœur et j'avais honte.

. . . .

« Quand vous culminez à 1,70 m les jours de grand vent et que votre inséparable dans la vie est ce beau bébé d'1,92 m, même sans être acteur vous vous sentez le partenaire d'un duo

114

de comédie et vous vous dites que la vie, en fin de compte, imite très bien le cinéma. Mon frère, que sa délicatesse n'a jamais étouffé, m'enviait d'avoir Lockhart pour acolyte, non pas qu'il aurait rêvé d'être entouré comme moi d'artistes de talent, mais parce que Bob tombait les plus belles filles du monde et forcément j'en profitais, je consolais celles qu'il éconduisait, *rien que les miettes dont Bobby ne voulait pas*, disait-il, rien que le second choix faisait de moi l'apprenti queutard le plus chanceux du Bronx.

« Profiter, les gens n'ont plus que ce mot-là à la bouche.

« Profiter d'autrui, parce que c'est toujours de ça qu'il s'agit à la fin.

« Il y a cette expression convenue, vivre dans l'ombre de quelqu'un, que je n'ai jamais comprise, qui me chiffonne, parce que j'ai toujours eu le sentiment contraire de vivre dans la lumière de Bob, dans la lumière des cinq ou six amis qui ont compté pour moi – et Joanne en fait partie. C'est loin de Bob, loin d'eux que je m'étiole.

« Et je n'en mène pas large, ces temps-ci, je sens comme un poing me creuser le bide quand j'imagine que demain Bobby pourrait ne plus être là pour réchauffer mes vieux os, pour me faire me lever encore, me raser et cavaler au bureau tous les matins, histoire de vérifier que tout fonctionne, les ordis, les fax, les téléphones, même si personne n'appelle plus, à qui je pourrais faire le coup du mec débordé, même si personne n'écrit plus pour des propositions que j'aurais le plaisir de refuser – même s'il y a longtemps qu'aucun script n'arrive plus ni par la poste, ni par coursier, ni par les câbles.

« C'est si Bobby s'en va demain que je la connaîtrai, leur saloperie d'ombre. »

2

La maison sur la plage

Paul Young

Le soleil était revenu, orange sur les falaises de verre. Le chauffeur attendait dans le petit vestibule, mécontent, ses doigts feuilletant le supplément sports de *USA Today* que ses yeux ne lisaient pas.

Au moment de prendre congé (*Merci pour votre patience*, a dit Paul Young deuxième du nom et, sous la gratitude, je discernais l'autorité atavique du prince), je l'ai vu se raviser, plonger la main dans la poche arrière de son jeans et en retirer le portefeuille (ce geste de cinéma, oui, que certains hommes imitent dans la vie, cette façon crâne de traiter l'argent, un dédain de cow-boy, peut-être), il en a déployé les volets et, de sous un mica opacifié par le temps comme avait blanchi le bleu turquoise de son iris, il a tiré avec une précaution d'enfant, n'y portant pas les ongles, juste la pulpe de l'index et du pouce, cette photo noir et blanc qu'il a dépliée à son tour, passablement jaunie, les pliures ayant creusé le papier en son centre qui s'effrite, il la lisse à peine sur le coin de table, avec toujours cette délicatesse, cette solennité qu'on met au maniement des souvenirs périssables, soufflant juste : *C'était chez nous.*

Les voici tous deux assis sur le plongeoir d'une piscine, la pointe des pieds effleurant la surface de l'eau, deux corps architecturés, minces, les muscles longs, les épaules dessinées, la peau scintille de gouttelettes illuminées par le soleil ou son reflet sur l'eau; les visages sont de trois quarts, regards parallèles vers l'angle supérieur droit du cadre, fixant là un point invisible, sans doute rien d'autre en vérité qu'une indication du photographe, l'un blond, sa peau pâle à peine hâlée, l'autre brun et bronzé, tous deux ultra photogéniques en ce qu'ils répondent aux canons d'une statuaire ancienne, rassurants, donc, presque banals mais échappant au sté-réotype par le fait d'être deux, complétés l'un par l'autre – ses yeux clairs, ses yeux sombres; sa lumière, ses ténèbres – et comme renchéris l'un de l'autre, une sorte d'idéal au carré que vient troubler, tel un embu dans l'image par-faite, cette main de Bob serrant l'épaule nue de Paul, un geste de rien du tout, pourrait-on dire, la simple accolade d'un camarade, si ce n'est que l'étreinte n'a rien de léger ni d'ano-din, pourquoi, nul ne saurait le dire et pourtant nul ne peut se le cacher, cette main posée là sur l'épaule est une main qui aime plus qu'on ne s'aime entre camarades, qui touche autrement qu'on ne se touche entre copains, une main qui désire, une main qui caresse et continuera de caresser quand plus personne ne regardera, ni le photographe dans son œilleton ni le technicien dans sa chambre noire.

« On est si bien que ça ? Merci, merci. Parfois j'oublie, je ne me rends plus compte de la chance – sur le moment non plus, d'ailleurs, on ne réalisait pas – mais oui, on n'était pas mal l'un comme l'autre et bien assortis l'un à l'autre. C'est chez nous, dans la maison sur la plage, que la photo a été prise. Pour un magazine, oui, ne demandez pas lequel. Des photos il y en a eu tant, la plupart ne voulaient rien dire. La maison était sans cesse visitée, inspectée, mitraillée. Certains changeaient les meubles de place sans demander. Au détour d'un couloir, d'une allée de jardin, on tombait nez à nez avec des inconnus armés de leur appareil ou d'une caméra. Des gens que le chargé de pub ou l'agent de presse des studios avaient invités chez nous sans nous donner leur nom. Trop de fois c'est arrivé. Beaucoup trop. On a laissé faire, je crois qu'on trouvait ça
j'ai honte de l'avouer
gratifiant, flatteur, excitant – on croyait abuser le monde quand c'est lui qui abusait et lorsqu'on a voulu corriger le tir, il était trop tard.

« C'est drôle comme ça peut mentir, une image,

comme ça peut taire la moitié de la vérité. On le dirait pas à nous voir, si proches sur cette photo, mais elle a été prise en plein grabuge, juste avant notre première grande dispute. Je m'en souviens, ô Seigneur, parce qu'on ne se disputait jamais, Lockhart et moi. Du jour où ça s'est installé, la discorde, les reproches, tout ce qu'on a gardé sur le cœur avec un paquet de bile à mariner, ce jour-là ce fut le tocsin et tout s'est précipité en un rien de temps.

« Expédiée, la fin, ouais.

« Deux hommes, ça ne se fait pas la guerre.

. . . .

« Il aimait les rouleaux, les gifles d'écume, le grondement et la puissance glacée de l'eau qui vous saisit. Notre piscine, Lockhart en riait, il disait que c'était bien la décadence américaine que de creuser un bassin à vingt mètres du rivage, quand le plus vaste océan du monde vous ouvre les bras. Les curieux sur la plage, les rôdeurs, les reporters du dimanche, il a voulu les ignorer, il a cru que ce serait possible, sortir se baigner comme n'importe quel nageur, mais c'était intenable, je veux dire : moralement pas correct et dangereux physiquement, aussi Lockhart a dû faire comme les autres, nos voisins et collègues, tous célèbres, il a renoncé à *la vraie eau* et s'est cloîtré dans son bassin, protégé par le mur d'enceinte. La plage, on n'y sortait qu'à la nuit mais moi, nager dans le noir, jamais.

Je guettais sur le sable avec la peur panique qu'il ne se noie. Les nuits sans lune étaient les pires, sa tête disparaissait en quelques brasses, engloutie. J'ai maudit les bains de minuit comme j'ai haï les motos, tous ces risques qu'il prenait, dont il avait besoin.

« Sept années sont passées comme un rêve. On avait des métiers de rêve, des amis de rêve. On habitait la maison du bonheur, sur une plage, comme Lockhart et moi on en rêvait, chacun dans son coin, depuis l'enfance.

« Parce qu'on avait des désirs en commun, voyez-vous. Il faut bien ça pour tenir le cap de l'amour. J'ai la faiblesse de croire que la maison a été choisie un peu pour moi. Les colocataires, dans le milieu, ça ne manque pas, c'est même normal pour des jeunes acteurs qui démarrent, tant qu'aux yeux du monde ils restent des coureurs de jupons. On n'allait pas partager la même chambre, et Lockhart voulait plus encore, que chacun de nous dispose d'un vrai espace. *Où il puisse ronfler, péter ou faire la gueule s'il en a envie*, disait-il, et le manoir de Nora Spector offrait ça, avec ses deux ailes séparées. Il est venu me chercher aux studios ce soir-là et on a filé en moto jusqu'au front de mer. *Ça te plaît?* a-t-il demandé. J'ai dit oui et une heure plus tard il signait chez l'avoué de Spector. Ça ne traînait pas, avec nous. »

Le chauffeur a maintenant les épaules lourdes des deux sacs de monsieur Young dont il a croisé les bandoulières sur son estomac, comme des ceintures à munitions, et il implore du regard en désignant son poignet gauche au vieil homme fâché avec l'heure ou plutôt égaré dans les différents présents qui se chevauchent dans sa conscience, présent de ses vingt ans, présent d'avant-hier et présent d'aujourd'hui.

Je lui tends la main, Paul Young ouvre grand les bras puis me broie les épaules dans ses poings. « Bonne chance, mon garçon. Dieu vous garde. »

Lenny Lieberman

« C'était le grand départ. Fier comme un pou, j'avais claqué une fortune dans des bagages en cuir et des chaussures de marque. Pour la première fois, j'allais prendre le train des dieux, comme on l'appelait, le Super Chief qui reliait les côtes Est et Ouest, qui allait devenir un peu comme une seconde maison. Le luxe à bord, ça ne peut se concevoir aujourd'hui. Nos cabines Pullman étaient plus riches et confortables que les hôtels où les studios logeaient leurs acteurs.

« Les dieux... Imaginez seulement de vous retrouver trois jours à vivre parmi vos idoles, à partager le même couloir, les mêmes tables au restaurant de bord. Disons que, au moment d'aller vous coucher, vous souhaitiez bonne nuit au voisin de la cabine de gauche et que ce soit Clark Gable – Clive Owen, si vous préférez –, que dans la cabine à droite votre voisine ait les yeux de biche d'Audrey Hepburn ou de Penélope Cruz ? Eh oui, vous souriez. En rêve.

« On s'est réjouis quand l'avion s'est généralisé,

on s'est félicités du temps gagné sans réaliser ce qu'on y perdait de notre vie sociale. On
nous connaissait par cœur, sur la ligne, avec
cette navette incessante qu'on faisait. Le chef
cuisinier avait appris à faire le pain perdu à
la cannelle et Bobby, pour le remercier, avait
demandé à un reporter de *Variety* de les prendre
en photo tous les deux, le gros bonhomme soulevé dans ses bras. Souvent, il appelait Bogie
ou Bacall afin de synchroniser les agendas et de
voyager ensemble, ça durait si longtemps, on
avait le temps de parler, oui, et de s'ennuyer élé-
gamment, alors Bob apprenait ses textes sur le
trajet, je tapais le bout de gras avec la moitié du
train et Paul – il évitait les Bogart, accusés d'être
des rouges, vous comprenez – Paul déjà s'absor-
bait dans les affaires familiales et lisait d'inter-
minables rapports chiffrés.

« Bob, c'est quelqu'un qui ne tient pas en
place. Sitôt assis, il a des fourmis dans les
jambes. Le voir cloué à un lit, aujourd'hui... Je
ne peux pas vous dire ce que ça me fait. Dans
les beaux wagons, il étouffait, le toit n'était pas
assez haut pour lui, les allées pas assez larges ni
le couloir assez long pour qu'il puisse y piquer
un sprint. Il n'aurait pas comme moi la nostalgie de nos traversées aristocratiques et je me
demande : peut-être le roulis ressuscitait-il dans
tout son squelette le souvenir des trains de marchandises de son enfance, la tôle des trémies
ou le plancher infesté des wagons, et la faim,
et le froid, et le boucan ? Peut-être que tout le

confort du monde, les draps de linon, la bonne chère, les capitons et les épaisses moquettes n'y pouvaient rien changer. Et puis, Bobby adorait ça, les avions. Une fois ou deux, il a parlé de s'offrir un jet pour ses quarante ans mais on n'a rien vu. L'argent n'était pas la question, plutôt cette répugnance qu'il avait gardée du gâchis, de *l'indécence et la bêtise que c'est*, disait-il, de jeter l'argent par les fenêtres. Les fenêtres ou les hublots, donc.

Comme des super-chefs

« Bob a bien regretté un train, quand j'y pense, mais il ne faisait que dix mètres de long et c'était juste un wagon souterrain qui transportait les voyageurs de la gare de Manhattan à l'hôtel Waldorf – quand je dis les voyageurs, il n'en transportait qu'un, normalement, le client pour qui on avait creusé ce tunnel et qui n'était autre que le président Roosevelt à l'origine, une commodité pour lui à cause du fauteuil roulant, Roosevelt puis ses successeurs lorsqu'ils séjournaient à l'hôtel, et, parmi ces super-super-chefs, Bob Lockhart, donc, mon Bobby qui avait conquis le directeur ou bien son épouse, qui s'était vu octroyer ce privilège dont il jouissait sans modération, heureux comme un gosse lorsque les stewards Pullman nous faisaient descendre avant les autres et que deux agents de station nous entraînaient vers le boyau secret de la gare oui, oui, je suis sérieux

vous ne mesurez pas, il me semble, ce que signi-
fiait alors le nom de Bob Lockhart

on pouvait difficilement faire plus célèbre

peut-être même qu'au fin fond de l'Arkansas,
du Wyoming ou de l'Alabama, le garçon d'épicerie ou la fille des champs qui avaient la photo
de Bobby punaisée dans leur chambre n'auraient pas été fichus de vous citer le nom du gus
qui dirigeait le pays

et même si le transfert ne durait que quelques
minutes de la gare au sous-sol de l'hôtel, Bobby
chaque fois était aux anges, un gosse, vraiment,
qui me secouait l'épaule comme un prunier : *Te
rends-tu compte, Liebe, qu'on est dans le train du
Président ?*

« Oui, le pouvoir politique fascinait Bob, allez
savoir pourquoi.

« Mais je brûle les étapes, pardon.

« Nous voici donc débarqués à L.A. D'abord
c'est au Knickerbocker que le studio nous a
casés, au onzième étage où étaient regroupés les
long-séjour, enfin, quand je dis *nous* j'exagère,
la petite suite – juste une chambre et un coin-
salon – était louée pour Bob et moi j'avais simplement posé mes valises puis ouvert le canapé,
ça a duré quelques jours jusqu'au soir où Bobby
m'a remontré gentiment qu'on n'était plus à
New York, plus étudiants ni branleurs, que la
colocation avait été une chouette parenthèse
– en clair, que je me trouve un endroit et dégage
la place. Je me suis excusé d'être à ce point

collant. J'ai trouvé un bureau au-dessus d'une boutique de location de vêtements, un réduit hors de prix où j'ai mis un téléphone, un télécopieur, une table, deux chaises et un lit d'enfant qui faisait aussi canapé la journée. Et je me suis fait suer comme un rat mort dans ce bled tellement décevant, avec son côté banlieue pour cols blancs et parvenus. Le soir, heureusement, il y avait le Lido, le bar du Knicker où on se retrouvait, les acteurs domiciliés là et quelques agents mineurs.

« Je disais à Bob de faire attention quant à Paul. De le retrouver ailleurs qu'à l'hôtel, où leur relation devenait si suspecte que ça m'était revenu aux oreilles. Pourquoi pas chez Young puisque la RKO, avec qui il était sous contrat pour plusieurs films, lui louait un appartement à l'année non loin des studios ? Bob m'avait raconté une histoire abracadabrante comme quoi Hughes faisait espionner ses acteurs et Paul se croyait sur écoute, il avait vu une voiture le prendre en filature un jour qu'il sortait de son immeuble sur le Strip et il avait reconnu au volant un sbire de la garde de Hughes. Que faire ? Je n'allais tout de même pas m'occuper de ça aussi, leur trouver une cachette ?

« Bob ne m'écoutait pas. Je lui disais aussi de prendre des cabines séparées dans le Super Chief, mais ça n'a servi à rien, ai-je appris des années plus tard d'un ancien steward de la ligne : personne n'était dupe, quand le train arrivait en gare de L.A. ou de Grand Central, les employés savaient qu'ils n'auraient qu'un lit à changer, une cabine à ranger.

« Ils s'étaient persuadés que personne ne les voyait. De Bob, je pouvais le comprendre, mais de Paul ? Young allait sur la trentaine, il avait dix ans de métier, il connaissait l'omerta anti-homo. Il faut croire que la passion était plus forte, le sexe aussi. Parce que franchement, non seulement ça se voyait, mais on ne voyait plus que ça une fois qu'on l'avait compris. En Arizona, tenez, j'avais fait le déplacement pour m'assurer que tout roulait et aussi marquer mon territoire, histoire qu'on retienne mon nom, qu'on sache que Robert Lockhart c'était moi, ça passait par moi et le petit Lenny Lieberman serait bientôt parmi les dix premiers impresarios du circuit, sur le tournage j'entendais chuchoter derrière les panneaux du décor et le lendemain j'ai pigé, le lendemain c'était la grande scène de duel entre les garçons, le fils reconnu et le fils adopté, il fallait que ça saigne, bien sûr, et le petit Munch haranguait ses acteurs de sa voix haut perchée en leur disant d'y mettre plus de rage, le réalisateur numéro deux, en retrait de l'autre côté du plateau, leur aboyait dessus dans son cornet comme si ç'avait été des chiens de combat : *Étripe-le, démolis sa sale gueule,*
et alors quoi ? Alors ils roulent au sol, les jambes s'entrecroisent, les cuissards claquent, enfin Bob prend le dessus, Paul gît sous lui, les bras en croix, Bob pose un genou sur son estomac comme le veut la chorégraphie, il serre la gorge

130

de Paul dans ses deux poings pour l'étrangler, toujours comme c'est écrit, mais là, soudain, il improvise, il ôte son genou, bascule à cheval sur la taille de Paul puis il baisse la tête, on dirait qu'il rugit, babines retroussées, sa sueur gouttant sur le visage de son ennemi, toute l'équipe se tait, saisie d'effroi, on se dit qu'il va arracher l'oreille de Young à pleines dents, au lieu de quoi

au lieu de quoi Bobby se penche et lui lèche l'oreille

oui, oui, il lui fourre une langue, devant tout le monde, et Paul sourit, et Bob se redresse, hilare, se retourne vers l'équipe

et quand je dis équipe il y a la scripte, une maquilleuse d'appoint, le reste c'est des mecs uniquement,

il veut les prendre à témoin de sa blague sauf que personne ne rit, les yeux restent rivés sur le sable et personne ne trouve ça drôle.

« Le malaise, mes aïeux. Moi-même j'en ris, là, avec vous, mais sur le moment j'étais tétanisé, les joues me cuisaient et ce n'était ni le soleil ni les kilowatts, j'avais tellement honte et en même temps mon cœur avait battu plus fort une minute ou deux, ce n'était pas si désagréable, allez.

« Malgré le fiasco, Bob et Paul ont continué à jouer avec le feu, à se croire protégés par un mystérieux bouclier – invisible, lui. Non seulement ils s'étaient découverts mais ils l'avaient fait en humiliant le monde autour, en nous prenant pour des cons, il faut bien le dire. La vertu outragée finit par se venger.

« Et des deux, c'était Bob le plus vulnérable, le naïf qui avait gobé tout rond cette histoire d'espionnage quand les véritables écoutes viendraient des années plus tard, avec la police des mœurs, les fanatiques et le FBI. Si Paul était surveillé, ce n'était pas par Hughes, que seule l'infidélité de ses maîtresses obsédait, mais par les sbires de son père, les détectives assermentés de Young & Magnussen.

« Il fallait changer Bobby d'hôtel.

« Je suis allé trouver l'homme-lige de Hughes à la RKO, un certain Coyote qui tenait plus du serpent à lunettes que du loup de nos cités. Le Knicker était malsain, protestais-je, les acteurs s'y torchaient tous les soirs, quand ils étaient soûls ils sautaient les filles en faction au bar – la triste vérité – et trois jours après, devinez quoi, les mêmes couillons se retrouvaient à la consultation de vénérologie de l'hôpital universitaire, alors moi, en impresario responsable, je ne voulais pas que Bobby, vingt ans seulement, se retrouve mêlé à cette débauche. Coyote m'a fixé, glacial, puis il a lâché : *Comme c'est étrange, moi qui croyais à la rumeur*, je me suis senti rougir d'un coup, j'ai baissé la tête malgré moi et il a pu cracher le reste de son venin : *Cette rumeur, vous devez la savoir, elle n'est pas nouvelle et précédait de longue date votre arrivée ici, une hypothèse selon laquelle votre jeune tombeur culbute plutôt les hommes*, j'ai serré les dents, Lenny, tiens bon,

Lenny, fais ton offensé, Lenny, remets ton imper et fais celui qui quitte la pièce pour aller voir la concurrence, avant de sortir j'ai dit cette chose affreuse : *Pour les détails croustillants, interrogez donc Irene, Irene n'est pas un homme, que je sache*, c'était bas et impardonnable mais ça a marché parce que Coyote a tout de suite su de quelle Irene je parlais, et comme la rumeur disait aussi que les grosses compagnies s'intéressaient à nous, j'ai obtenu ce que je voulais, le soir même j'appelais Bobby pour qu'il fasse son paquetage. *Cette nuit, mon lascar, tu dors au Carlton. Dans le dortoir des grands, oui.*

« Faute de se tenir à carreau, au Carlton il serait protégé par l'anonymat. Il y est peu resté, un soir il est arrivé dans mon cagibi et m'a demandé où en étaient les finances : il avait une affaire en vue, une maison à saisir sur la côte Dorée – celle d'une ancienne vedette du muet tombée dans la gêne – il s'était plus ou moins engagé. Ça démarrait bien pour lui, certes, la Paramount et la Fox se le disputaient, mais je n'étais pas encore familier avec ces enchères, aussi je l'ai supplié d'attendre – un mot qui n'appartient pas au vocabulaire de Robert Lockhart. »

1102 Ocean Front

Les images ne manquent pas, en effet, de leurs sept années et de cette maison face à l'océan. Sitôt googlés les noms Lockhart et Young, une quarantaine de clichés surgissent, archives composites des revues de cinéma populaires, des mensuels pour adolescents, des magazines féminins, de mode ou d'art de vivre. Anodines, répétitives, certaines ouvertement promotionnelles, on n'y voit que la joie affichée, la santé triomphante, la complicité espiègle de deux copains de chambrée restés potaches – rien qui inspire la pitié, qui laisse soupçonner le moindre commencement d'une ombre au tableau. Quant à d'éventuels doutes, quant aux scrupules d'une conscience, les mots eux-mêmes semblent incongrus, inappropriés à ces sourires candides, ces regards francs, ces fronts lisses impeccablement peignés.

La seule image en couleur est une carte postale dont la légende au verso se veut factuelle, éloquente et discrète à la fois :

Lockhart Hall, Santa Monica –
The Norman Revival manor house
where film legend Robert Lockhart lived
for many years with his mate movie actor
Paul Young.

Le recto représente, en vue plongeante, la maison de plage et ses abords immédiats – du sable blond, le rivage bleu. Une image aux couleurs acidulées dont le trait clair, alerte et méticuleux, semble reproduit d'un vieil illustré sans qu'on puisse déterminer s'il s'agit à l'origine d'un crayonné de l'architecte ou d'une prise de vue aérienne redessinée puis aquarellée de nos jours, l'effet rétro apportant sans doute un peu de patine à ce bâtiment qui n'eut pas le temps de vieillir, souvenir rasé d'un littoral aujourd'hui démoli : abusivement appelée manoir, une maison en forme de U, trapue, impersonnelle et sans cachet, imitée d'un style normand qu'on peine à retrouver sinon, peut-être, dans les tuiles rouges et les fenêtres à lucarne du toit. Un magnolia énorme dissimule les extérieurs, écrasant le jardin, ne laissant au soleil que la piscine et la moitié d'un court de tennis.

Certaines images retiennent l'œil plus que d'autres, ainsi cette photographie qui les montre assis côte à côte dans la tribune d'honneur d'un court en gazon (Forest Hills? Wimbledon?), vêtus tout de blanc et à l'identique, mêmes chaussures de toile, même pantalon, même cardigan, même polo, faux jumeaux que seule la couleur de cheveux distingue, tendres amoureux à en croire les mains qui s'effleurent (à peine, juste le dos des mains, les toutes dernières phalanges) et les lèvres du blond qui chuchotent à l'oreille du brun des mots sans rapport, on le devine, avec le match en contrebas.

Les photos de sport abondent, la plupart dénudées, Bob et Paul jouant au beach volley, Bob et Paul parodiant les concours de musculation où chacun rentre le ventre, gonfle les pectoraux, Bob et Paul dans l'eau, se tenant au rebord de la piscine, épaule contre épaule et leurs deux corps soudés, on l'imagine, sous la surface, les visages souriant à l'objectif de leur bouche idéale, brillante et lisse comme sucre glace, d'autres photos plus vêtues comme celles prises sur le court en tenue réglementaire ou ces scènes dans le jardin à chahuter avec les chiens terre-neuve – les mêmes qu'on voit courir ou plonger dans la mer mais avec Bob Lockhart seul, dont on comprend peu à peu qu'ils sont ses chiens à lui, donc – et une demi-douzaine de photos très vêtues, elles, bottes lacées à mi-mollet, pantalons étroits, blousons de daim, de grosses lunettes de course relevées au sommet du crâne, où Bob et Paul posent devant une moto, parfois deux.

Visuels 22 à 39

La dernière série, la plus volumineuse avec les photos d'intérieur (Bob et Paul lisant au salon, Paul regardant Bob faire la vaisselle, Bob surveillant Paul en train de couper on ne sait quoi qui se mange, Bob et Paul en peignoirs écrus prenant le petit déjeuner face à l'océan), est un album de sorties en public où ils semblent passer leur vie à boire et à manger, attablés dans des restaurants, des jardins, des bars élégants et, la plupart du temps, c'est à des cérémonies qu'on les retrouve, devant des nappes richement dressées et fleuries, des banquets où les convives souriants regardent tous dans la même direction, les yeux légèrement levés laissant penser qu'ils sont en contrebas d'une estrade, une scène, un grand écran, et l'on imagine alors quelque solennité, une ouverture de festival, une remise de prix, un dîner de charité, Bob et Paul tous deux en smoking, nœud papillon blanc pour Bob, œillet à la boutonnière pour Paul, entre eux une jeune fille jolie comme un cœur qu'on devine actrice ou modèle, encore discrète, pas couverte de bijoux, pas trop sexuelle non plus, centrale et effacée – c'est-à-dire : l'œil la voit, le cerveau ne la retient pas – dont on sent que le photographe devra chercher son nom sur le plan de table ou auprès des agents de presse, l'inconnue de service, en somme, blonde ou brune, interchangeable, intérimaire, la nymphette des studios réquisitionnée pour poser ce soir-là entre les deux hommes, qui les sépare de quelques centimètres (la largeur de sa chaise, de ses épaules menues), illusoires et sans effet : passant outre la mise en plis brune ou blonde, les deux hommes ne se quittent pas des yeux, c'est plus fort qu'eux, incapables de lâcher l'autre plus de quelques secondes, même pour donner le change et feindre de s'intéresser à la fille alibi – *une figurante*.

. . . .

Dit de Joanne. « Ce n'était pas une plage, c'était un générique de film », ironisera l'actrice lorsque nous nous retrouverons sur la côte Ouest, peu après notre premier entretien, « et plutôt un générique de fin car les voisins avaient l'âge de nos parents, voire de nos aïeux, les noms tracés sur le sable déroulaient l'histoire du Caillou depuis l'époque pionnière des baraques à films, tout le monde y était passé, chacun y avait planté son bungalow ou son palais, Fairbanks, Valentino, Nora Spector, Laurel, Zanuck, Hughes ou plutôt sa favorite. Mae West y habitait sa villa en croissant de lune, toute blanche comme sa peau de bébé, disait-elle, qui ne souffrait ni soleil ni lumière du jour. Elle sortait sur la plage aux

138

lueurs du couchant et c'était, neuf fois sur dix, hélas, pour rejoindre la maison de Bob.

« Qui n'était pas une maison, qui était un moulin. Comment pouvait-il vivre ainsi ? Dans cette agitation absurde ?

Ellis, voc. 11, suite 14, Cedars-Sinaï

« J'ai cru l'avoir perdu, que ce métier et ce Paul Young l'avaient abruti. Je connaissais le système, j'y avais grandi, je savais comme il vous assèche, vous dénature, et bientôt vous n'êtes plus qu'un hochet, un fruit creux. Paul l'entraînait dans un abîme de superficialité : du sport, il fallait faire du sport, sortir dans les soirées au bras de fausses petites copines, des escortes qui n'avaient que leurs fesses et leur arrivisme, ils étaient la coqueluche des magazines débiles, les champions de l'amitié moderne.

« J'y suis allée avec Peter, nous venions de nous marier devant un juge de paix du Connecticut plutôt qu'à New York, histoire de préserver un peu d'intimité. Young trouvait cela mesquin, sans doute, aussi il a fait confectionner une banderole accrochée à deux mâts, visible de tout le voisinage, autant dire de tout le milieu, pour nous souhaiter un bon voyage de noces. Le soir de notre arrivée, alors que nous étions crevés, Bob et lui ont donné une fête où West a chanté des airs de saloon en s'effeuillant – Peter était horrifié – et, bien sûr, des appareils photo traînaient par là.

« Malgré ses intrusions incessantes – ses effractions, allais-je dire, tant elle faisait de boucan avec sa voix de harengère – Mae n'était pas la pire de leur entourage. Au moins avait-elle un cœur. Paul fréquentait des gens moches qu'il imposait à Bob en même temps qu'il éloignait ceux qui lui voulaient du bien, Bacall et Bogart, Peter et moi, bien sûr, et les amis écrivains Baldwin, Truman... C'était comme aux jeux de stratégie, aspirer le territoire de l'autre, le phagocyter. Young vivait parmi ses pairs, des vedettes de série B, des acteurs du deuxième cercle comme ce Reagan qui s'était imposé à la tête de notre syndicat, censé nous défendre, donc, qu'on savait sympathisant de la Peur rouge mais dont on ignorait à quel point il était mouillé dans la chasse aux sorcières. Tous ces noms qu'il allait balancer au FBI au fil des ans, le mien, celui de Bobby un peu plus tard... La liste grise, c'est sa première femme et lui qui l'ont dressée. Oh! Hoover a su se montrer reconnaissant, la suite de l'histoire l'a montré.

« Comment pouvais-je rester dans la même pièce que lui? Comment Lauren et Bogie auraient-ils pu lui serrer la main, eux qu'il avait fait traîner devant la Commission? Ça marchait ainsi : vous n'invitiez pas ensemble DeMille et Huston, l'horrible Ginger Rogers et ma copine Shelley. Vous deviez choisir. Même un gars comme Ford, pas vraiment de gauche, en serait venu aux mains avec DeMille. Voilà dans quoi vivait Bob, sans en être conscient. Ça me faisait tant de peine. Rentrée à New York, je m'inquiétais : mon ami me manquait, mon presque frère. Heureusement, Lenny veillait. Et finalement, ce métier dont je peux dire pis que pendre, ce métier a sauvé Bobby. L'art a été le plus fort, oh! vous pouvez sourire – je le pense sincèrement. C'est par ses bons génies, Mankie, Cukor, Hitchcock, Sirk, Huston, que Bob Lockhart a été sauvé. »

. . . .

Dit de Lenny. « En public, ils faisaient les zouaves, tout n'était que rires exagérés, farces lassantes, autosatisfaction – mais c'était pour la galerie, comprenez, les objectifs et les caméras. En privé, dans leur maison, ils étaient graves, tendres, solennels. Leur amour en imposait, certains en étaient gênés, les autres hommes bien sûr, et certaines femmes, mais, disons la vérité, les femmes étaient plus compréhensives et peut-être même fascinées.

Lieberman, voc. 4, Indie Club

« Mae West, ça vous dit quelque chose ? C'était leur meilleure amie, elle habitait à cent mètres mais elle aurait eu plus vite fait de s'installer un lit de camp chez eux. Sacré numéro de femme dont le hasard, comique, voulait que Paul ait été trois ans plus tôt le partenaire et amant à l'écran, amant aussi peu crédible que peut l'être un beau gosse de vingt-cinq ans dans les jupons d'une quinquagénaire empâtée, plâtrée de fard et déguisée en sapin de Noël, le déhanché de plus en plus lourd, de plus en plus risqué sur ses vingt centimètres de talon, avec ce truc très vulgaire qu'elle avait, West, alors qu'elle n'était pas plus licencieuse qu'une autre, ce parler de poissonnière qui faisait son succès mais rendait invraisemblable toute prétendue histoire sentimentale avec les acteurs éthérés dont elle s'entichait, Gary Cooper jadis, dont elle avait été mordue, Paul Young ou le jeune premier du moment, des gravures qui fatalement l'ignoraient. Moi, je l'aimais bien, Mae, elle a beaucoup aidé *les garçons*, comme elle les appelait en français – et j'y voyais une alliée pour la publicité.

« Avec ma chargée de communication, on veillait à entretenir le flou. Lorsqu'une échotière insinuait dans ses colonnes que le gentil célibat des garçons s'éternisait, que leur relation finissait par devenir *bizarre*, dans mes bureaux on contre-attaquait avec notre bombe platine, on laissait tout imaginer – plus c'est gros, pour la presse à scandale, mieux ça passe –, que Mae était leur seconde maman, que l'un des garçons, Paul, avait peut-être avec cette maman des attitudes inappropriées depuis des années, tout ce qui pouvait détourner les regards et les esprits de ce que les deux copains partageaient en vérité, ça faisait notre affaire, comprenez bien, même incestueux, même salace, ça restait hétéro. Ce n'était pas tous les jours simple, oh non. »

. . . .

Dit de Joanne. « Cette créature qu'il nous fallait subir », dira-t-elle encore, revenant avec insistance sur le portrait intérieur qu'elle s'est fait à tout jamais de son aînée, ne pouvant en détacher ses yeux comme parfois nous fascine et nous révulse la même image de monstre sous les traits de qui nous pourrions nous reconnaître, effrayés de lui ressembler un jour, désireux peut-être de lui ressembler un jour, et, dans sa voix irritée sans raison un demi-siècle après les faits, j'entendrai le nœud d'angoisse qui étrangle la salive, qui hache les syllabes.

« Soir après soir elle revenait, se donnait en spectacle comme si tout avait sauté, pas seulement les coutures de sa gaine et de son décolleté, non, les frontières avaient sauté dans son esprit, plus de distinction entre le regard humain et la lentille noire, nulle différence entre un mouvement de caméra et le mouvement de la vie, dans sa confusion, elle oubliait de se changer et de passer au démaquillage après les télés (c'était devenu son gagne-pain, les causeries du soir qu'elle pimentait de ses pointes égrillardes), elle arrivait à la villa plus barbouillée qu'un camion mexicain et habillée tout aussi classe, en rêve de camionneur, justement, se prenant pour quoi ? Une pin-up alors qu'elle avait cent ans ? Et ses robes, oh mon Dieu, ses fourreaux de sirène avec une traîne pailletée en guise de queue, les seins qui implosaient dans le corset, le diadème piqué de travers dans le chignon, non vraiment, à regarder c'était... pénible, une épreuve humiliante pour toute femme, je crois, surtout jeune comme moi alors, mais Bob avait de l'affection pour la vieille fée qui le lui rendait bien, Bob protestait qu'elle était intelligente et fine sous ses façons de fille de garnison – aujourd'hui encore, il se ferait piétiner plutôt que d'admettre qu'elle était exactement ce que son image laissait voir, elle n'était pas autre chose que son personnage, une personne futée, certes, spirituelle et sans doute pas méchante, mais il aurait fallu lui brosser la langue au savon, comme disait mon père.

« Un jour que je me moquais d'elle, Bob m'a remise à ma place : *Sais-tu au moins comment vos vétérans surnomment les gros nibards de Mae ? Nos boucliers. Montre un peu de respect pour la défense de ton pays, Jo, sinon on t'enverra le méchant Sherlock.* Rien à voir avec le détective anglais, il s'appelait Shurlock et non Sherlock, il dirigeait l'officine anti-rouge du moment, dont l'appellation m'échappe. Comment retenir tous les noms ? Chaque année, la chasse aux sorcières pondait un nouveau comité d'épuration, une nouvelle commission aux mœurs, si bien qu'à la fin on s'y perdait.

Je suis injuste, peut-être. Avec son outrance, son vacarme, la vieille West croyait protéger Bob et Paul. Elle faisait diversion, les dépeignait auprès des lanceurs de ragots comme de fieffés prédateurs et leur maison était un *piège à filles*.

Le mot plaisait, repris par les publicitaires des studios, les agents de presse et les chroniqueuses mondaines, et il eut vite sa variante : "L'attrape-cons", raillaient entre eux les journalistes qui savaient la réalité mais n'osaient encore l'écrire dans leurs feuilles, attendant pour se déchaîner un signal des patrons, le haro de la censure ou le limogeage des studios, alors ils se limitaient à des allusions salaces, des calembours, des clins d'œil aux lecteurs masculins. Un type du *Los Angeles Examiner* décrocha même un prix de l'humour pour son titre, *Let's party at the Lockhart Room*, un jeu de mots, vous comprenez, sur les *locker room* qui sont les vestiaires de sport où pas une fille n'entre, précisément. »

Paul Young

« Les motos, Lockhart en était dingue. Deux
semaines après le tournage de *La Piste*, je suis
venu le retrouver à New York, il m'a donné
rendez-vous dans Central Park, à l'entrée de
la 72ᵉ Ouest dont j'apprendrais qu'elle était le
lieu d'autres ralliements, avec des inconnus,
le point de départ de cross improvisés dans
les transversales. Il est arrivé sur sa Triumph
vert bronze, le modèle s'appelait Speed, je
crois, Speed Twin, et Robert racontait partout
que les motos anglaises étaient championnes
de vitesse et de beauté quand les motos amé-
ricaines étaient des tas de tôle sans classe, les
Harley et les Indian Chief des machines lourdes
aussi gracieuses que les bourrins auxquels elles
étaient destinées. Il agaçait les patriotes, mais il
a lancé une mode : chez les gens dans le coup,
chez les jeunes qui voulaient le devenir, on
s'est soudain entiché de Triumph, si bien que
Robert s'est fait l'ambassadeur de la marque, il
a posé pour ses campagnes de promotion et, à

chaque nouvelle séance photo qu'il accordait, un nouveau modèle nous était livré. Il rejoignait les précédents dans le garage si bondé qu'on devait reléguer les voitures dehors, jusque sur le chemin de sable, et souvent les visiteurs enlisés peinaient à repartir, on devait sortir les plaques, pousser, treuiller... Oui, elles étaient légères, nos belles motos auxquelles je ne touchais jamais, elles étaient élégantes, racées et rapides comme Lockhart lui-même, elles en étaient une sorte de métaphore, de prolongement. Je me rappelle la Grand Prix avec laquelle il se cassa une clavicule. Puis la Thunderbird tout aluminium, sa préférée, qu'il plia en accordéon contre un parapet de la corniche – manquant de plonger du haut de la falaise de Palisades. Il s'était cassé à peu près tous les os du corps quand il était gosse, à tomber de son câble, de ses échasses ou encore de cheval, il ne craignait rien, disait-il, son corps se réparait tout seul, comme le lézard dont la queue arrachée repousse. Je l'ai vu se fabriquer en trois minutes une attelle à un genou qu'il s'était pété. Il avait des cicatrices partout sur le corps, il en était constellé et la nuit, quand je le regardais dormir, elles me faisaient mal, les cicatrices, elles témoignaient de ce qu'il avait vécu avant moi et elles insinuaient, très logiquement, ma foi, qu'il y aurait une vie après moi – le rêve, oui, aurait une fin.

« Mais ce soir-là de Central Park et de la Triumph verte, il était tout neuf, le rêve, et Lockhart avait une allure folle avec sa chemise légère, ses bras et son torse bronzés, ses cheveux noirs qui avaient poussé sur la nuque, et il avait raison d'en profiter, me suis-je dit, car c'en serait bientôt fini de cette liberté d'aller à découvert parmi les chemins de traverse, les monticules et les vallons du parc, les rues au-delà, le monde. »

On ne se reverra jamais, il n'y a pas de raison, avait dit Paul Young alors que nous sortions de l'hôtel sur Park Avenue bloquée par les embouteillages. *Montez donc avec moi si vous n'avez rien d'autre à faire.* Le chauffeur le déposerait à l'aéroport puis me ramènerait en ville, où je le souhaitais. Et comme j'hésitais, depuis l'arrière de la voiture blindée ou qui en avait tout l'air, il m'invita de la main. *Soyez pas vache avec le vieux, tenez-moi compagnie.* Dans la pénombre de l'habitacle je vis luire le large sourire aux dents facettées de neuf – plus un millimètre où ficher le brin de paille – et je me fis cette réflexion que j'allais voyager avec une éternelle affiche, affiche de cinéma puis affiche électorale.

« Les assurances des studios, par une clause suspensive sur ses contrats, lui interdisaient de conduire des bolides, motos et décapotables, c'était précisé avec tous les paramètres techniques, le nombre de cylindres et de chevaux. Bien sûr il désobéissait. Souvent, pour les séances photo, on me faisait asseoir à l'arrière, les bras passés autour de sa taille tandis qu'un gros ventilo soulevait nos écharpes et nos cheveux, une façon fidèle de nous représenter, puisque, naïfs, nous l'avions confié à la presse : en voiture c'était toujours moi qui prenais le volant, et lui conduisait à moto.

« Jusqu'à ce jour, cette séance au beau milieu de laquelle le petit Lieberman a débarqué et piqué sa crise. Plus question que je monte à l'arrière. On devait nous donner une moto à chacun et nous photographier roulant de concert, côte à côte, oui, et regardant dans la même direction, *mais pas emboîtés comme des...*, il en bafouillait de gêne, *comme des foutues cuillers*.

« Ce qu'on ignorait, car aucun journal n'entrait chez nous, même Liebe avait interdiction d'apporter "la presse", comme il disait, et par là il entendait la presse où l'on parlait de Lockhart, accessoirement de moi avec Lockhart, ce qu'on n'avait pas vu passer, donc, c'était une série de billets haineux parus le week-end et qui affolaient les studios aussi bien que nos agents. Un magazine féminin publié la semaine précédente nous montrait aux fourneaux, dans une cuisine qui n'était pas la nôtre, où nous avions accepté de porter, pour faire plaisir au photographe et à sa styliste, des tabliers à festons telles deux maîtresses de maison un peu cruches. Le photoreportage s'étalait sur six pages, avec une dizaine de clichés, mais c'est le seul du lot qu'on a retenu. Bien sûr, dans nos déguisements on faisait les cons – c'était l'idée, une photo déconnante – et nos détracteurs nous ont accusés d'insulter le couple, la famille. Trop c'est trop, grondaient les gazetiers, et les sous-entendus sur notre identité sexuelle, comme vous dites aujourd'hui, étaient non seulement méchants, mais vengeurs. Longtemps ils s'étaient tus et ils en avaient plus que marre de nous, de notre insolence, de notre impunité. C'était comme s'ils avaient décidé de rompre le pacte passé entre leurs patrons et ceux des studios. Comme s'ils allaient se rebeller et faire leur vrai boulot, je veux dire, informer, balancer. Ces sales pédés, leur faire leur fête. *C'est toujours plus simple de s'offrir une conscience quand c'est sur le dos d'une minorité,* nous a dit Lieberman. Je m'en souviens car j'avais noté la réflexion pour la ressortir un jour. C'est quelqu'un de fin, le petit Liebe, du flair et une grande intuition de l'air du temps. Il se mettait à avoir peur soudain. Les commissions de censure et les ligues de décence, ce n'était plus de la blague. Elles pouvaient tuer un film, pourrir une carrière. *Vous ne vous rendez pas compte,* disait-il, *c'est l'Inquisition et la Gestapo réunies.* Bobby et moi, on n'avait pas envie d'entendre. La vie était un brillant et remuant champ de foire où l'on gagnait à tous les stands. Une foire que Bobby croyait connaître par cœur, mais les manèges et les tours n'étaient plus ceux de son enfance. Entre nous, on mimait Lenny tout rouge : *Je veux des motos séparées.* On n'avait pas conscience du danger. Pas encore.

« Quant aux motos, c'est vrai que j'ai toujours détesté ça ou plus exactement je détestais la conduite de Bob, sportive, qu'admiraient les journaux. Il allait trop vite, oui, comme mon frère aîné qui s'était pulvérisé dans le décor, comme la majorité des types et tout ce monde qui finissait un jour dans le fossé, mort, tétraplégique, légume ou bien encore défiguré comme Clift.

. . . .

« L'été, il y avait nos anniversaires. Personne n'aurait manqué un seul anniversaire. Les gens du Caillou, les initiés du moins, disaient Bob-et-Paul comme si ç'avait été une marque déposée, et une chroniqueuse mondaine, je ne sais plus laquelle de ces pestes, en apprenant qu'on était du même zodiaque nous avait appelés le *lion à deux têtes*, un signe astrologique qui prédispose à régner, écrivait-elle, "mais pour nos deux Lions aucune lionne à l'horizon".

Young, voc. 3 à 8, Holland Tunnel, N.Y.C.

« La fête était si rare, en réalité. On menait des existences de vieux garçons, de moines quasiment. Le rythme était dur à tenir, les horaires sans limite – on commençait au petit matin, parfois avant que le jour soit levé, et pour finir quand ? C'était la surprise, en général mauvaise. Les tournages s'enchaînaient sans un temps

pour souffler, souvent les productions se che-
vauchaient et on courait du plateau 7, où se
tournait tel film, au studio 19, où se synchroni-
sait tel autre, et quand on croyait que la journée
était finie, une assistante venait vous chercher
au démaquillage, vous tendait une chemise
propre et une cravate sortie d'un carton puis elle
vous prenait le bras et vous entraînait jusqu'à
une voiture vers une obligation mondaine dont
personne n'aurait pu vous expliquer la nécessité, sinon qu'il faudrait sourire encore, parler
encore, regarder sa montre, toujours. La pression, croyez-moi, je l'ai connue à cette époque
soi-disant insouciante. Après ça, le monde des
affaires et le sacerdoce de la politique vous
semblent des vacances.

« Mais vous tiquez... Vous imaginiez la grande
vie, pas vrai ?

« On se levait à 5 h 30 pour être à l'heure à la
convocation des studios, la voiture venait vous
chercher à 6 h 15, à 7 h 30 vous étiez prêts à
tourner. Si le maquillage était lourd, vous arri-
viez une heure plus tôt encore. Quand je dis on
se levait, il faut entendre : *je* me levais, je faisais le café, le jus d'orange, puis j'allais secouer
Lockhart, des plombes pour l'arracher des
draps pendant que Bart, le majordome levé à
son tour, préparait nos tenues de ville et passait
un coup de fer sur les pantalons – oh ! il aurait
pu repasser nos deux penderies le temps que
je réveille Robert et que je le porte jusqu'à la
douche, le jet froid poussé à fond. J'ai toujours

été insomniaque, moi, je veux dire : quatre heures me suffisent, quand Lockhart il lui en faut neuf ou dix pour se sentir bien. Sans doute on l'a privé de sommeil dans son enfance, même s'il ne le dit pas. Il est très discret sur l'enfance clocharde et sans amour qui fut la sienne. S'il n'avait pas assez dormi, il était irascible au point d'en devenir méchant et injuste.

. . . .

« La tête des voisins lorsque Bob a fait venir les bennes à gravats, lorsque les burineurs et les masses ont résonné sur la plage par nos fenêtres ouvertes. Casser le palais Spector ne fut pas une mince affaire. De tout ce bazar, on n'a gardé que les baignoires et la robinetterie en or, qui fonctionnait. C'était déjà beaucoup. Le reste, les stucs, les faux plafonds, les mosaïques, les alcôves, les estrades, tout ce côté lupanar, le marbre noir des sols et l'onyx vert des murs, la salle de projection comme un sarcophage d'acajou, on a tout explosé. C'était drôle. J'avais bien du mal à arracher Lockhart au chantier – je crois même qu'il a repoussé ou refusé un tournage qui l'en éloignait trop.

« On était couverts de poussière et on allait se laver à la douche de la piscine. On dormait dehors.

« Les week-ends, quand on avait la nuit devant nous, on sortait sur la plage déserte. On courait, on parlait, on riait, on faisait d'autres choses aussi qui ne se font pas à la belle étoile, d'ordinaire, mais c'était le temps de l'amour, le chant du Pacifique, et nous n'avions rien à craindre de l'instant, de demain ni même d'après-demain, on n'avait que le ciel et les étoiles sur nos têtes et nos corps nus, on n'avait que ça, les yeux de l'autre pour sémaphore, le corps de l'autre pour rocher.

« *Un jour*, avait dit Bob, *un jour j'aimerais devenir une étoile et que tu m'épingles sur ton cœur, fièrement comme l'insigne de shérif. Qu'il n'y ait plus que moi comme étoile*. Je l'avais serré contre moi, sans oser avouer que ça faisait longtemps déjà qu'il était l'étoile, la seule étoile que j'avais au cœur. Quelque chose qu'on ne décroche pas de sitôt, ma foi.

. . . .

« Ça ne pouvait pas durer.

« Déjà beau que ça ait tenu tout ce temps. Sept années, quand même. Mae a dit ça, un jour, en riant, qu'on allait finir par devenir l'union la plus longue de toute l'histoire du Caillou.

« Je ne respirais plus. Tout tournait autour de Lockhart et je me sentais un satellite parmi d'autres, un éphémère pris dans la lumière.

« Il y a aussi que je m'ennuyais et l'ennui n'est pas un sentiment pour moi. J'étais de moins en moins demandé, l'étincelle avait disparu, le métier ne me disait plus rien et je ne séduisais pas la relève, ces producteurs et ces réalisateurs qui voulaient du western sombre, des héros tordus, du repentir, du névrotique, du désespéré, je veux dire : un nouveau politiquement correct qui n'était pas mon registre et puis, que voulez-vous, je n'étais plus assez jeune pour être un fils et pas encore crédible en père. Quant à me faire jouer un solitaire, non, ce ne serait venu à l'idée de personne : là où vous mettiez Young, un jupon et une bible n'étaient jamais loin.

« Alors on essayé de regarder ailleurs. De plus en plus on s'échappait, lui dans le travail, moi dans le désert. Je roulais, des journées entières, voiture décapotée, j'avais l'impression de mieux réfléchir sur la route, d'être plus humain, plus en vie. Un jour, j'ai poussé jusqu'au Nouveau-Mexique où je suis tombé sur un ranch à vendre, immense, magnifique, bordé par deux rivières, avec de quoi élever des appaloosas et tous les clébards que Lockhart voudrait puisque c'était son rêve de bonheur, disait-il, vivre au milieu des chevaux et des chiens. Sur le chemin du retour, j'étais excité, je rêvais, je nous voyais lui et moi comme dans un de mes films, bon sang, voilà que je me mettais à croire à ce que je faisais

on était devenus de grands hommes de l'ombre, lui un éleveur de champions, moi un fermier inventeur de je ne sais quoi, une machine-outil, un mode de culture, j'avais encore le temps d'y penser

dans mon film bien sûr on ne prenait pas une ride, juste un peu de couleurs, et il y avait des mômes autour de nous, les gosses de qui, et comment ils arrivaient là, mystère, mais le tableau était celui-ci, un ranch entouré de rivières, des chevaux pour Robert, des poneys pour la ribambelle d'enfants et au milieu de tout ça, une horde de clebs qui nous tournaient entre les pattes,

je suis arrivé si content de moi, de cette sensation que j'allais produire, j'imaginais mon Lockhart exploser de joie et crier : *Tu as raison, Youngster, on est libres, arrêtons tout ça, le tapage, la gloriole, les vanités, recommençons ailleurs,*

il est si impatient de nature, il voudrait visiter le ranch tout de suite, une thermos de café, un sandwich et je reprendrais le volant, je l'emmènerais là-bas

j'ai dû me garer un peu loin car deux voitures déjà étaient devant la maison, je suis entré, Lockhart était avec trois types, penché sur la table de la cuisine à examiner un grand papier, en me voyant il m'a houspillé : *Bon sang, où étais-tu passé depuis trois jours?*, mais il n'a pas écouté la réponse, il a replongé le nez sur la table où était déplié, je l'ai découvert en m'approchant, un plan d'architecte, j'ai demandé : *Des travaux encore?*, Lockhart a secoué la tête : *La nouvelle maison,* a-t-il clamé, tout fier, *je voulais te faire la surprise*

mais c'était moi, ce soir-là, c'était moi qui revenais avec une surprise

c'était moi qui revenais avec une maison

pour une fois, c'était mon tour, non?

Viens voir, Youngster, viens mater un peu ça, une
hacienda, une vraie, avec une écurie de trois boxes et
des orangers tout autour, une ancienne orangeraie,
oui, tu imagines un peu, à même pas cinq minutes
d'Universal, dix minutes de la Fox...

« Très vite ç'a été sans issue. Avec les années
je ne suis même plus certain de savoir ce qui
s'est passé. Pour tout le monde – et je donne
ma main à couper que ce livre qui va sortir ne
dira pas autre chose –, c'est moi qui ai quitté
Robert. Longtemps, je l'ai cru moi-même. À
présent je n'en suis plus si sûr. À présent j'ai
vraiment l'impression pénible, comme un
arrière-goût de métal dans la bouche, que c'est
lui qui m'a poussé à rompre, à me comporter
en salaud – parce que ça aussi, les gens vous
le diront, Young a été un beau salopard. Oui,
maintenant j'ai cette conviction que le plus attaché dans l'histoire n'est pas celui qu'on dit, que
Lockhart, par un tour prodigieux, est parvenu à
faire croire qu'il aurait sacrifié sa carrière à notre
amour quand c'est l'inverse qu'il a traduit en
actes. La vérité c'est qu'il était attaché à cette
vie plus qu'à moi. Il en avait besoin plus que
moi, plus que de moi. »

Et toujours cette grimace de sourire, sourire
au milieu des filles, sourire au bras de la fiancée
postiche, sourire comme deux copains et faire
semblant de boxer, de jouer au ballon, de cha-
louper des hanches dans des pantalons de cow-
boys. Sourire jusqu'à cette photo grave, cette

expression qui leur échappe mais pas aux photographes, cette tristesse soudaine, à une table richement dressée de blanc – la table d'apparat de ce qui pourrait être, à en croire le décor virginal, une cérémonie de mariage –, les deux hommes ayant lâché l'assistance pour se regarder dans les yeux, fixement, douloureusement, regard clair du blond qui semble demander : *Pourquoi ? À quoi bon ce cirque ?*, regard sombre et triste du brun qui semble répondre : *On n'y peut rien*, qui semble supplier : *Ne me quitte pas*, ce malheur quand ils cessent de sourire est un malheur à deux contre lequel on ne peut rien parce que même renoncer à ce qui les entoure et les occupe, même renoncer à la lumière, à la carrière, à la gloire, y renoncer ne leur permettrait pas plus d'être heureux – où donc être heureux, et comment, et parmi quelle humanité ?

« Il y avait la fatigue. L'usure précoce.

« Si vous regardez les choses sous l'angle des ressources humaines, cette colonie du Caillou était un agglomérat de gens d'affaires et des médias, des financiers, des maquignons, des rentiers oisifs et quelques nababs tyranniques, avec, pour les servir, ces travailleurs du spectacle qu'étaient les techniciens, les écrivains ratés et en premier lieu, nous, les acteurs, siphonnés avant l'âge par l'exploitation mentale autant que physique. On manquait de tout, de sommeil, de silence, d'affection, de nourriture aussi pour ne pas grossir. On tenait sur les nerfs, on tenait comme on pouvait, Robert dormait jusqu'à vingt heures le samedi et pareil le dimanche, il ne faisait pas que récupérer un retard de sommeil, il s'échappait de sa toute jeune vie,

chacun s'évadait comme il pouvait, ma foi, les travailleurs se récompensaient le week-end du labeur de la semaine en écumant les orgies du Caillou, "Des fêtes de tous les diables", rapportaient les infiltrés des feuilles de chou, mais il y avait surtout beaucoup de bêtise là-dedans, beaucoup plus d'alcool et de chimie que de sexe joyeux et de rires véritables, et lui, Lockhart, au tout début de son arrivée ça l'amusait, il voulait voir, il allait *faire un tour,* disait-il, *juste une heure ou deux* chez untel ou unetelle, mais un matin qu'il rentrait fracassé il a trouvé le lit vide, ma voiture n'était plus dans le garage et il a eu peur, vraiment peur, quand je suis rentré j'ai expliqué que j'avais besoin de paix, de la paix du désert, et il a crié que désormais on irait dans le désert dès qu'on pourrait, tous les deux dans le désert, oui, rien que nous deux et le ciel bleu, béat, au-dessus de nos têtes et c'est ce qu'on a fait, sept années durant, tous nos week-ends ou presque on les a passés ensemble dans le Mojave, on avait notre endroit à nous, le Flamingo, un motel de Desert Hot Springs où l'on arrivait avec stetson et lunettes noires, on s'inscrivait sous des faux noms – celui de notre dernier rôle faisait généralement l'affaire – et quand le Flamingo était plein, ou quand c'étaient les fêtes, on allait à Rancho Mirage chez les Lieberman,

Lenny, Julia, sa formidable épouse, et leurs deux enfants que Robert adorait, qu'il adore toujours, j'imagine, car ils sont ses filleuls.

« Deux ou trois fois j'ai accompagné Lockhart à New York, quand il devait tourner dans le coin ou avait envie de revoir ses amis, Joanne et sa famille, Clift aussi. Je m'ennuyais ferme, je me terrais dans son appartement de la 52e mais là encore il passait trop de monde. Les acteurs du Caillou disent qu'ils viennent se changer les idées, se ressourcer à New York, mais c'est un mensonge ou une grosse illusion. Le dépaysement n'est que de façade : quatre mille bornes et dès que vous mettez le nez dehors, vous tombez sur qui ? Sur les financiers du cinéma, c'est-à-dire les vrais patrons des studios, les autres, sur le Caillou, n'étant que des exécutants. J'ai vite cessé de m'imposer le voyage. C'était mieux pour nous deux. Les amis de Lockhart n'étaient pas les miens, j'avais l'impression de déranger en présence de Joanne ou de Clift – Clift me mettait mal à l'aise, je veux dire : il m'intimidait et en même temps quelque chose en lui me répugnait un peu, le côté acteur maudit, le regard traqué détraqué, les stigmates qui saignent à l'intérieur, tout ce morbide... J'ai rarement vu quelqu'un avoir autant d'intelligence et si peu d'humour. Je ne l'ai jamais vu rire, j'ignore si ça lui arrivait, il faudrait demander à Lockhart, peut-être qu'avec lui, Clift riait... Avec Lockhart on rit beaucoup, vous verrez, pour peu qu'il soit en forme prions pour qu'il soit en forme, oui

Seigneur! Qu'est-ce qu'on a pu rire tous les deux

il va se retaper, il se retape toujours

oh! Avec les années je peux comprendre le regard persécuté de Clift... avec le temps je réalise combien on avait peur, tous, et que c'est peut-être ça que j'ai fui, au fond, en fuyant cette vie, ce sentiment obsédant d'une peur diffuse, qu'on a du mal à formuler et qui ne lâche pas,

on ne peut comprendre cette existence qui était la nôtre si l'on n'a pas en tête la terreur permanente

la peur des autres – tous les autres, sans exception – la peur des studios qui dévorent, la peur de la presse qui trahit, la peur des vertueux qui ruinent, tous ces braves gens des ligues de décence ont fait ixer tant de films, voyez-vous, qu'ils en sont devenus à eux seuls une plaie industrielle, et vous ai-je dit

si je me répète, arrêtez-moi, vous ai-je raconté qu'un jour, sur les conseils de Mae, j'ai fait venir un nettoyeur dans la maison et qu'il a trouvé des mouchards sous tous les téléphones, même ceux des chambres, alors j'ai dit à Lockhart : *Ils nous écoutent baiser, est-ce que tu te rends compte?* Ce n'était plus possible, on ne pouvait plus vivre ainsi, mais lui, sans se démonter, a haussé les épaules : *Qu'ils écoutent, qu'ils filment aussi tant qu'ils y sont, je ne changerai pas,*

Bob n'avait pas peur, lui, ou alors il le cachait

bien, tandis que moi... Seigneur mon Dieu, oui, j'avais les foies

la peur de soi, d'être mauvais, de ne plus savoir, de ne plus séduire

et cette terreur première, l'origine et la fin de tout, la peur que ça s'arrête demain, plus de boulot, plus d'identité sociale et comme on a négligé sa vie intime, alors on n'a plus de vie du tout, alors

du jour au lendemain

on n'est plus personne.

. . . .

« Du blanc partout, du sol au plafond, non pas que ce fût original, sous l'influence de je ne sais quel décorateur à la mode on ne voyait plus que des intérieurs blancs à L.A., mais chez Lockhart, enfin je veux dire : chez nous, à la maison de la plage, cette histoire de blanc confinait à l'obsession. Rien n'était jamais assez propre, lavé, désinfecté, les employés en devenaient malades d'angoisse car ils voulaient bien faire, Lockhart était si gentil, si compréhensif, si généreux que ça leur chavirait le cœur quand ils le voyaient tiquer devant une trace ou une tache sur le blanc criant de la moquette ou du canapé. Je me disais que c'était la faute à cette enfance dans les foyers de l'Assistance, sans confort, sans soins, et de ces années sur les routes, à dormir dans des auberges pourries ou dans des granges infestées, à se laver à l'eau froide dans

162

les cours. L'hygiène, c'était son mot, et la cuisine, les salles de bains ressemblaient à des blocs opératoires. Charmant. Une femme aurait fui – et c'est ce que firent la cuisinière italienne et la bonne hispanique, remplacées par un majordome nouvel-orléanais, Bartholomew, qui ne savait rien faire sauf les frittatas et les toasts à la cannelle dont Robert raffolait, que *monsieur Bart* lui préparait quand il avait le cafard – et c'était souvent, ça tombait sans prévenir, au beau milieu d'une phrase enjouée, il s'arrêtait, souffle coupé, et on voyait des larmes rouler dans ses yeux. Personne ne savait quoi faire, alors on se taisait, on attendait que le sourire et la voix reviennent. Monsieur Bart repassait aussi très bien nos chemises blanches et surtout il avait plein de trucs infaillibles contre la moindre auréole, la moindre chiure de mouche. Robert disait : *Vous êtes un second père pour moi, monsieur Bart*, et Bartholomew hochait la tête sans démentir, si bien que j'en étais... oh ! ça fout la honte... j'étais jaloux de lui, que ce bonhomme sans éducation ni grâce sache apporter à Robert cette sécurité qui lui manquait, il n'y a pas d'autre mot, quand moi j'étais pas foutu de tremper un toast dans du lait, du sucre et de la cannelle.

« Si je vous parle de ça, mon garçon, ce n'est pas que l'intendance me passionne, la déco encore moins. C'est que cette hantise de Robert autour de l'hygiène allait nous porter le coup de grâce.

« On s'était pliés à l'exercice des petites fian-
cées. Même Lockhart à qui l'idée répugnait – *Le
jeu a ses limites,* aime-t-il à dire, *et ces limites sont
simples, les quatre coins du plateau, le rectangle de
lumière* – même lui y a consenti quand Lieberman l'en a supplié. On séparait les motos, on ne
se déguisait plus en ménagères et on évitait aussi
la trop grande promiscuité, ce que Jay-Jay, mon
abruti d'agent, appelait les attouchements. »

Pour imiter ledit agent, Paul Young se met
à mâcher bruyamment, bouche écartelée, un
chewing-gum imaginaire, puis il prend une voix
nasillarde.

« *Écoute-moâ, Paulie* – je déteste ce surnom –,
*je n'suis pas certain que quand deux types lisent
leur journal, l'un doit nécessairement avoir posé sa
tête sur les genoux de l'autre.* Il était con mais, là,
n'avait pas tort. C'était l'époque dite sérieuse.
Lockhart venait de tourner deux films avec des
Européens – j'avais peur qu'il ne veuille repartir
en Écosse sans oser me le dire – et il s'agissait
de lui donner une image plus intello. Alors on
a mis des livres dans le salon, des encyclopédies
sur les guéridons, un quotidien traînait toujours
en évidence sur la table basse. Ils lui ont même
fait faire des lunettes factices, lui qui a une vue
excellente. Et vous savez quoi? ça lui allait très
bien, ces bésicles, à se demander ce qui aurait
pu ne pas... ne pas lui aller.

« J'ai donc promis, Lockhart ne mettrait plus

sa tête sur mes genoux, et j'ai aussi arrêté de faire semblant de lire (*Parce que tu voâs, Paulie, j'ai dans l'idée que si un cow-boy a appris à lire, il ne va pas s'enfiler tout de suite le* Chronicle *ou le* Times *mais p't'être bien plutôt* Working Ranch *ou* Cattle South)*, la vie semblait rouler, on s'entendait toujours, Robert et moi, je veux dire physiquement, physiquement ça collait, quand il n'est plus rien resté à sauver, il y avait encore ça, qui ne nous a pas sauvés en dépit de ce qu'on raconte, non, et c'est une peccadille qui a tout précipité, une poussière entre deux rouages a suffi à détraquer la belle horlogerie.

« Une jeune reporter qu'on ne connaissait pas était venue à la maison l'interviewer et quand elle a découvert le décor de clinique – les murs passés au chlore, les chromes, les meubles en verre et acier, elle a eu un mouvement de recul. *On ne lâcherait pas un enfant là-dedans*, a-t-elle accusé, *trop peur qu'il s'ouvre le crâne tous les deux mètres*.

« Et lui, j'ignore quelle mouche l'a piqué, il n'était que 11 heures, un peu tôt pour qu'il ait bu ou fumé son herbe, Robert l'a envoyée promener : *Ça tombe bien, je n'ai aucune envie d'en avoir, je ne supporte pas les chiards ni ceux qui en font*, la fille avait rougi d'un coup et l'entretien fut expédié en dix minutes, je l'ai sentie furieuse quand elle partait, je suis sorti par l'arrière, je l'ai rattrapée à sa voiture : *Ne faites pas attention, Lockhart est à cran, épuisé, ce n'était pas contre vous*, elle a fait OK du bout des lèvres mais j'ai compris qu'elle était à la fois très en colère et très ambitieuse, pressée de faire sensation, et ça n'a pas manqué, deux jours plus tard paraissait un portrait à charge avec une photo de Robert trouvée parmi je ne sais quels rebuts d'agence où, bien sûr, il avait une tête à avoir trucidé sa grand-mère :

RÉVÉLATIONS EXCLUSIVES — LOCKHART HAIT
LES ENFANTS
Son cri du cœur : « Je préfère mes chiots »

« Quelle affaire ç'a été. On se remettait à peine du drame des tabliers. C'est vrai, contrairement à moi qui ai toujours voulu avoir des enfants, être père comme mon père l'avait été et, si possible, meilleur qu'il ne l'avait été, Lockhart n'a pas eu envie de même un seul instant et je ne crois pas qu'il en ait exprimé le regret depuis. (Là où il ment, c'est quand il prétend les détester. Les gamins l'adoraient. Dans la maison de la plage comme plus tard, dans ce bungalow de Laurel Drive qu'on louait en attendant que l'hacienda soit habitable, autour de Lockhart ça résonnait de cris d'enfants et de rires, dans tous les coins. Une marmaille hétéroclite où se mêlaient les gosses paumés de nos voisins – ceux qui avaient réussi à procréer entre deux tournages – et les enfants multicolores des domestiques – de loin les préférés de Robert qui devait se retrouver en eux. Son secrétariat tenait un agenda de leurs anniversaires avec ordre de n'en

166

rater aucun, de sorte que les gosses redoublaient d'adoration pour lui. Moi, ils m'ignoraient poliment et couraient se réfugier auprès de Robert si je suggérais d'y aller mollo sur le plongeoir et dans la réserve de glaces à la crème, j'avais ce truc de père déjà, qui me faisait ressembler aux leurs, de pères, c'est-à-dire que j'étais chiant et *sir Bob* était leur buddy, un adulte, certes, mais réglo, qui ne vous la joue pas à l'envers et ne vous prend pas pour un chien, non. D'ailleurs, les chiens de *sir Bob* faisaient aussi partie de son charme auprès des mouflets. Les chiens de Lockhart étaient mal élevés, râlaient les parents, ils montaient sur les canapés et les lits, ils vous léchaient le visage – *Génial*, répliquaient les enfants. Ils entraient dans les cuisines pour voler, ils se tiraient tout le temps et, à chacune de leurs fugues, ils engrossaient ou se faisaient engrosser – *Géant*. Les chiens de *sir Bob* étaient réglos aussi.)

« De ce jour, fini l'état de grâce, la presse s'est retournée. On prenait de l'âge, j'avais trente ans passés, Lockhart ressemblait à un homme – le tandem innocent avait fait long feu. »

Joanne Ellis

« Il y a cette légende, vous savez, sur la pin-grerie écossaise, et il était d'usage dans le milieu de traiter Bob de radin. Une petite actrice fré-quentait alors Lockhart Hall, que les studios avaient flanquée dans les pattes de Paul pour donner aux photographes un peu de matière. C'était une fille correcte, assurait-on, qui venait dîner en tout bien, tout honneur, et que Paul raccompagnait juste après le dessert chez ses parents (lesquels habitaient en Floride, vous avouerez que c'était bien galant de sa part, pour ne pas dire chevaleresque). Un jour, la gamine fut interviewée avec d'autres *débutantes* dans un magazine où elle évoqua son privilège d'être reçue dans l'intimité de deux vedettes : "La cohabitation roule toute seule, disait-elle, les rôles sont bien répartis, Paul fait les chèques et Bob les poste." La jeune fille savait-elle à quel point son observation était drôle, au-delà de l'al-lusion à l'argent? Le mot fit le tour du Caillou en quelques heures, donnant lieu à des versions salaces, bien sûr, quant à cette répartition des rôles, et la débutante, pas si ingénue qu'elle en avait l'air, en profita pour se placer. Elle s'appelait Lucy Chambers, tourna quelques navets où ses prestations passèrent inaperçues, prêta sa silhouette et son sourire à des réclames pour indémaillables, bigoudis chauffants et crèmes amincissantes, fit la une de *Mademoiselle* et de *Screenland* sans émouvoir quiconque, de sorte qu'elle aurait pu disparaître aussi modestement qu'elle était arrivée, oubliée de tous sinon d'un seul, Paul Young, qui en fit son épouse un an plus tard.

« Soit dit entre nous, cette gamine tapait sur les nerfs. Vous voyez Vivien Leigh en Scarlett ? Chambers, c'était ça, une voix acide, des frou-frous de basse-cour, des simagrées à n'en plus finir, l'accent demeuré en prime. Rien qu'à l'évoquer, je me crispe.

« Je vous fais rire ? Hum. Cette banale poulette de l'Amérique moyenne était faite pour Paul, qui était lui aussi un homme banal, au fond, un homme normal contrarié. Ils allaient bien ensemble, et ils ont été heureux dans leur seconde vie luxueuse, loin du cinéma, parmi les bouseux millionnaires et va-t-en-guerre des grandes plaines du Midwest.

« Moins drôle était l'appel que Bobby m'a passé cette nuit-là, après que Lenny lui eut répété les propos de la petite Chambers. D'abord, je n'ai pas compris ce qui le bouleversait : des sottises pareilles, il s'en publiait chaque jour sur leur compte. Celle-là n'était pas plus fâcheuse qu'une autre, ni plus vexante. Seulement voilà, m'a expliqué Bob, la plaisanterie sur les factures, Lucy Chambers ne l'avait pas inventée, elle existait bien et Bob en était l'auteur – *Tu signes les chèques,* disait-il à Paul, *je les poste et tout va pour le mieux* –, c'était un jeu entre eux, un motif du roman secret que personne n'avait à connaître, pas plus que ce qui se dit sur l'oreiller. En clair, Paul avait renseigné l'inconnue, une telle confidence supposait un lien hors champ, une intimité qui n'avait pas sa place dans le protocole cynique des flirts arrangés.

« Là, c'était trahir. »

Paul Young

« Ce torchon qui va sortir... » Le sujet revient, lancinant. La troisième fois qu'il en parle depuis que nous sommes montés en voiture, à fréquence égale avec son inquiétude que personne n'ait prévenu Blossom, son épouse, du retard de l'avion. Il oublie l'avoir appelée lui-même depuis son téléphone, lui avoir laissé au moins deux messages pour ce que j'en ai entendu, comme il oubliera un instant la raison de ma présence à côté de lui.

« Les avocats m'assurent que les photos seront d'origine, pas un montage, pas un trucage, elles sont authentiques et pas nouvelles puisque publiées dans la presse au fil des sept années que dura la maison de la plage. Rien de neuf, rien de volé ni de retouché. Où est le problème ? C'est juste le regard qui va changer. L'innocence des regards qui est perdue, la bienveillance. C'est l'accumulation des images. Une certaine façon de montrer, qui n'a pas besoin de légende ni de voix off pour dénoncer. On m'a prévenu : l'internet va suivre, les photos seront partout, sur des millions d'écrans, dans des millions de fichiers... Je l'ai accepté, me direz-vous. Mais ça ne veut pas dire que je l'aie cherché. Je n'ai pas cherché cette exhibition.

« Que feront-ils de nous, bon sang ?

« Nos vies. C'était nos vies, quand même. On n'a pas le droit de nous les prendre pour s'essuyer les pieds dessus.

Young, voc. 9 et 10, Interstate 95

« Il m'a toujours reproché mon manque de courage – enfin, il ne prononçait pas le mot mais il aurait fallu être sourd au-dedans pour ne pas l'entendre. Cette dispute, là, trois heures avant la belle image trompeuse de la piscine... Cette querelle où quelque chose s'est cassé, je peux vous la dire puisqu'il n'y aura bientôt plus de secret.

« Lockhart s'était réveillé à cran. Il rentrait de New York où il avait fait l'aller-retour pour soutenir Joanne qui devenait la risée de la ville. Ellis jouait une pièce de cet auteur de chez vous... Cocteau, c'est ça ?..., un four magistral parce que le texte ici ne fonctionnait pas, rien de pire qu'un mélo qui fait rire, et le partenaire de Jo était si exécrable que *L'Aigle à deux têtes* avait été rebaptisé *La Dinde à deux têtes*, imaginez la honte et ce qu'on a pu se moquer dans le milieu. Ils ont dîné ensemble, Ellis, Lockhart et Cocteau (votre écrivain le dévorait des yeux, m'a-t-on rapporté), ils ont sympathisé et Robert a appris que Cocteau vivait très officiellement avec un acteur, qu'il exigeait qu'on les invite tous les deux, son copain et lui, avec leurs deux noms sur un même carton comme s'ils étaient mariés. Lockhart était fasciné et je peux vous dire qu'il en fallait pour l'impressionner. Même Williams, qui lui aussi avait des amants acteurs et assez de succès pour se permettre de les trimballer partout, même notre auteur vedette n'avait pas osé aller si loin. Et de toute façon la presse avait interdiction d'en parler, alors que – c'est toujours Lockhart qui raconte – Cocteau en rendant publique sa liaison avec son amant avait du même coup coupé le sifflet à la rumeur et à ses détracteurs.

« Robert aurait voulu vivre ainsi. Je le savais, au fond de moi, j'avais tout de suite senti qu'il ne se contenterait pas d'une ombre. Je le regardais se ronger les ongles ce matin-là – les ongles annonçaient toujours l'orage ou un grand chambardement –, il faisait ses yeux noirs, sa nuque basse de fauve en cage, et ça tournait, ça carburait à toute vitesse dans sa caboche. Lockhart voulait vivre comme ça et aurait voulu de moi que je veuille pareil. Évidemment, ça n'aurait pas tenu vingt-quatre heures, on aurait vu nos contrats dénoncés par les studios, on se serait retrouvés au ban de la société, sinon sous les verrous.

« Il a posé un ultimatum que j'ai repoussé. Deux semaines plus tard, j'ai pris un appartement sur Donehy Road et puis – dit ainsi, ça sonne tellement pathétique – et puis j'ai retrouvé Lucy, qui deviendrait ma première femme, oui, mais ne croyez pas que c'était exprès

ça s'est fait comme ça, par hasard, je vous assure Lucy, je l'avais rencontrée un an auparavant, elle était là pour nous accompagner dans le monde, comme tant d'autres jeunes filles, sauf qu'elle ne m'a pas paru comme les autres

mais on n'a rien prémédité, ni moi ni elle, ceux qui vous diront le contraire sont des menteurs.

« Robert pensait-il vraiment que j'avais peur du regard des autres? Les autres, je m'en moquais en vérité, ou disons : je me moquais qu'ils disent *chez Lockhart* alors que c'était chez nous, c'était peu aimable cette façon de me signifier que, de nous deux, le meneur, le champion c'était lui, mais je m'en moquais parce que si mon copain pouvait me blesser en oubliant de me faire une place à ses côtés, le rang que m'accordaient ou me refusaient les autres n'avait pas d'importance. Par chance, il n'y eut jamais de compétition entre nous. Je ne sais pas comment on a fait, comment on a échappé à ce poison, la rivalité ne s'est jamais invitée dans notre lit comme ce fut le cas pour tant d'autres couples d'acteurs, entendez : des couples d'acteurs hétéros, alors pensez..., deux types en vue, deux têtes d'affiche comme nous, on aurait dû ressentir ça au centuple, la pire des jalousies, inhumaine, avilissante, et pas une fois, non, Seigneur merci, pas une fois ça n'est arrivé, toutes les mesquineries, tous les sordides du couple nous ont été épargnés, à croire que Dieu était de notre côté, à croire qu'il ne nous regardait pas d'un si mauvais œil, le Seigneur, parfois j'avais la faiblesse de me dire ça

vous souriez, oui, vous souriez

Lockhart aussi a ce petit sourire, athée comme un chien borgne. Je crois que les bonnes sœurs de l'orphelinat, à Glasgow, l'ont dégoûté à vie. Dans sa bouche, Dieu s'épèle diable. »

Sur l'autoroute, les yeux sont happés par des *billboards* si rapprochés qu'ils forment un effet de stroboscope, plus sensible encore lorsque nous croisons une série de panneaux identiques avec le visage en plan serré de Marlon Brando, un portrait tardif de l'acteur.

« Ce gros cul, ce phoque immonde...

« Puant, au propre comme au figuré. Trois mois qu'il a passé l'arme à gauche, et ça fait encore la une ? J'ai toujours détesté ce type – paix à son âme – pourquoi m'en cacher ? Tellement... surestimé. Même quand il a accumulé les fours, on a continué à le payer vingt fois plus que les autres, toutes générations confondues, avec qui il partageait l'affiche. C'était écœurant – mais le type était écœurant, vous le saviez ? Et vous saviez que Lockhart faisait plus d'entrées que Brando, ici comme à l'étranger ? Robert, mais aussi Hudson, et McQueen, et

Newman. Ça ne comptait pas. Nous ne sommes que des fantasmes, jusqu'au bout. Un ouvrier, un fermier, même un barbouilleur produit de la valeur. Nous, zéro. *C'est un peu honteux*, dit Lockhart, *cette fortune empochée à montrer sa bobine et à ânonner trois lignes, encore heureux si on y a mis le ton.*

« Aussi il avait du mal, une sorte de gêne à parler crûment de pognon, à exiger, à transiger, à céder pour mieux obtenir, ce que tant d'autres font les doigts dans le nez. Parfois il me regardait, soucieux, impuissant, mais n'osait pas clairement me demander mon conseil de fils à papa – là encore, ça le gênait de solliciter mon aide car c'eût été remettre sur le tapis, plus que nos origines sociales opposées, nos différences de salaires, une différence considérable car nous n'avions pas la même cote, nous n'étions pas du même standard, je restais un acteur populaire, je faisais le job dans les westerns B mais pas plus, quand lui avait ce statut d'étoile, ce truc magique et à peine définissable, qui faute de mots se traduisait en chiffres par son tarif exceptionnel. L'argent, sujet tabou, est resté le domaine de Liebe, par chance un honnête homme, fidèle et reconnaissant.

. . . .

« Non, je n'ai jamais regretté d'avoir jeté l'éponge. Ce métier ne me comblait pas, je me sentais inutile et vain, une potiche ou une enveloppe vide. Je n'ai pas plus regretté de m'être marié, d'avoir fondé une famille et pris la succession de mon père.

« Je ne suis pas dupe de ce que j'incarne. Je sais *à quoi j'ai servi*. De ma mère j'ai hérité la blondeur, la pâleur, les yeux bleu glacier, cette beauté blanche, ouais, et de mon père j'ai la santé, l'allure sportive et propre sur soi. Le vieux Lou Mayer cherchait l'homme trophée, une fusion de Gary Cooper et de Wayne pour séduire les jeunes filles, les épouses délaissées et les mémés rêveuses – toutes femmes entourées de pécores rougeauds, de soldats estropiés et d'ouvriers rétamés avant l'heure. Bon chrétien, *j'étais* l'Amérique plus qu'aucun autre, le mari rêvé comme Lockhart était l'amant fatal.

« Des caricatures ? Oui, si vous voulez, mais plus que ça, des stéréotypes répondant à des segments de la société, *des parts de marché* comme disent mes fils et leurs camarades de Harvard ou Stanford.

« La boîte à panoplie. Vous avez vu la boîte à panoplie ?

« Elle est toujours fabriquée, en Chine à présent, la qualité y a perdu, vous imaginez. Des millions de garçons l'ont demandée à travers tout le pays, qu'on retrouvait déguisés à Noël avec la panoplie Young, attendez que je me rappelle... Des culottes de suédine fermées par un gros ceinturon lui-même flanqué de deux étuis à colts, un pour chaque hanche (bien sûr, les colts étaient vendus à part), un gilet en similicuir

177

avec une étoile de marshal et un chiffon bleu pour faire office de foulard. Je me souviens, le fabricant avait fait reproduire sur la grande boîte mon portrait peint en plan ¾ avec la paille de blé entre les dents. Je n'ai jamais fait le compte, mais il se pourrait bien que les royalties de la panoplie aient fini par dépasser la somme totale de mes cachets eux-mêmes.

« Des gamineries, ouais.

« Je répète : j'ai toujours pensé qu'un jour venait où l'on était adulte et un adulte, ça ne joue plus à se déguiser ou à s'inventer des vies. Lockhart, lui, est un enfant. C'était l'essentiel de sa séduction, côté face, le regard ténébreux, le détachement très étudié, côté pile, le gamin intenable qui remonte de ses faubourgs, même sous les rides et les premiers cheveux gris, un simple sourire, un geste affectueux, et le voilà ressuscité avec ses grands yeux noirs qui pétillent, sa fossette farceuse et l'accent déluré du Scottish jamais loin...

« J'ai l'air de l'aimer encore, vous dites ?

« Mais où avez-vous entendu que j'aurais cessé de l'aimer, ne serait-ce qu'un jour ?

« Où êtes-vous allé pêcher ça ? »

Lenny Lieberman

« Ma joie, c'était nos interludes ici, c'était de reprendre avec Bob le train du rêve, de retrouver mon macadam et mon vieux fleuve. Je me languirai toute ma vie de nos dix-sept ans à Manhattan, de mon enfance dans ce Bronx que j'ai fui et qui pourtant me manque, c'est à peine imaginable. Dans les moments durs, j'aurai toujours cette nostalgie, cet attachement qui ne veut pas partir alors que ça fait cinquante années que je vis à quatre mille bornes. Même l'hiver glacial me manque, moi qui rôtis dans le désert au point que j'en ai le cuir tout écaillé. Bobby n'a pas ça – vous me direz : il n'est pas d'ici, et je vous répondrai : il n'a pas plus la nostalgie de l'Écosse.

« On évitait les mondanités, on préférait retrouver notre monde à nous, les clubs de jazz du Village ou les bars latinos du West Side – mais le plus souvent, il faut le dire, notre truc n'était pas de sortir le soir mais de rester chez lui, au chaud dans son repaire de la 52e, et de nous commander des spaghettis chez Carmine

qui existait toujours, entendez : Carmine était
mort mais son fils avait repris l'affaire, pas peu
fier il avait fait tirer un grand portrait de Bobby
qui trônait dans la salle entre deux rameaux de
laurier

EMPLOYEE OF THE MONTH
Awarded to
ROBERT LOKHART
For superior performance, hard work
and dedication
Dec. 1947

récompense bidon que Bob n'avait jamais reçue
pour la bonne raison que le vieux Carmine n'en
distribuait pas à l'époque, et encore, le copiste
n'avait pas été foutu d'écrire son nom correcte-
ment,
il vous dirait, Bob, que les récompenses ne sont
pas pour lui, un vagabond des Basses-Terres ça
ne décroche que les tartes et les nuits au mitard,
Zéro award pour Bobby Lockhart
et c'est pas faute d'avoir été nominé, pas faute
d'avoir eu son nom orthographié des millions de
fois dans les journaux et sur les prompteurs – les
statuettes c'est pas pour les pédés, vous dirait
Bobby, ça ne l'a pas été pour Monty, ça ne l'a
pas été pour Hudson, ça ne le sera pas pour lui
et il m'a fait jurer... »

Lenny Lieberman a posé les poings sur la
tablette du guéridon, il a serré un peu plus ses

doigts endoloris et a planté ses yeux dans les miens, me prenant à témoin.

« ... et j'ai promis que si par malheur, je dis bien : si par malheur, il lui arrivait de partir avant moi et que ces pisse-vinaigre aient le culot de lui refiler un prix honorifique, je n'irais pas le chercher et même, je leur dirais de se la carrer où je pense, leur statuette.

« Mais qu'est-ce qu'on racontait, déjà?...

« Carmine, oui, Bob m'y a entraîné quelquefois, à la fermeture, pour manger ces spaghettis toujours aussi gras avec leur fromage râpé pue-des-pieds, l'assiette était passée à 1,50 dollar, ma foi, mais c'était bon, ça nous remuait et ça faisait chaud de partager ces souvenirs qui n'étaient qu'à nous deux.

« La Paramount avait toujours ses studios à New York mais la mode s'installait des prises en décor naturel, on tournait de plus en plus souvent dans les rues de Manhattan – imaginez la foule derrière les barrières, la police mécontente, le bruit décuplé et la tension que ça générait. Ça vous foutait sur les rotules dès 8 heures le matin. Les années passant, quand il a eu renoncé à son appartement de la 52e, quand le bourbon et l'herbe ont commencé à lui poser des problèmes de mémoire, Bob préférait rester seul le soir à l'hôtel, à revoir son texte pour le lendemain.

« La faute à Paul?

« Oh, je ne dis pas ça, la bibine, l'herbe et plus

tard les acides, je n'irais pas jusqu'à en rendre Paul responsable, à affirmer comme nos amis que c'était son départ, la cause, mais je ne dis pas non plus que c'était sans rapport aucun, parce que ça avait commencé avant la rupture et je me suis même demandé si ça n'expliquait pas en partie la rupture, si toute cette affaire de se marier et de devenir père aurait été aussi cruciale, aussi urgente pour Paul s'il n'avait pas senti Bob lui échapper peu à peu, s'il ne s'était pas senti impuissant à le rendre heureux, à le retenir dans le bonheur, je suppose que c'est aussi pour ça que Paul est parti, même s'il ne le dit pas car ces deux-là se sont juré de ne rien expliquer au monde et sont restés fidèles à leur serment, deux vrais tombeaux de silence.

« Ce que je crois ?

« Je crois que si Bob buvait et fumait trop, ce n'était pas la faute de Paul ni celle de personne d'ailleurs, c'était les habitudes du spectacle forain, c'était la dure besogne du Vaudeville Circus, le régime des troupes itinérantes où les gosses étaient réchauffés à coups de grogs, dopés au vin de cannelle pour tenir le choc. Bobby m'a décrit la recette, beaucoup de cannelle et de mélasse pour faire passer le feu âpre de la gnôle, et je le soupçonne d'avoir recréé plus d'une fois, en cachette, le cocktail atroce. D'avoir eu cette nostalgie-là, oui.

. . . .

« Bien sûr, il y avait les attaques, de plus en plus rapprochées, violentes, et Paul avait un nom à défendre, hein. Bobby se mettait à dos pas mal de monde avec son franc-parler – trop d'ennemis que n'en pouvait supporter la famille Young. Oh! il n'était pas de ces rebelles professionnels, vous voyez qui je veux dire, figés dans la pose blouson noir, tee-shirt et je-fais-la-gueule. Il ne cherchait pas à choquer, seulement parfois il explosait avant de regretter. *C'est sorti tout seul, Liebe, plus fort que moi.*

« Alors je courais rattraper les paroles échappées, je téléphonais, je faisais le siège des standards et des secrétariats, j'envoyais des fleurs ou des cigares, je réparais comme je pouvais l'image cabossée. Figurez-vous que pour un vaurien sans bagage, qui savait tout juste écrire quand on s'est rencontrés, mon Bob a la langue sacrément bien pendue et peut vous dire votre fait en trois mots, avec le sourire.

« Quand c'était trop rude, trop cassant pour les oreilles d'ici, je rappelais son sang écossais : *N'oubliez pas que leur emblème national est un chardon,* sauf qu'au bout d'un moment l'excuse botanique n'a plus marché, à moins d'être crétin il devait posséder les codes, et d'une certaine façon il allait les acquérir, oui, il y perdrait au passage sa franchise, sa sincérité, sa... comment dire ?

« Sa netteté, oui, car ce qui m'avait frappé chez lui au départ c'était ça : la netteté.

« Un jour j'ai été impuissant. Liebe avait

atteint ses limites. Une source sûre a rapporté dans un journal que Paul et lui frappaient les enfants des voisins qui sautaient le grillage pour entrer chez eux, à Laurel Drive. Tissu d'âneries, évidemment, deux voisins ont démenti, Bob a voulu traîner le journal en justice, et Paul l'en a empêché.

« C'est une technique éprouvée dans les mœurs de la presse. Ils ne pouvaient pas ouvertement démolir un acteur pour son homosexualité – ce n'aurait pas été *évolué*, vous comprenez, pas distingué de le faire – alors ils lui reprochaient de n'être pas un bon hétérosexuel. On ne disait pas que Bobby aimait les hommes : on disait qu'il n'aimait ni les femmes ni les enfants. Et ça marchait. La même attaque biaisée fonctionnait pour un juif – on ne pouvait pas le traiter de juif, c'eût été inconvenant, alors on laissait entendre qu'il avait l'apatridie dans le sang et ne serait jamais un Américain loyal. Faute de pouvoir changer vos gènes, on vous changeait votre nom – Joanne Elizarov devenue Ellis, Schwartz devenu Curtis. Tony vous le dirait, on ne lui a pas laissé le choix. *Il faut rafraîchir ton nom.* Rafraîchir, avouez, ça sonne mieux que désenjuiver.

« Face à l'adversité, Paul s'est couché et je ne l'en blâmerai pas. Je n'accrochais pas avec lui, une histoire de milieu, peut-être, et d'opinions aussi, mais Julia mon épouse l'aimait bien et elle m'avait convaincu qu'il était nécessaire au bien-être de Bob – or moi, tout ce qui fait du bien à Bob me va aussi. Ils venaient nous voir à Rancho Mirage les week-ends. Ils aimaient le désert, ils avaient la paix chez nous. Julia est si douce, si posée, je crois qu'elle les apaisait autant que le désert et nos journées au ralenti. Loin du monde, c'était de chouettes garçons. Ça faisait bizarre de les envisager soudain l'un sans l'autre. »

Paul Young

« Je n'ai pas rompu avec mon copain, j'ai rompu avec une vie qui n'était pas pour moi.

« Le malentendu, c'est que je ne me voyais pas homosexuel, ce n'est pas ainsi que je me représentais à moi-même depuis l'enfance, j'aimais Robert Lockhart et c'est tout ce que j'aurais pu dire car c'est tout ce que je ressentais. Rien au-delà. Et il a été le seul.

« Oui, je sais, ça fait sourire. Et ça peut faire rire encore longtemps puisque Lockhart restera l'unique amant dans ma vie. Jamais regardé un autre homme, enfin, bien sûr, oui, j'ai maté pour comparer, me mesurer, envier parfois – une habitude de mecs entre eux. Mais de ce regard dont je le voyais lui, sous cet angle-là du désir, abandonné, déboussolé, jamais je n'ai regardé aucun autre homme. Avant lui, après lui, j'ai été, je suis resté un homme pour les femmes. »

Ça s'est fait comme ça, répète Paul Young, et aussi qu'il avait dû se soumettre non pas tant aux studios qu'à son propre désir d'une vie sans peur et sans chaînes, une vie possible au grand jour.

« C'était la fin mais aucun de nous deux ne voulait l'admettre. On a loué un temps ce bungalow sur Laurel Drive, sans y croire. On sentait que c'était transitoire, au point que Robert ne défit pas toutes ses malles. Faute de piscine, il prenait une des motos pour aller nager en mer, disait-il. Des heures, parfois il ne rentrait qu'à la nuit. Les embouteillages jusqu'à la plage, disait-il. Dans ce périmètre de Laurel Canyon, la densité d'acteurs au mètre carré était irrespirable. Untel avait son ryokan, unetelle sa cabane hawaïenne, un autre encore avait son chalet tyrolien, vous saisissez le principe. On ouvrait sa porte le matin pour sortir courir, on tombait sur le peloton de tête du box-office en short moulant et brassière cracra, pas douchés, bien sûr, même pas décuités de la veille.

« C'est moi qui ai pris la décision de mettre fin à notre ruine. Je suis l'aîné, la sale besogne me revenait, pas vrai ? J'étais si seul. Je n'avais pas d'amis – aujourd'hui encore j'en ai peu, je suis très famille, la famille me suffit, la famille me comble – et lui, ses amis ne m'aimaient pas. Sans parler de Clift et de Joanne, dont je sais le mépris, Liebe n'a jamais fait d'effort pour cacher qu'il me supportait, sans plus. Au besoin, il m'aurait défendu, certes, mais par loyauté envers Lockhart, pour le protéger lui.

« Partager Robert est une torture par laquelle nous sommes tous passés. En acceptant de le partager, ne serait-ce qu'une minute, n'allait-on pas le perdre à jamais ? Lui ne vous rassurait pas. Même quand il le voulait, il n'y arrivait pas : quelque chose en Lockhart ne vous laisse aucune chance, ou disons, aucune possibilité de croire au film d'un lien éternel. Amis, amants, là-dessus on se sent pareils, tous logés à la même enseigne, l'enseigne de l'auberge des quatre vents. S'il sentait que je me détachais, que j'avais peur de la suite, il s'énervait : *Mais pourquoi tu ne m'entends pas ? Pourquoi tu refuses de me croire ? En quelle langue faudrait-il que je parle ? Qu'est-ce que j'ai donc qui t'inquiète comme ça ?* Je n'aurais pas su dire au juste. Il m'inquiétait, c'est tout. »

La sale besogne, répète Paul Young, et qu'il lui a fallu trancher car l'avenir qui les attendait, son copain et lui, si fort qu'ils se soient aimés et si douloureuse qu'ait été l'idée de renoncer, c'était ni plus ni moins que de croupir en taule, dit-il, incarcérés dans leur amour agonisant.

« Dieu seul sait comment ça aurait fini, à deux dans la même cellule – très mal, n'en doutez pas. On aurait fini par se foutre dessus, comme ça nous était arrivé les quelques fois où Lockhart avait couché ailleurs, ou plutôt je dirais, parce que je sais maintenant à quoi m'en tenir sur la chair, comme ils scandent dans leurs prêches incendiaires, la chair c'est-à-dire le besoin de peau, de salive, de queue, de trou, de semence, le besoin chaud et humide, le besoin de la vie,

je dirais par prudence : les trois, quatre fois où il m'a avoué avoir baisé ailleurs, oui, je crois qu'on aurait pu finir dans la violence, dans le très moche, dans le sordide, pourquoi pas ?

« D'autres que nous y cédaient, au sordide, et Robert était trop bien pour ça, il m'était trop précieux pour que je supporte une image dégradée de lui, je ne dis pas dégradée physiquement, non, ça c'est maintenant et je l'accepte, mais à l'époque c'était mon héros, c'était l'étoile que j'avais au cœur et que rien ne devait ternir, rien

la dernière fois que je l'ai vu, on lui aurait donné cent ans et plus que quelques heures à vivre, il est si ravagé par la maladie, la maigreur, l'angoisse, il n'est plus qu'un squelette, une arête géante, un mètre quatre-vingt-douze de tibias, de fémurs, de rachis et de crâne décharné et malgré ça il est incroyable, vous verrez, malgré ou à cause de ça on ne voit plus que la fossette fabuleuse, cette étoile souriante qui pour le monde entier a brillé et qui continuera de le faire sur les écrans-souvenirs aussi longtemps que les gens regarderont nos films,

cette dernière visite, bon sang, les grands yeux noirs qui me faisaient chavirer à vingt ans étaient plus brûlants que jamais, plus envoûtants que jamais dans la désolation du visage, il a souri d'un air vague, il ne voyait plus très bien, déjà, et dans le contre-jour du couloir il n'a d'abord vu que les contours avachis de ma silhouette, mes épaules ratatinées, oui, et mes cuisses fondues, et puis toute cette décrépitude de vieillir, que voulez-vous, c'est comme ça, malade ou pas, une débâcle, enfin il m'a reconnu à je ne sais quoi, il a tendu sa longue main osseuse, oh! Seigneur, la vision de ces os et de ce truc-là, ce cathéter enfoncé au dos de la main comme un gros clou, ça me faisait si mal que j'ai reculé, je crois, et il l'a vu ou il l'a senti, il a souri en grand cette fois, et en me regardant bien droit de ses yeux brûlants : *Hello Youngster*, a-t-il soufflé de sa voix assoupie. *Hi Locko*, ai-je répondu en serrant les mâchoires pour raffermir ma voix. *T'en fais une tête*, a-t-il dit. *Je te raconte pas la tienne*, ai-je blagué, et je me suis baissé, j'ai embrassé sa joue bizarrement fraîche et douce comme si toute barbe en avait été effacée, dans son cou j'ai glissé mon front, un temps très court, je crois, un temps délicieux, un temps d'effroi. *Hey, pleure pas*, a-t-il fait. *Ça va aller, tu verras comme ça va aller*, et je sais plus

pardon   pardonnez-moi

je sais plus ce que j'ai dit, ni même si j'ai arrêté de chialer, j'espère que j'y suis arrivé, que j'ai retenu ces foutues larmes. *N'oublie pas, Youngster, on est les cow-boys, pas vrai?, on est les wranglers, les bourreaux des cœurs*, oui je me souvenais, je me souviens encore de tout et je m'en souviendrai jusqu'à notre mort, je crois, alors j'ai bafouillé ce refrain à nous, cette blague rien qu'entre nous : *Tu l'as dit, Locko, c'est nous les wranglers, les énergumènes, les fuckers, sûr qu'on n'est pas des majorettes,* et il a ri, enfin... il a toussé, craché mais quand même il a ri : *C'est bon de te voir et comment va ?...*

« Il fronçait les sourcils, il cherchait et ce n'était pas du jeu, cette fois, ni pour me vexer ni me faire enrager, non, il cherchait sincèrement le nom et ses yeux noirs erraient de mon visage au drap qu'il fixait avec colère, comme il eût interrogé la page blanche de sa mémoire qui s'effaçait, le quittait peu à peu avec le reste de ses forces, les muscles, le plaisir, l'espérance.

Blossom ?

Oui, bien sûr, Blossom, comment elle va ? Et tes fils, comment vont-ils ?

Bien, bien, ne t'en fais pas, tout le monde se porte à merveille.

« Alors je l'ai senti qui se détachait, les doigts se sont desserrés sur le drap, son regard a ripé, sa voix est devenue sombre, caverneuse, *Tant mieux,* a-t-il murmuré, *tant mieux et maintenant tire-toi.*

. . . .

« De nous deux c'est moi le plus fragile, Robert a toujours dit ça, et aussi qu'il devait se faire du souci pour moi comme pour un grand enfant qu'il aurait eu, qui lui serait arrivé sans prévenir et très en retard, livré par les cigognes dans son apparence adulte, et rien n'avait pu changer ça, ni la séparation ni les années, ni les ravines sur nos visages ni le canyon des milliers de miles, qu'il fût resté seul comme il l'avait souhaité, choisi peut-être (je dis bien peut-être, hein, parce que ce n'est pas si sûr qu'on veuille vraiment ce pour quoi on a sacrifié l'amour, et encore moins sûr qu'on ait choisi de sacrifier l'amour), que je sois devenu père et grand-père comme je l'avais souhaité, choisi de mon côté, mais de ça je ne suis pas plus certain, évidemment, je crèverai sans savoir si j'ai bien fait ou non, je ne dis pas bien ou mal agi, non, je laisse ce jugement aux autres, ceux qui me félicitent d'être rentré dans le rang, comme si je l'avais fait pour la morale alors que je voulais juste une famille, faire une famille à mon tour, ou ceux qui me chient dessus pour l'avoir quitté, lui, car on ne quitte pas Bob Lockhart, quand on a la chance que Bob Lockhart vous fasse une place dans son cœur et dans son lit, on s'estime heureux et on lui voue sa vie, on se consacre tout entier à son seul bonheur, dans leur tête à ces gens ça devait signifier un peu comme une mission, un sacerdoce d'avoir été l'élu du dieu vivant et je sais bien qu'ils m'en veulent, que pour eux, les soi-disant amis et les admirateurs de Robert je ne suis qu'un lâche, un pédé honteux, une merde humaine, mais quoi qu'ils pensent je sais au fond de moi que Lockhart a compris, du moins je le croyais, je l'espérais jusqu'à cette dernière visite

qu'après toutes ces années il aurait admis qu'il en allait de ma destinée

pardon pour les grands mots, ça fait prétentieux ce que je dis là

il en allait de ma santé mentale car j'étais fait pour la lumière du jour, moi, les grands espaces d'où je venais, où je suis retourné, je n'étais pas bâti pour le combat quotidien, la clandestinité, la dissimulation, l'hypocrisie à quoi vous condamnent les prêcheurs de tous bords, quoi qu'ils prétendent, et ça, ce besoin impérieux en moi, Robert le savait, pas besoin de se parler des heures, en quelques secondes, en un ou deux regards il savait où j'en étais de la joie ou de la frustration et je crois que si tout le monde est resté sans voix en apprenant que j'étais parti, moi l'acteur médiocre, moi la demi-vedette dans l'ombre du grand astre, lui, Robert, n'en a pas été surpris plus que ça et quand on s'est recroisés, c'était trois mois plus tard, dans un couloir de la Fox

tout le monde évidemment savait que je n'habitais plus avec Lockhart et que ça ne s'était pas passé à l'amiable

je me rappelle la tête paniquée de la secrétaire de Jack Warner quand elle l'a vu à travers la vitre qui se garait sur le parking, la façon dont elle m'a poussé dans un petit salon sans fenêtre sur le dehors mais qui en possédait une sur ce couloir où nous nous sommes retrouvés nez à nez, donc, de chaque côté de la vitre

il a souri un peu mais la fossette s'est creu-
sée dans le menton et ses sourcils ont dessiné
deux accents circonflexes comme chaque fois
qu'on lui faisait du mal, j'ai vu la tristesse et
ça m'a noué le bide, j'aurais voulu rentrer sous
terre tant j'avais honte mais j'ai pas soulevé la
moquette, non, ça ne se fait pas, je lui ai couru
après dans le couloir et comme il me tendait la
main, hésitant, amer, je l'ai embrassé et je l'ai
tenu contre moi juste une seconde, le temps de
souffler à son oreille des mots idiots, des mots
pour m'excuser de la brutalité de mon geste, et
il n'a pas commenté, il marchait les yeux fixés
sur la pointe de ses souliers et comme toujours
avec ses enjambées de géant je devais accélérer
pour rester à sa hauteur, et je m'essoufflais, je
me perdais en justifications pour ce mot lapi-
daire laissé sur le lit, pour cette façon pas plus
élégante que j'avais eue d'envoyer un camion
de déménageurs récupérer mes vêtements, mes
chaussures et les quelques objets qui n'étaient
ni la propriété des studios ni celle de sir Bob
– le vieux majordome que j'avais chargé d'em-
paqueter parlait ainsi, *les possessions de sir Bob*,
lui non plus ne me portait pas dans son cœur –,
Lockhart ne commentait pas, il avançait sur ce
foutu couloir long comme un jour sans pain
et quand il est arrivé à destination, devant la
cabine de post-synchro, il a posé une main sur

mon épaule, une main ferme qui me tenait à distance respectueuse et il a dit de sa voix enrouée par un reste de colère : *T'en fais pas, Youngster, c'est pas comme si je ne m'y étais pas attendu ni préparé,*

et moi qui ne comprenais pas : *De quoi parles-tu, Locko, t'attendre à quoi ?*

et lui alors de me regarder comme si j'étais un irresponsable, encore et toujours ce type givré qui lui était tombé dessus par malheur, de me balancer en pleine figure ces mots comme quoi il avait l'habitude,

N'en fais pas une montagne, Paul, tu m'abandonnes et tu crois que c'est grave, ça te semble un événement parce que tu te sens coupable, peut-être, mais pour moi c'est juste le cours des choses, la même vieille histoire qui se répète, j'ai l'habitude qu'on me jette et à force je me dis que j'ai dû le mériter, pas vrai ?, que je dois le chercher, ce que tu me fais là, qu'on me fait depuis que je suis né.

« Avant de refermer la porte capitonnée de la cabine, il a eu cette phrase impossible : *Rassure-toi, tu oublieras que tu m'as aimé.*

« Oublier ? C'est bien la dernière chose que je veux, et quand bien même j'aurais pu le souhaiter à une époque, car ce ne fut pas simple, voyez-vous, il y eut des moments très, très durs, des époques de la vie où le regret me venait de lui, de moi avec lui, il y eut des années entières de tourment et de presque folie, où je ne me reconnaissais plus dans ce miroir du matin qui me disait que j'étais un époux, un père, un homme d'affaires puissant, et le regret ou le remords me submergeait, ça enflait, ça gonflait mes poumons, parfois j'avais ce sentiment panique d'étouffer qui pouvait me conduire aux urgences, cette sensation que quelque chose allait péter dans mon crâne ou ma poitrine à force de pression, eh bien oui, voyez-vous, même au plus fort du désespoir et de la souffrance, jamais je n'ai prié pour l'oublier.

. . . .

« Alors, comme je n'avais pas compris la première fois, il l'a redit, les yeux noirs m'évitant toujours, la bouche pliée de colère, il a montré la porte du menton et le souffle court il a répété : *Maintenant tire-toi, dégage de ma vue, fous-moi la paix une fois pour toutes.*

« Quand vous le verrez, si vous avez la chance qu'on vous laisse l'approcher dans son bunker de Canyon Drive (et quand je dis on, ce n'est pas au personnel de l'hacienda ni aux vigiles que je pense, mais à Joanne qui semble prendre cette fin à cœur comme son dernier grand rôle), si vous avez la chance de le voir et de lui parler, il faudra faire un gros travail sur vous-même, lutter de toutes vos forces pour ne pas laisser paraître votre peur car il fait vraiment
pardon
pardon, je ne sais pas ce qui me prend. L'autre jour, il y a trois semaines de ça, quand Jo m'a fait entrer en me faisant promettre de ne pas le

réveiller, j'ai cru que j'allais tourner de l'œil, la terre s'ouvrait sous mes pieds

comme une envie de vomir aussi, l'odeur de la maladie, une envie de fuir

j'aurais préféré ne jamais

il fait vraiment peine à voir et je vous conseille, non, je vous demande, je vous supplie : s'il est conscient, ne montrez pas votre terreur, faites abstraction de la tête de mort qui surgit sous la peau, fixez son regard, concentrez-vous sur son regard et vous verrez que dans ses yeux il est toujours magnifique, les yeux noirs, brillants, brûlants, des yeux encore pleins d'un défi qui ne s'éteindra qu'avec son souffle – ce regard qui saisissait les femmes, les hommes, les enfants et les chiens, qui hypnotisait les chevaux, les panthères, les producteurs, les mouches et même les hyènes du Caillou, qui séduisait toutes les choses qui sont dans le ciel, sur la terre ou dans les abîmes.

« Son regard dans le mien planté.

« Qu'est-ce que je ne donnerais pas pour revivre ce jour où l'on est tombés nez à nez devant une loge de maquillage, cet instant-là, sa main, le fourreau de sa main, que je n'arrivais pas à lâcher. Trente personnes autour, trente à quarante gus qui s'affairaient en tous sens et lui qui me souriait, surpris, amusé, adorable, moi qui lui secouais la main, qui refusais de la lui rendre, lui qui de ses yeux noirs m'avait *fixé* alors, cloué sur place.

« Quand vous le verrez, quand vous aurez

cette chance, ne parlez pas de moi. Vous le
fâcheriez et il n'a pas besoin de ça
pas en ce moment   mon vieux Locko
          mon copain   mon copain
qui ne veut plus de moi. »

3

L'hacienda

Joanne Ellis

« Los Feliz. La colline s'appelle ainsi, Los Feliz, et je peux vous dire que j'y ai été heureuse, d'une certaine façon. De la ferme sommaire des origines (comme un grand cellier, je crois, aux murs de chaux épais et frais pour garder les fruits), Bob avait fait un endroit magnifique. Il avait ouvert des baies dans les murs, d'où l'on avait une vue panoramique sur la vallée et un peu sur la droite on apercevait l'océan. Il avait son jardin, enfin, des arbres à profusion, un premier rideau d'eucalyptus argentés puis une haie de bambous géants que le vent froissait, c'était si doux, cette musique des feuillages associée à la rumeur de l'eau. L'eau était partout, dans les rigoles de l'orangeraie, dans la fontaine et les gargouilles du patio – et dans le bassin, bien sûr, cette piscine, olympique ou presque, qui fit couler tant d'encre, mais Lockhart ne serait pas Lockhart sans son heure de nage quotidienne. Une oasis, oui. Et sur ce caillou aride, le mot prend toute sa dimension humaine.

« J'étais dans un sale état à mon arrivée, en plein divorce quand Bob m'a recueillie,

non, je ne parle pas de Peter, Glass et moi on a tenu dix-sept mois en tout et pour tout, je vous parle de mon deuxième époux, Palmer, l'écrivain, oui

et Bobby ne valait guère mieux depuis le départ de Paul Young. Il emménageait à peine, les maçons avaient laissé des étais dans certaines pièces et on prenait sa douche sur de la terre battue. J'étais venue pour aider Bob à défaire ses cartons et finalement j'ai apporté les miens.

« Nous étions deux âmes en peine, deux cœurs convalescents, nous nous sommes soutenus comme une sœur et un frère le font – enfin, il me semble que Bob a remplacé pour moi ce frère qui m'avait lâchée, parti faire sa vie à Tel-Aviv. C'est étrange, la mémoire des choses ressenties, qui n'est pas celle des choses arrivées vraiment : je vous parle de ces longs mois de souffrance intérieure et de remise en cause tellurique – mais ce que je revis, que je ressens sous les paroles, c'est un émerveillement et un grand bond du cœur en arrière qui me fait regretter le chagrin d'alors, si agréablement consolé, en si beau lieu et si belle compagnie, qu'il ressemble beaucoup à du bonheur. L'hacienda avait cette vertu sur moi, elle me donnait l'idée du bonheur. On y était protégés comme nulle part ailleurs. Tout en haut d'une colline, en bout de route, derrière une enceinte que seule l'échelle des pompiers pourrait escalader. Qui donc viendrait menacer sa solitude ? Aucun regard ne perce la double muraille de pierre et d'arbres géants. Pour observer chez lui, il n'y a plus que les hélicoptères, les corneilles et les colibris. Et les satellites, oui.

« Je ne sais pas si ma présence a fait du bien à Bob, mais à moi, l'amitié de Bob a fait un bien fou.

« Malgré lui, il espérait encore. Perché sur sa colline, héroïque dans son hacienda, il guettait le retour de Paul. Tout le monde sauf lui savait qu'il attendait, et que c'était en vain. Tout le monde sauf lui avait compris que Paul se marie-rait vite, même les gens extérieurs à leur cercle, même les gens les moins intimes et les moins informés – même ma secrétaire l'avait deviné, qui soupirait entre deux appels de Bobby : *Vive-ment que monsieur Young revienne,* avant de cor-riger : *Vivement que monsieur Lockhart se fasse une raison.* Oui, je crois bien que Bob était le seul à ne pas mesurer son état de manque, qu'il n'avait aucunement conscience d'être réduit à attendre. Qui aurait pu le lui dire ? Lenny ? Mais Lenny est foncièrement pudique et longtemps il est resté mal à l'aise avec cette histoire d'homosexua-lité – notre petit souci, comme il disait. Bob l'aurait-il seulement écouté ? Il était déterminé jusque dans son erreur et orgueilleux. Au plus fort de la dépendance, il continuait de se croire libre, il se voyait en homme accompli menant sa vie avec son libre arbitre. Ça valait pour l'amour comme pour l'alcool et tous les toxiques.

. . . .

« Pardonnez le coq-à-l'âne, mais je dois vous parler d'un incident qui s'était produit deux ou trois mois plus tôt. Des camionneurs envoyés par Young devaient prendre ses affaires dans la maison de Laurel Drive, car, avec un sens du courage assez particulier, Paul ne viendrait pas lui-même. Bob a préféré s'éviter le spectacle, il est venu me retrouver à New York. Moi-même je n'en menais pas large, je craignais cet époux que j'avais laissé enragé dans le cottage de Foxboro Point où il était censé écrire son nouveau roman – mon assassinat symbolique, plutôt.

« Tous nous avons nos bassesses, Bobby en avait peu mais manquait lui-même de courage, parfois, à ses propres yeux. C'est le plus difficile à trouver et à garder, dans une existence : le courage. Un soir pendant son séjour, Tallulah Bankhead a donné un dîner dans son grand manoir à Bedford Village. Elle avait invité une vingtaine de personnes qui faisaient le trajet de New York – pas très malin, avec tout l'alcool qu'on descendait chez elle –, et parmi ces gens un épouvantable faiseur de navets va-t-en-guerre, Randolph Pfister, que tous nous surnommions Adolf. Nous étions à peine à table que le triste sire a glacé l'assistance en s'en prenant à cette race, ouvrez les guillemets, cette race de pédés, fermez les guillemets, et en affirmant que dans les castings il les repérait toujours : *Je les démasque à leur regard,* disait-il, *les pédés ont un truc faux dans les yeux que je sens, bon Dieu, et je suis pas peu fier d'avoir cet instinct qui m'a évité de me retrouver avec cette tantouze de Clift dans les pattes ou encore ce petit Mineo que son agent voulait me fourguer en lot avec Sinatra, comme si Frank allait supporter ça, non mais quoi, et je vois pas quelle plus grande honte il y aurait que de devoir filmer un de ces rebuts, non seulement le filmer, mais partager avec lui le plateau, l'hôtel, la cantine, cette promiscuité me révulse.*

« Bankhead en restait sans voix, elle qui pourtant avait la puissance de feu d'une mitrailleuse. Aucune réplique ne lui venait – à sec, Tallulah, à plat la fusée légendaire, fauchée par l'assaut de bêtise. Les doigts de Bobby tremblaient un peu sur la nappe – à tout moment, il pouvait bondir par-dessus la table et assommer le type. C'est alors que je me suis entendue dire – je ne saurai jamais si je l'ai fait exprès ou si j'ai gaffé, disons que mon inconscient l'a fait exprès – j'ai entendu ma voix se lever et dire : *Nous vous félicitons, Adolf.* Visiblement, Pfister ignorait tout de ce surnom mais il a compris dans la seconde : je ne l'inventais pas et ma langue n'avait pas fourché. Il a pris un air outragé, prétendu qu'il avait fui les nazis, que sa famille était résistante – mais dans ces années-là tous les transfuges des studios du IIIe Reich avaient leur brevet de résistance pour travailler sur le Caillou –, il a exigé des excuses et c'est là que Bankhead s'est réveillée : *Des excuses ? Et pourquoi pas envahir l'Angleterre ?*, à quoi Bobby a renchéri : *Qu'ils n'approchent pas trop l'Écosse, quand même, ou il leur faudra tâter du kilt et de notre gourdin là-dessous*, la blague a soulagé un peu la tension, la conversation s'est déplacée mais Pfister, jurant qu'on n'en resterait pas là, avait déjà demandé sa pelisse et sa voiture –, on peut dire que la soirée était fichue.

« Bob s'est fini à la vodka, comme il dit, et j'ai toujours eu cette expression en horreur, il avait tant bu que j'ai conduit pour rentrer, moi qui meurs de trouille au volant, moi qui ne vois rien la nuit, et je l'ai raccompagné sur la 52ᵉ. J'ai attendu qu'il dorme, son ronflement l'attestait, alors je me suis allongée dans la chambre d'amis où j'ai ruminé dans le noir – il n'y avait que Bobby pour s'abstraire du vacarme de la rue, et son ronflement était comme un contrepoint gracieux aux klaxons et aux cris. Au réveil, il s'est enfermé dans le petit bureau, je l'entendais qui passait des appels longue distance et j'avais pitié de ceux qu'il tirait du lit – il n'était pas 6 heures de l'autre côté –, je reconnus les prénoms de ses victimes, le chargé de pub, l'agent de presse et Lenny en personne, pour finir. Lui qui déteste le téléphone y a passé presque une heure ce matin-là puis il a filé sous la douche. Il en est ressorti d'humeur plus exécrable encore, les pommettes cramoisies et les yeux enfoncés dans les orbites comme s'il s'était frappé lui-même à coups de poing, et il m'a jeté, comme ça, désagréable, qu'il me faisait couler un bain, que du café chaud passait (en fait, il avait déjà tout bu) et qu'il repartait à L.A. pour affaires urgentes et par avion.

« Je n'ai pas demandé mon reste, j'ai évité le bain gentiment coulé de peur qu'il ne vienne me noyer dedans, et je suis rentrée chez moi, histoire de me faire engueuler par mon mari, cette fois, qui m'a demandé avec qui je m'envoyais quand je l'envoyais, lui, à la campagne. Ne me parlez pas de la vie à deux.

« En fait d'urgence, Bob voulait se montrer au gala de bienfaisance de l'ABF, l'entraide aux vieux acteurs. C'était tellement puéril de me mentir : je l'ai vu deux jours plus tard aux actualités filmées, dînant à une table du carré d'honneur entouré de deux débutantes, une brunette dont tout le monde a oublié le nom, et l'autre, la platine, une certaine Angie Richard, avec qui il entreprendrait alors un flirt absurde.

« La vérité, voyez-vous, c'est que le Caillou déteste les homosexuels et s'en accommode parce que les hommes et les femmes ambigus font des entrées, beaucoup d'entrées même.

« Le jour où Mitchum a pris deux mois ferme pour possession de marijuana, les ligues de décence, la police des mœurs et leur presse affidée ont crié victoire, elles pensaient avoir eu sa peau – à terre, l'acteur arrogant – mais à sa sortie de prison Mitch était plus populaire que jamais car sa femme, qui l'avait quitté peu avant son arrestation, était revenue auprès de lui pour le soutenir. Le public se fout pas mal des drogues, douces ou dures, et de la baise, même extravagante, pourvu qu'on reste comme lui hétéro, marié et chrétien.

« Je me suis même demandé si, pour les studios, la pédophilie n'était pas préférable à l'homosexualité. Il y avait un type, immonde, qu'on appelait le Bon Gros Puffy, l'acteur chéri des enfants d'Amérique – ou plutôt de leurs parents car les enfants sont obéissants, n'est-ce pas, ils rient là où on leur dit de rire – cet ogre organisait les orgies les plus macabres de la côte Dorée. Dénoncé pour détournement de mineures, interrogé plusieurs fois par la police de San Francisco, il était chaque fois relâché au bout de vingt-quatre heures et n'y a finalement rien perdu de sa gloire, ni de sa valeur marchande.

« Un jour, mon Dieu..., j'ai dû tourner avec lui. Une scène, terrible, où nous devions danser tous les deux, lui, ses cent cinquante kilos de graisse, et moi, une brindille de huit ans, et ça devait être drôle, bien sûr, il s'agissait de faire rire avec la disproportion, mais il fallait aussi que ce soit tendre pour un public nourri depuis toujours de mièvrerie, Puffy devait à un moment me soulever de terre, me serrer sur son gros ventre pour me faire tourner, et j'avais si peur de ses mains épaisses, de sa lippe rougeaude, de son regard bleu, surtout, électrisé par la poudre, si peur du moment où il faudrait laisser aller ma tête contre son cou, le laisser m'embrasser alors, baver sur ma joue de son haleine empestant la bière... Brrr!... L'odeur, le regard malade, j'en frissonne comme si c'était hier, comme s'il allait entrer dans la pièce. Parfois, le métier, c'est juste cela : écœurant, c'est juste à prendre ses jambes à son cou et hurler qu'on vous laisse tranquille, qu'on ne vous touche plus, surtout ça, que plus personne ne pose ses mains sur vous, ni acteur ni réalisateur, ni habilleuse ni maquilleur, pas même un coiffeur – mais demeurer intouchée, dans son intégrité d'enfant puis de femme, mais garder le contrôle de son corps, la propriété de sa peau.

. . . .

« On était dorlotés à l'hacienda, autour de nous de bons génies veillaient. Tout le monde était d'une douceur inouïe – la cuisinière remuait ses fourneaux sans un bruit et même le jardinier tondait ou bûchait sans déranger l'air. Je n'ai jamais vu ça, ce respect du silence. Le murmure de l'eau, le froissement soyeux du vent dans les feuilles. C'est un rêve, vous verrez si vous y allez, un paradis et tant pis pour l'image galvaudée – on comprend que Bobby n'ait plus voulu en bouger, lui qui était né errant et n'avait connu que les roulottes, les trains de marchandises, l'auto-stop à l'arrière des camions et des bétaillères.

« Monsieur Bart avait suivi Bob depuis la maison de la plage et n'a pas été content de se retrouver sous les ordres de cette cuisinière,

Hettie, une jeunette au caractère bien affirmé. Il avait protesté pour la forme mais savait au fond de lui que sir Bob en engageant la jeune femme voulait alléger sa charge de travail, comme il comprit très vite que Hettie, elle, cuisinait vraiment des repas entiers, qu'elle pouvait vraiment nourrir vingt personnes quand lui, Bartholomew, était le champion des sandwichs, des frittatas et tous autres frichtis que sir Bob adorait mais qu'on ne sert pas à des invités illustres – et ça, l'accueil des invités, monsieur Bart c'était son truc, le décorum et l'entregent étaient son rayon –, de sorte que se scella bientôt l'alliance, dans leur coin Hettie et lui décidèrent de se partager le royaume, elle prit le titre de gouvernante et Bart celui de majordome. Elle préparait les grands mets du livre de cuisine française, il faisait briller l'argenterie et dressait des tables éblouissantes de blancheur, de cristal et de fleurs sur des nappes artistement repassées et déplissées au tout dernier moment. À eux deux, ils nous faisaient la vie de château. »

Paul Young

« Après que je suis parti, avant même que ma relation avec Lucy ne soit rendue publique, il s'est affiché avec des femmes, a laissé courir le bruit qu'il songeait à se ranger, un mariage était imminent... Lui qui tant de fois m'avait fait la leçon, le coup de l'éthique et de la fierté, il était là, partout, tout le temps, à croire qu'un don d'ubiquité lui était venu en même temps qu'une fringale de mondanité, il était de toutes les parties, à l'est comme à l'ouest, devait passer ses journées dans l'avion, faut croire, et dans les pages des journaux comme aux actualités Paramount on ne voyait que lui sur les tapis rouges, dans les dîners de gala et les bals de débutantes, à rouler des yeux devant les photographes et à flirter avec l'une ou l'autre de ses conquêtes bidon

oh, j'étais jaloux, je n'en avais pas le droit, je sais, mais quand même j'étais jaloux, qui a dit que l'amour était chose rationnelle et cohérente ?

j'en crevais, de cette jalousie, et je ne pouvais rien exprimer, je n'avais droit de rien montrer, et dans les sauteries où l'on continuait de m'inviter, où il m'arrivait d'aller, seul ou avec elle, Lucy, que je devais protéger, bon sang, garantir contre les horreurs qu'on ne manquerait pas de lui rapporter, dans les réunions publiques je me tenais sur mes gardes, les photographes m'avaient à l'œil, je les voyais, je les sentais rôder autour de la table de second plan où l'on m'avait redistribué sur l'ordre des agents et des studios de nous éloigner le plus possible, Lockhart et moi, je les savais à l'affût, prêts à bondir sur la moindre attitude qui me trahirait, je les voyais chuchoter entre eux, me regarder de biais puis désigner la table de Robert au loin, vous imaginez un peu, qu'est-ce qui se passerait donc entre Lockhart et Young si une bousculade ou un pataquès dans le conducteur de la soirée les précipitait corps contre corps, l'odeur du grabuge les excitait comme la viande les mouches, et quand Robert a embrassé Angie Machinchose sous les flashes, j'ai ravalé ma fierté, j'ai repéré le minus qui s'était glissé sur ma gauche, il tournait la tête ailleurs mais me shootait en douce avec son appareil ventral, je voyais son doigt, clic, clic, enfoncer le bouton, je suis resté de marbre, je crois, tandis que les lèvres de Lockhart se collaient à celles de la gamine, j'ai bu une grande gorgée de champagne et j'ai attendu la fin du supplice

mon humiliation, oui, on peut dire ça, même si

aux yeux du monde et pour toujours peut-être, l'offensé, c'était lui.

« Et ce n'est pas juste, à la fin, de dire que j'ai contrefait l'amour, que j'aurais été un lâche et Lockhart un héros, moi le traître et lui le martyr, pourquoi pas, récrivons le film tant que nous y sommes, et cette cochonnerie de bouquin ne s'en privera pas, ma main à couper, ouais.

« Je sais ce qu'on raconte de moi, que je suis un type qui n'assumait pas d'aimer un autre type et qui, pour se ranger, a fait le malheur du grand, du merveilleux Robert Lockhart, mais je n'ai pas cherché à me soumettre, moi, ni à être normal, c'est quoi normal, c'est quoi soumis, j'ai choisi une autre vie parce que je voulais des enfants – tandis que Robert, lui, a accepté de mentir, c'est lui qui finalement s'est caché et plus il se livrait au feu des projecteurs, plus il dissimulait – tout ça pour quoi, sinon garder sa carrière. Allez, j'ai fini par comprendre que c'était la seule chose qui comptait. L'ironie de l'histoire, c'est que le faussaire passe pour l'authentique.

« S'il voulait me punir ? J'y ai pensé, oui, peut-être. Peut-être que la vengeance était un bénéfice secondaire, mais je crois qu'il a d'abord obéi au mot d'ordre de ces années particulières, qui était : "Tous aux abris, que chacun gare ses fesses avec ses dérèglements", je crois qu'il s'est plié au sauve-qui-peut parce qu'il était au sommet de son succès alors, le numéro un c'était lui et il y avait beaucoup, énormément à sauver

Seigneur, j'ai l'air de lui en vouloir, mais non, c'est pas la rancœur,

c'est le chagrin qui fait ça, c'est le gâchis quand on regarde en arrière, vous êtes trop jeune encore pour ressentir ces choses.

« Hélas, c'est lui qui l'a payé, chèrement, le fouet lui est revenu en plein visage quand la fiancée pour la frime a raconté à *Confidential* avoir été enceinte de lui et qu'il lui avait demandé d'avorter, ça ne pouvait tomber plus mal, au pire moment de la répression et du fanatisme puritain. Haro sur l'idole – tous s'en sont donné à cœur joie. Et comme ce genre de coups n'arrive jamais seul, un mystérieux informateur a révélé les liens qui unissaient Lockhart à Ellis, laquelle venait d'abandonner son foyer pour vivre avec l'acteur, les liens qu'elle-même entretenait avec les militants les plus enragés de la Cause noire – bientôt il ne fut plus question que de l'infidélité de Jo, bientôt Canyon Drive devint aux yeux du monde un repaire de nigger-lovers et de terroristes. J'essayais de l'imaginer dans cette hacienda qu'il avait tant rêvée, son rêve viré au cauchemar. J'avais tant de peine pour lui mais j'étais le dernier à pouvoir le consoler. J'espérais que les remparts tiendraient bon et je ne parle pas seulement de ce haut mur d'enceinte autour de la baraque, non, je vous parle de ce bouclier invisible que notre super-héros savait maintenir entre lui et le monde, entre lui et les autres, entre lui et moi.

« Tout s'arrangerait, je me disais, Lockhart

est intelligent, il sait exactement jusqu'où il peut tirer sur la laisse. Tout ira bien.

« De loin en loin, des voix charitables me décrivaient sa nouvelle vie, les fêtes données à l'hacienda – des fêtes sages, sans rapport avec les turpitudes imprimées dans les torchons – et dans ces comptes rendus amicaux j'avais droit au portrait du dernier élu, sa beauté, bien sûr, sa jeunesse et ce qu'elles inspiraient à Lockhart. *Il en est raide dingue, il l'a installé dans un chouette appart' sur West Boulevard*, ou, plus sobre, plus douloureux : *Il lui a donné la suite du haut*, la mienne, censément, elle avait été conçue pour moi, pour être mon domaine réservé à l'hacienda, la chambre était capitonnée de liège et de molleton, m'assurait-on, parce que j'avais le sommeil fragile, et Robert, c'était plus fort que lui, c'était d'avoir grandi de foires en orphelinats, peut-être, comme s'il fallait pour avoir la preuve de son existence la manifester au clairon, Robert était capable de faire trembler une maisonnée rien qu'en sortant une cuiller d'un tiroir – mon domaine silencieux, ouais, où je n'avais jamais mis les pieds et qui m'est resté interdit. »

Joanne Ellis

« Oui, la vérité c'est que, dès le début, les studios du Caillou se sont couchés devant le pouvoir politique et les dévots, ils allaient au-devant des désirs de la censure avec un zèle sincère parce qu'au fond d'eux ils partageaient les mêmes valeurs de ségrégation et d'inégalité et les mêmes phobies puritaines. Ils produisent des *problem films* et des films antiracistes parce que ça a bonne presse, que ça remplit les salles et rassure les consciences, les voilà gagnants sur tous les fronts mais, au fond d'eux, ils seraient effarés que le monde change ne serait-ce que d'une virgule.

« La vérité c'est qu'à la fin tout était lié, n'est-ce pas, la terreur publique et les comportements privés. Certains en devenaient indéchiffrables comme la réaction de Bobby à la trahison de Kazan, quand Gadge avait livré des noms de sympathisants communistes ou supposés tels. De tous les anciens de la bande, Bob était le seul à lui trouver des excuses. On n'en revenait pas, Lenny le premier. Des années plus tard, j'ai compris la raison de cette indulgence, une raison humaine et non politicienne : j'ignore s'ils abordèrent jamais la question entre eux – j'en doute – mais Bobby sentait que Gadge ne le méprisait pas d'être homo, qu'il n'avait pas cette haine en lui, ce dégoût que tant de metteurs en scène taisent hypocritement. Dans les époques de grande brutalité, ne pas mépriser revient à soutenir, ne pas se déclarer l'ennemi c'est se faire l'allié, et Bob se sentait une dette envers notre ancien professeur.

« La vérité, enfin, c'est que tous nous avons nos ambiguïtés face à la terreur venue d'en haut. Se rebeller, se soumettre, parfois ça se joue sur l'épaisseur d'une feuille de papier à cigarette. Un jour, notre ami l'écrivain Baldwin a voulu nous présenter Bayard Rustin, le penseur des Droits civiques, celui qui allait imaginer, concevoir et organiser, kilomètre par kilomètre, la grande marche sur Washington. Lorsqu'il a entendu que le FBI cherchait à piéger Rustin avec des garçons mineurs, Bob s'est décommandé au dernier moment et je suis allée seule au dîner. Pauvre Rustin, un homme remarquable, le FBI aurait sa peau, en effet, et son vieil ami le pasteur King lui-même le lâcherait par peur du scandale.

« Vous ne vous rendez pas compte, dans votre génération, bienheureux que vous êtes.

« Vous n'avez pas idée comme tout resurgissait alors, mes parents juifs, mon frère qui avait rejoint Israël et les gauchistes du Mapam, régulièrement ça revenait : nous, les Juifs, on finançait la libération des Noirs, on était leurs alliés. Et c'était vrai. *N'oubliez pas que vous avez été esclaves en Égypte*, disait le rabbin de Crown Heights.

« On venait de gagner la bataille contre la ségrégation à la petite école, on se sentait pousser des ailes, on croyait que c'était arrivé, juste une question de mois ou disons, de deux à trois années... On rêvait. L'affaire des bus en Alabama allait nous faire déchanter. Bobby m'a rejointe, il a signé des chèques pour la NAACP, puis pour la Ligue du pasteur King, en demandant que ses dons restent anonymes. Paul, ça lui déplaisait profondément, par exemple, comme souvent ce qui venait de moi, mais là plus particulièrement, Bob les mettait en danger avec ses marottes, disait-il, ou un mot comme ça. Je sais qu'ils se sont beaucoup accrochés sur la question, comme sur son intimité avec les Bogart.

« Déjà, l'histoire avec Paul battait de l'aile, des premières fiançailles avaient été annoncées dans l'*Examiner* puis démenties, Paul prétendait que c'était un coup de son père qui voulait faire pression sur lui – il avait trente-quatre ans, l'âge de la reproduction – mais la rumeur persistait d'une liaison avec sa partenaire dans son dernier film et, comme chaque fois, on ne savait trop si c'était une manipulation des studios ou si un fond de vrai nageait dans la vase. Je ne posais pas de questions, Lenny non plus, personne n'osait car on craignait la réaction de Bobby, son chagrin, son orgueil piétiné, et on les a laissés tous deux à la lente décomposition de leur amour, ce poison-là, vous savez, cette torture à petit feu.

« Si les conflits de conscience, si les engueulades politiques ont pu précipiter l'agonie, ma foi, ce n'est peut-être pas un mal.

« En tout cas, je peux vous dire que Paul Young l'a pris comme une déclaration de guerre de ma part, une tentative d'annexion de son domaine. Au fond je n'étais qu'un parasite, comme tous ces profiteurs qui harcelaient Bobby. Nos anciens camarades de cours profitaient de lui, et les activistes noirs, et les opposants à la Bombe. Même les voisins abusaient. Tout ce qui n'est pas Paul Young est parasitaire, si vous voulez mon avis, et il s'y entendait pour faire le vide autour d'eux. »

Ellis, voc. 7, New York State Theater

Joanne Ellis essaie de rire mais n'y parvient pas, pas ce soir. Le bruit autour assomme tout. C'est à peine si je distingue sa voix à certains moments. Dans le promenoir où a été dressé le dîner après la projection – si vaste, si profond, on dirait un navire chargé d'or et de gloire – tout résonne à son paroxysme : très haut dans les aigus, l'entrechoc des porcelaines et des couverts ; obsédante dans les basses, la rumeur des sept cents bouches qui bourdonnent tel un gros essaim repu.

« Bob n'a pas besoin de moi pour penser. Quand on a la chance d'être équipé de deux ou trois neurones, on ne peut pas regarder le monde en bas depuis sa colline et se dire tant pis pour les grouillots qui grouillent. Il ne s'est pas levé un matin en se grattant la tête : *Quoi faire de ma journée ? Et si j'allais à un meeting de la Cause ?*, pas plus qu'il ne s'est dit un autre matin dix ans plus tard en prenant son café : *Tiens, aujourd'hui je défile contre le Vietnam*, non, évidemment ça ne s'est pas fait ainsi, pas décidé du tout, ça s'est insinué en lui. Moi, je viens d'une famille politisée où militer fait partie du décor. Bobby, non, parce qu'il n'a pas de famille, me direz-vous, mais aussi parce qu'il n'a pas fréquenté l'école. L'une des chances de ce métier, si l'on ne se contente pas de traîner avec les imbéciles, c'est qu'on peut apprendre beaucoup de ses rencontres. Bobby l'a fait, en accéléré, avec Monty, avec Stella, avec mon père, avec Baldwin. Avec ses metteurs en scène aussi.

« La suite allait donner en partie raison au sieur Young, tout s'est enflammé et nourri l'un l'autre, la Cause, la gauche, la sexualité, Bob m'a rejointe sur la *liste grise* comme on disait, de loin la plus nombreuse, celle des gens qui flirtaient avec les rouges et qui couchaient avec les Noirs, un communisme et des coucheries qui n'étaient que fantasmes dans les rêves tordus de nos braves détracteurs, Bob n'avait pas plus lu Marx ou Lénine que Sidney Poitier n'était mon amant – on avait juste le souci d'autre chose que de sa pomme, et Sidney était un ancien du Studio à qui l'on faisait la bise, en effet, devant les photographes et même hors caméra.

« On était restés amis avec Howard Munch après *La Piste*, et Munch avait été dénoncé pour menées anti-américaines parce qu'il dérangeait, ses scripts dénonçaient le travail des enfants ou l'exploitation des femmes, aussi DeMille l'avait fait exclure de la guilde des réalisateurs. Voilà le genre d'amis que nous avions. Et aussi les Bogart. Souvent Bob dînait chez eux – j'y allais avec lui quand j'étais sur la Côte, mais pas Paul, Paul n'était pas du genre à se compromettre. On s'était beaucoup rapprochés en apprenant que Bogie avait son cancer et des métastases partout, en la sachant si seule, Lauren, seule avec deux petits en bas âge et un mari qui ne voulait plus se battre, ils vous serraient le cœur tous les quatre dans leur grande maison blanche de Mapleton Drive. Il faut comprendre que de sa génération, Bogart a été le plus sincère et le plus résolu des antinazis, celui qui a le plus souvent ouvert sa gueule. Pour beaucoup de gens comme les Young, Mapleton Drive était une arrière-base des pacifistes, un emblème de la gauche pourrie gâtée.

« La police nous en voulait doublement, un, parce qu'elle devait nous surveiller et que c'était mortel d'ennui, deux, parce qu'elle devait nous protéger des fanatiques de la Légion blanche – oh, ceux-là nous auraient bien chauffé la plante des pieds et pendus à un arbre, ils nous haïssaient presque plus que les Noirs car on était des traîtres.

« Lauren ?

« On se parle au téléphone, on ne se voit pas. Depuis que je vis retirée dans mon cottage du Connecticut, je ne vais plus à New York qu'en coup de vent, par obligation, sans m'arrêter chez les amis. Et elle n'a pas le courage de faire la route jusqu'à Foxboro Point. Elle était invitée ce soir, j'avais demandé qu'on lui garde un siège près du mien.

« Peut-être trop fatiguée pour traverser le parc, à moins que ce ne soit le monde, l'ennui de la mondanité.

« Peut-être aussi qu'on est arrivées à l'âge où l'on s'évite. Où l'on n'a pas follement envie de surprendre son reflet dans les yeux de l'autre, d'imaginer sa propre ruine dans les rides et la rouille de l'autre... Ce serait humain, de ne pas courir après ça, non ?

« On s'appelle, oui, on s'intéresse à des tas de choses en dehors du métier, le métier on n'en parle pas, mais de mon frère et de son cousin Shimon, qui sont encore plus loin, eux, là-bas, à Tel-Aviv. Shimon sera le nouveau président, à en croire les rumeurs, et mon frère pourrait bien devenir ministre. Autrefois je m'en serais réjouie pour lui – aujourd'hui, je ne sais plus. »

Lenny Lieberman

« Ah ? Il vous a parlé de cette affaire, Paul ? La gamine a bien tenté de jouer sa partie – mais elle n'était pas plus douée dans un prétoire que devant la caméra. Il n'y a rien qui me fatigue comme les démêlés avec la justice. Et j'ai dû apprendre, car les tribunaux ne chôment pas dans la vallée. Il y a les escroqueries, les litiges entre studios et acteurs, les atteintes aux mœurs et le très gros marché du divorce, et puis vous avez les morts louches, les suicides suspects et les assurances qui traquent les overdoses dissimulées. Certains artistes vous en font voir de toutes les couleurs, il faut tisser des relations partout, chez les médecins, dans la police et dans des arrière-salles peu recommandables. Malgré soi, on devient un nettoyeur autant qu'un ange gardien, on passe derrière son artiste qui s'est mal tenu, on s'arrange pour lui éviter la cellule après un problème sur la route, lui éviter aussi la prise de sang et le dépistage des substances qui fâchent. On fait tellement tout pour eux, tout et n'importe quoi, qu'à la fin on ne voit plus la différence entre passer au pressing et passer au poste.

« Je ne sais pas s'ils ont eu une histoire ou non. Bob refuse d'en parler et Angie Richard a tellement menti au cours de ses dépositions, elle s'est si bien emmêlée dans les versions successives que lui dictaient son avocat et celui du *Reporter* qu'à la fin on était tous perdus. Seule certitude, quoi qu'ils aient fait, il n'y a pas eu de gosse et ça nous aura au moins épargné les volets pension alimentaire, maltraitance et kidnapping. Car j'ai connu ça, figurez-vous, un de mes acteurs avait arrangé le vrai-faux enlèvement de son fils, pas pour la rançon, bien sûr, mais pour ensuite accuser la mère de négligence et avoir la garde exclusive.

« Angie et le jeune patron du *Reporter* ont bien menacé de nous faire chanter. Le requineau, qui était ou avait été son amant, m'a donné rendez-vous une nuit dans un bar de Pershing Square, pourquoi un bar homo ?, parce qu'il était planqué, peut-être, discret par la force des choses, ou parce qu'il ne pouvait imaginer que je sois intime avec Bobby sans être totalement comme lui, bref, il m'a montré une maquette dont je revois encore la manchette élégante :

MÉNAGE À TROIS
« La fiancée, ce n'était pas moi », déclare Angie R.

« Puis il m'a indiqué son prix, une petite fortune, pour ne pas publier l'article. J'ai dit :

Merci, mais ce sera non, et je l'ai laissé payer les consos. J'avais enregistré notre discussion sur un appareil à peine plus gros que le vôtre, glissé dans ma poche de veston, en prenant soin de lire l'accroche à voix haute. Ce fut un jeu d'enfant pour notre avocat que de discréditer Angie : Paul était parti de Laurel Drive depuis trois semaines à la date où elle affirmait y avoir dormi la première fois. Ça s'est réglé comme toujours, par une transaction, mais pour leur trop grande gourmandise ces ouistitis n'ont reçu qu'une poignée de cacahuètes.

« Heureusement, car Bobby emménageait et allait engloutir une fortune en travaux. À la voir aujourd'hui, qui imaginerait que la propriété de Los Feliz, personne n'en voulait à l'époque? L'hacienda elle-même n'était qu'un bâtiment agricole en adobe grossier, le terrain à flanc de coteau était si raide qu'il en devenait impraticable à certains endroits et, surtout, un feu de broussaille s'était propagé deux ans plus tôt à la bâtisse et à une partie de l'orangeraie, de sorte que les lieux semblaient un peu maudits, un peu morbides avec ce toit noirci, ces troncs calcinés – aussi Bob l'avait eue pour une bouchée de pain.

« Les travaux ont été chaotiques car il tournait beaucoup, tournait tout le temps, comme une toupie, les films se succédaient mécaniquement, sans autre raison pour lui que de répondre présent, sans autre besoin que celui d'être pris, appelé, désiré, je n'en demandais pas tant, moi, j'aurais volontiers levé le pied et je lui disais : *On n'a pas besoin d'un cinquième film cette année, on ne va pas t'oublier si tu te reposes quinze jours,* mais non, en cas de fatigue Bob allait voir le docteur Millan qui lui faisait des piqûres de corticoïdes, ou de vitamines, ou de perlimpinpin, je préférais ne pas savoir, et, quand il ne tenait plus debout, il venait dormir chez nous, à Rancho Mirage, deux nuits c'était son compte, deux jours et deux nuits pendant lesquels Julia le choyait : *C'est juste un enfant de plus dont m'occuper,* disait-elle, et Bobby était bien avec nous, avec nos enfants qu'il adorait, Seymour, Letizia, dont il avait tenu à être le parrain et vous pensez comme j'en étais fier, heureux, oui, mais au matin du troisième jour je voyais l'impatience revenir au bout de ses doigts, je voyais la fébrilité agiter les jambes immenses et j'entendais le débit heurté de ses paroles, il lui fallait repartir, reprendre la moto, courir vers le nouveau tournage, des films, des films il en a tant fait, il ne s'en souvenait même pas à leur sortie, c'était comme s'il avait relevé un défi absurde, coller bout à bout les bobines pour en faire le métrage le plus long du monde, une connerie de record dans ce genre, voyez, et sa solitude aussi atteignait des records, il avait beau emplir l'hacienda et les pavillons d'amis de toutes sortes de meubles et machines qu'il ne déballait pas, il avait beau planter des arbres et des arbres au désespoir de les voir pousser, une fois que Joanne a été repartie sur la côte Est, il s'est retrouvé dans une maison vide, très vide même, et ce ne sont pas les garçons ramassés on ne sait où, San Diego, Malibu, El Porto, sur quelle plage, dans quel port ou dans quel bar aveugle, ce n'est pas cette compagnie nocturne qui pouvait le satisfaire, il n'avait pas trente ans, c'était trop jeune pour vivre comme ça sous l'éteignoir et sans espoir.

« Si j'avais peur ? Évidemment que je m'inquiétais, pour son mental, pour sa santé, pour sa vie tout court, on parlait de coupe-gorge, comprenez, on parlait de descentes de flics, on parlait de violences et d'aventures tournées très mal.

« ... La terreur ? Il dit ça, Paul ? C'est un peu fort, pas faux, et surtout étonnant de sa part car si c'était la terreur, il y a abandonné celui qu'il était censé chérir, hein ?

« Bobby était talentueux, magnifique, la moitié de l'univers bavait devant lui et il ne se cachait pas d'aimer le sexe. On ne pouvait pas lui demander de vivre comme un moine. Alors je ruminais mes hantises, je me creusais en silence un deuxième ulcère à l'estomac, dès qu'un gars lui tournait autour, j'imaginais un colis piégé de la presse, je voyais un agent provocateur que le comité Shurlock ou la police des mœurs lui jetait entre les pattes, et pour peu que l'appât soit mineur alors ce serait jackpot, peu importait que Bobby n'ait pas le goût des éphèbes, qu'il leur ait toujours préféré les hommes faits, il suffisait de trouver un gaillard qui ferait cinq ans de plus que son âge, ça ne manquait avec tous ces Okies débarqués de leur cambrousse pour tenter leur chance sur le Caillou et qui erraient de combines en larcins, de trafic en prostitution, des gars vieillis avant l'heure mais pas tant à cause de leur peau burinée de paysans, de leurs mains tuméfiées et de cette nuque alourdie comme s'ils avaient partagé le poids du joug avec leurs bêtes, non, c'était la honte, le poids de la honte les vieillissait de dix ans et le chagrin aussi quand ils se représentaient les parents, là-bas, en Oklahoma, le vieux taciturne, la vieille toujours anxieuse, de part et d'autre de la table du dîner se parlant, peut-être, quelques mots pour espérer que leur grand s'en sorte sur sa côte Dorée, pour se féliciter qu'il ne finisse pas ouvrier agricole comme les autres, c'est-à-dire chômeur comme les autres, oui, les cœurs de ces garçons prodigues se serraient forcément à imaginer la honte et le chagrin qu'ils causeraient à leurs vieux s'ils savaient, s'ils voyaient leur fils tombé ainsi, bien en dessous du rang de bête car les bêtes sont bâtées, certes, et jugulées, mais les bêtes ne font pas le mal, les bêtes ne vendent pas de poison et ne vendent pas leur cul non plus, les bêtes ont un toit sur la tête et une paille tiède sous leurs abattis

Tu ne tomberas pas plus bas que dans la main de Dieu, disait mon père quand je faisais une connerie et que j'étais pris de remords,

de lui, Bobby, je m'inquiétais comme d'un troisième enfant, c'est vrai, je me suis fait plus de souci pour lui que pour tous mes autres acteurs réunis, car Bobby n'était pas américain, voyez, et ça compte, ça compte même beaucoup par ici, les flics et les salopards de *Confidential* et consorts épiaient les moindres paroles, les moindres agissements des étrangers, tout y passait, voyez la façon dont ils ont traîné Bergman dans la boue quand elle a quitté son mari enceinte de Rossellini, au premier écart de conduite ils déchiquetaient les acteurs européens pour les forcer à rentrer chez eux, ils n'étaient pas des acteurs mais des imposteurs venus voler les rôles et les oscars, ils étaient des pillards et des vermines – mon Bobby, on n'en ferait qu'une bouchée de Bobby.

« L'ironie de la situation, c'est que la seule fois où il fut arrêté dans la rafle d'un bar, ce n'est ni moi ni les studios qui l'avons sauvé, c'est l'homme qui le détestait le plus au monde, le vieux sénateur Young. À la demande de son fils, j'imagine, ou parce qu'il ne souhaitait pas qu'un procès puisse confirmer les rumeurs sur la sexualité de Bob et ricocher sur celle de ce fils. Car même si Paul était enfin marié, personne n'avait oublié cette raillerie d'un gazetier : *la plus longue cohabitation de l'histoire du cinéma*, disait-on, et aussi qu'un mariage n'empêche pas le vice, même au fin fond de l'Oklahoma on le savait. Enfin, c'est comme ça, que voulez-vous, le magnat de la viande qui nourrit la moitié du pays a plus de pouvoir qu'un nabab de studio, même millionnaire et couvert de maîtresses, il a assez d'influence, en tout cas, pour appeler en direct un gouverneur de Californie et museler les médias nationaux.

« … Et puis, d'un coup, la toupie a cessé de tourner.

« Du jour au lendemain, ai-je envie de dire, avec cette brutalité qui caractérise l'existence de Bob depuis sa naissance, et je ne dis pas qu'il l'ait voulu, bien sûr, qu'il soit pour quelque chose dans le départ de sa mère, dans les reniements de son père et dans la trahison de Paul, je dis juste qu'à la fin on se conforme à un certain schéma, une certaine impulsion première, je dis que la vie pour lui s'écrit au scalpel et au fil à recoudre, laissant derrière elle toutes ces cicatrices, celles qu'on peut voir, celles qu'on ne voit pas.

« Un matin, donc, voici pas mon Bobby qui débarque dans mes bureaux – j'avais quitté le réduit au-dessus de la friperie pour un petit immeuble sur Wilshire Boulevard, comme tous mes confrères, eh oui – et je m'inquiète tout de suite à le voir tiré à quatre épingles, complet veston, chaussures de ville, chemise blanche recta et le cheveu dompté. *Ne me dis pas que tes quarante motos sont toutes en panne?*, il hausse les épaules : *J'ai pris la voiture*, et là je rigole : *Tu veux dire que Johnny t'a prêté ta voiture ou bien que, très exceptionnellement, il a fait son boulot de chauffeur?*

« Il faut que vous sachiez, par parenthèse, que ce Johnny était haï à l'hacienda, haï de la cuisinière, du majordome, du jardinier, et

même au-delà du mur d'enceinte, le voisinage de Canyon Drive racontait que le chauffeur de Lockhart était indiciblement arrogant
et malpoli, quant à moi je le soupçonnais de
vendre des informations car son train de vie
était pharamineux, sa voiture personnelle plus
chère que celle de Bob, je n'y connais rien en
autos mais le majordome m'a dit que la Cor-
vette de Johnny était la même que celle de sir
Bob, même carrosserie rouge de luxe, même
intérieur cuir crème, *pareille mais une gamme
au-dessus*, grondait-il, *à croire que c'était lui la
vraie vedette de la maison*, et Hettie la cuisinière
enfonçait le clou : *Vous devriez lui dire, monsieur
Lenny, dire à votre ami que son rouleur de méca-
niques et belles voitures est fourbe et qu'il faut se
méfier des sang-mêlé de nègre marron et d'Indien
sudiste*, elle en savait quelque chose, Hettie, son
premier amour était l'un d'eux, un Séminole qui
lui avait brisé le cœur juste après l'avoir désho-
norée. *Faut plus que monsieur Bob donne ses beaux
habits à ce vaurien qui après sort parader dans le
quartier comme un milord, pensez, des habits neufs,
certains jamais portés*, et je me souviens d'avoir
tilté... Tiens donc... Johnny fait sensiblement la
même taille que Bob, leurs cheveux sont noirs,
ils roulent dans la même voiture, je me suis
fait cette remarque que Bobby avait peut-être
trouvé un second emploi au garçon, une mission bizarre comme d'être sa doublure à la ville,
pourquoi, je n'en sais rien, mais Bobby ne dit
jamais tout, voyez,

toujours est-il que ce matin-là, Bob Lockhart en personne se tenait devant moi de toute sa hautaine hauteur, c'était Bobby venu dans sa belle voiture et dans ses beaux habits qui m'a tendu un billet où il avait griffonné trois noms, Joe Mankiewicz, Douglas Sirk, Albert Hitchcock, oui, oui, il avait vraiment écrit Albert

et j'ai compris le message ou plutôt l'ordre qui m'était donné de séduire les trois metteurs en scène dont deux, ma foi, étaient européens comme lui, ce qui ne me rendrait pas les choses forcément plus faciles, car Mankie n'avait rien pour nous, il préparait son titanesque *Cléopâtre* et le seul rôle qui pourrait décemment échoir à Bob était comme qui dirait préempté par Liz pour son ex-mari et toujours amant Burton,

non mais, quel feuilleton ces deux-là, je vous jure,

et Hitchcock, qui n'avait pas renoncé à travailler avec Bobby si un jour leurs calendriers voulaient bien s'accorder, Hitch se reposait un peu entre *Psychose* et *Les Oiseaux*, il dirigeait des courts-métrages pour sa série télévisée et bien sûr il n'allait pas nous proposer si peu. Quant à Sirk, hum... Sirk nous en voulait, je crois, après le tour qu'on lui avait joué sept ans plus tôt sur un western qu'il avait en projet.

« Parce que Bob est très brun, mat de peau et foutu comme un dieu aussi, souvent on nous a proposé des rôles d'Indiens mais il n'aimait pas se déguiser. Vous l'avez peut-être remarqué à sa filmographie, on n'y trouve aucun rôle à transformation, ces performances dont le Caillou raffole, qui vous valent l'oscar à coup sûr, où il faut perdre trente kilos, prendre cinquante ans, se coller des rides en latex, des prothèses dentaires ou des faux scalps. J'ai refusé une vingtaine de films à cause de ça, certains excellents. Une fois, il avait bien voulu faire exception pour ce Douglas Sirk dont on parlait de plus en plus, Bob avait le nez pour flairer les talents qui compteraient, et il a accepté ce rôle de rebelle peau-rouge – un fils de Cochise, il me semble – que Sirk lui offrait. Tout le monde a été surpris lorsque Bob a ôté sa chemise et que son torse est apparu, lardé de cicatrices. Une assistante a même laissé échapper un cri. C'était un souci, pour certains rôles, et j'ai eu peur que Sirk ne renonce, il fronçait souvent les sourcils, sans qu'on sache s'il désapprouvait ou simplement réfléchissait – mais ça l'a emballé, au contraire. *On parle d'un guerrier indien*, a-t-il dit, *les balafres sont les bienvenues*. Il fallait juste effacer la plus grosse d'entre elles, sur le flanc gauche, qui avait laissé un bourrelet. Parce qu'il y a des limites, hein, le cinéma n'est même fait que de ça, de ses limites. Un cadre est un cadre, un acteur est un corps.

« La mission du maquillage revenait à un as des studios, un certain Dieter... surnommé Marla en double hommage à Dietrich, dont il avait l'accent et les sourcils, et à Marlon avec qui il prétendait avoir couché. J'ai vu l'œil noir de Bobby quand on les a présentés – Bob n'aime pas les hommes efféminés, ça le met mal à l'aise, ça lui fait honte ; il aime encore moins ceux qui racontent avoir baisé avec des célébrités – aussi je ne m'attendais pas à ce que le courant passe. C'est très particulier, imaginez, de se laisser triturer, malaxer, déformer par des inconnus. Et si ça doit durer deux heures tous les matins, c'est encore plus sensible. Quand il s'est vu dans la glace à pans de l'atelier, défiguré sous trois centimètres de latex liquide avec son nez écrasé pour avoir l'air plus sauvage et ses cheveux noirs postiches tombant au milieu du dos, Bob est sorti pour m'appeler d'une cabine et là, il m'a dit : *Liebe, je t'adore, tu sais, je ferais tout pour toi mais pas ça, je ne m'abaisserai pas à me grimer comme un vieux trave, même apache.* À mon grand soulagement, il ne s'en prenait ni à Dieter ni à quiconque. *Le pauvre a fait tout ce qu'il pouvait,* a-t-il expliqué par la suite, *c'était moi, un blocage à moi.*

« Comme je savais que Rock Hudson avait fait des pieds et des mains pour avoir ce rôle, j'ai contacté le collègue qui le représentait et je lui ai dit que Bobby aimait beaucoup Rock, qu'il ne souhaitait pas lui voler quoi que ce soit et lui laisserait de bon cœur le rôle s'il pouvait se libérer tout de suite, et Rock, qui était un garçon adorable – a-t-il cru à nos bonnes intentions ou a-t-il fait semblant ? Je ne sais pas – Hudson a fait le film sans discuter les conditions car il n'était pas encore une vedette, du coup le studio a eu l'impression de faire une affaire, Rock était heureux et moi, je nous évitais un procès. Trouver *la* solution qui rende tout le monde content et donne à chacun le sentiment d'avoir gagné, c'est l'aboutissement le plus jouissif du job, ce qui fait que je l'ai toujours aimé.

« Aujourd'hui encore, je me demande si ce n'est pas Joanne qui a suggéré à Bob de lâcher cette histoire de Cochise. Parce qu'il m'a tenu peu après un discours étrange, qui ne lui ressemblait guère : *C'est humiliant, disait-il, ces déguisements sont du racisme, ni plus ni moins, et c'est des rôles qu'on retire aux vrais Indiens, qui devraient jouer leur histoire, non ?*

« J'ai cru reconnaître la voix de Jo, la colère qui lui était restée du tournage de *La Piste*. Elle avait souffert, ça oui, et on la sentait humiliée, en effet, sous le fond de teint qui coulait à ses tempes, avec ces lentilles noires qui lui râpaient l'intérieur des paupières, avec cette coiffe de squaw, étouffante, sous laquelle la colle à perruque mêlée à la sueur avait rongé ses vrais cheveux, c'était comme si on l'avait scalpée pour de bon, imaginez un peu, ses beaux cheveux de ce blond roux si doux, si soyeux, elle en était traumatisée au point qu'elle a refusé l'année suivante de se transformer en Égyptienne pour un péplum car elle ne voulait plus de lentilles, plus d'étoupe sur le crâne et plus de graisse marronnasse dont il aurait fallu cette fois, le dénudé antique oblige, s'enduire tout le corps.

« Ce mot de racisme, je ne sais pourquoi, semblait plaqué dans la bouche de Bobby, il ne lui était pas plus naturel que ne lui était concevable, au fond, le rapport des Blancs avec les Indiens qu'ils ont exterminés et avec les Africains qu'ils ont réduits en esclavage. Lorsque sa troupe de Glasgow a débarqué ici, on leur a fait comprendre que dans le vrai vaudeville, le vaudeville américain, il y avait toujours au moins une andouille noire, et chaque soir, donc, un malheureux parmi les comédiens écopait de la *blackface*, il devait se composer le masque d'un nègre de burlesque, visage et cou passés au cirage, non seulement c'était pénible, dégradant, mais souvent l'attribution de ce rôle indiquait qu'on était tombé en disgrâce auprès du directeur de la troupe, qu'on était devenu soi-même une sorte de bête noire. Ça l'avait choqué, gamin : pourquoi donc fallait-il se grimer en noir et parler comme un attardé, qu'est-ce qui faisait rire les gens d'ici, quand là-bas, chez lui, personne n'aurait trouvé ça drôle?

« J'étais moi-même assez naïf de ces choses. Avec le temps, j'apprendrais une étrange leçon de ce métier : certains rôles qu'on applaudit pour leur courage sont en réalité des bombes à retardement. Les rôles d'Indiens plaisaient en surface, on louait la performance, d'accord, mais en réalité ils n'étaient pas bons pour l'image et pouvaient couler une carrière en ces temps de suprématisme blanc. Un acteur avisé s'y laissait prendre une fois, pas deux, et vous savez quoi? Je ne doute pas que Jo l'ait compris, elle, bien avant tout le monde car elle connaît

le fichu métier depuis toujours, elle y a grandi
– comme je ne doute pas qu'elle a averti Bobby
du danger, et qu'il l'a écoutée, comme toujours.

« Alors, oui, pour répondre à votre question, je
n'étais pas ravi qu'il suive Joanne dans son combat pour la Cause, même si je le partageais sur
le fond, hein, comment ne pas partager le souci
d'humanité, le désir de fraternité, je ne suis pas
de pierre et, si j'avais pu l'ouvrir, j'aurais sans
doute agi et parlé comme eux, mais comprenez
à qui j'avais affaire, moi, toute la journée, les
buses et les bourrins que je devais supporter et
comment je devais minimiser tout ça pour que
mon acteur n'apparaisse pas comme un dangereux activiste,

parce que si les gens comme vous et moi, avec
une petite flamme dans les yeux, nous soupi-
rions : *Joanne Ellis est une pasionaria,* les gens
d'en face nous répondaient : *Joanne Ellis est une
terroriste,* et croyez-moi, dans leurs yeux à eux,
nulle lueur d'admiration

parce que le jour où Newman appelle Bob et lui
dit : *Monte avec moi au Capitole, on va gueuler
contre le meurtre de ce leader noir* (j'ai oublié son
nom) *et soutenir les émeutiers du Mississippi,* Bob
n'hésite pas une seconde, ils partent aussi sec à
Sacramento où Bob retrouve notre vieux pote
du temps du Village, l'écrivain noir Baldwin,
et devinez quoi ? Le lendemain la presse étrille
Lockhart et Newman, ces privilégiés qui jettent
l'huile sur le feu et l'argent par les fenêtres en
prétendant s'intéresser aux démunis et aux

opprimés, trois photos circulent, une première photo reprise dans tous les quotidiens où l'on voit Newman et Bob descendre de l'avion-taxi sur le tarmac du petit aéroport municipal, je vous laisse imaginer l'accroche sur le coût du caprice, une photo des deux acteurs riant plus tard devant les marches du Capitole comme deux potaches débiles riraient d'une boule puante, un troisième cliché, enfin, montrant Baldwin et Lockhart se tenant par l'épaule, « amis de jeunesse » insinue un quotidien populaire avant de présenter à ses lecteurs "l'obscur Baldwin" comme un "romancier marginal notoirement pédéraste",

on aurait dit que c'était un jeu, des fois, à les voir partir main dans la main porter la bonne parole, okaïdi, okaïda, des scouts ou c'était tout comme, il fallait les voir, Newman, Joanne toujours et mon Bobby, et Lancaster et Shelley Winters, et Curtis et Heston, les voir voler en Alabama au secours de militants noirs emprisonnés,

autant plonger dans la gueule du loup que de narguer le Klan dans ses fiefs,

ils voyageaient sous des noms d'emprunt, des lunettes noires et des chapeaux, des gamins, vous dis-je, jouant aux agents secrets, et là, la presse se fâchait, on dilapidait les fonds publics, le denier du peuple, oui, qui avait dû payer les dispositifs de sécurité exceptionnels et les policiers gardes du corps attachés à chaque vedette, et moi

moi je prenais, j'écopais, je parais de tous les côtés, les studios furieux au téléphone, les flics qui me convoquaient pour un oui ou pour un non, un défaut de stationnement et je me retrouvais au tribunal, je devais me coltiner le retour de fouet des inquisitrices, ces chroniqueuses d'alcôve et de cocktail, hein, des menaces envisonnées que j'avais réussi à retourner naguère, à l'époque de *Bob-et-Paul*, pour m'en faire des alliées, trop contentes alors de s'encanailler et de compter parmi les initiées au grand secret des *garçons*, qui se souvenaient à présent qu'elles étaient de décentes chrétiennes doublées de journalistes intègres, et elles ne me l'envoyaient pas dire, si l'inverti voulait brailler, ce serait sans elles, car c'était une chose que de fermer par charité les yeux sur un amour interdit et une dissimulation de coucheries, c'en était une autre que de prêter sa voix au tohu-bohu des nègres, de paraître cautionner cette chienlit égalitaire, débraillée, vociférante, au mépris de leurs lecteurs honnêtes et de la bienséance universelle,

je subissais ça du matin au soir

comme cette fois où l'on dînait au comptoir du Lido, le producteur Coyote et moi, où il m'a tapoté la main, paternel, et m'a fait la leçon : *Dites à votre poulain qu'il doit se calmer, faudrait pas qu'il se trompe de vie, parce que s'il s'en prend aux ségrégationnistes et à tous les réacs du pays, il s'en prend à sa propre carrière et c'est lui qui finira lynché,* et comme je lui demandais d'expliquer, le Coyote a haussé les yeux au ciel : *Bon sang de bois, vous ne comprenez donc rien à ce boulot ou quoi ? Votre Bobby est un bon gars inoffensif, une putain de belle bête innocente, mais ce ne sont pas vos gauchistes qui vont voir ses films, c'est ce public qu'il insulte sans s'en rendre compte, conservateur, craintif et bas de plafond, une Amérique pas brillante et pas à la fête, qui ne sait que deux choses, qui n'a que deux certitudes dans sa vie de merde : l'Évangile dit vrai le dimanche et la terre est basse quand il faut se pencher, alors je vous le dis en toute camaraderie, que Lockhart garde son innocence avec son silence, qu'il fasse ses longueurs de bassin dans son château fort, là-haut, et qu'il arrête de faire chier,* oh ! il n'avait pas tout à fait tort, le Coyote, certains y laisseraient leur peau à ce jeu politique qui toujours dépasse les artistes

et c'est ce que je me suis empressé de répéter à Bobby : *Fais des chèques, frérot, signe pour la paix dans le monde, signe pour les Noirs, les Indiens, Israël et la Palestine, mais garde-toi de mêler le travail à ça,*

qu'est-ce que j'avais pas dit là, c'est comme s'il avait décidé alors de faire exactement l'inverse, pour me faire suer ou par passion sincère, je ne sais pas, parce qu'il s'est mis à lire les scripts sous cet angle-là du racisme, du génocide, et vous n'imaginez pas, mon ami, c'était la moitié des scénarios qui passaient à la trappe. Un jour, on avait un très beau projet que devait diriger Huston, et Bob aimait bien Huston mais il m'a remontré que son personnage traitait mal ses domestiques et que le scénario ne rétablissait pas assez dans leur dignité les esclaves affranchis, alors j'ai perdu patience, je lui ai parlé de sa maisonnée à lui, son cher monsieur Bart et sa chère dame Hettie, son personnage dans le film n'avait pas plus de serviteurs noirs, il en avait même moins si l'on comptait pour une demi-part Johnny le métisse,

et Bob, alors, désarmant comme il sait l'être, à vous faire vous sentir un monstre quand c'est lui qui exagère à mort, Bob a hoché la tête, m'a fait ses yeux doux et tristes, disant : *Souviens-toi, Liebe, la gouvernante suédoise engagée par Paul faisait les poches des invités et elle nous vendait aux journaux. Quant à la cuisinière italienne, c'est elle qui a fui parce que je vivais contre les lois de Dieu et elle avait peur que le bébé dans son ventre n'attrape ma maladie.*

Mais j'ai tenu bon, enfin, j'ai essayé, moi aussi j'ai fait ma crise, mon numéro de chantage : *Si tu le prends ainsi, autant qu'on se sépare, on ne fera plus rien de bon ensemble,*

et là

j'en croyais à peine mes oreilles

qu'est-ce qui m'avait pris de dire ça

là, Bobby hoche la tête et me répond : *D'accord quoi, d'accord ?*

si tu veux qu'on arrête, c'est OK pour moi

il m'a raccompagné dans la cour, je me suis tordu la cheville sur les maudits galets et comme je gémissais de douleur, il m'a soutenu jusqu'à l'auto. *Ça ira pour conduire, tu es sûr ? Johnny peut te déposer.* Dans ma voiture, je crois bien que j'ai pleuré. Ma cheville violette, doublée de volume, m'en donnait le droit.

« Est-ce que j'avais rêvé ? Bobby Lockhart ne venait-il pas de me donner mon congé ? Il a appelé au bureau trois heures plus tard, tout guilleret, et s'est payé ma tête. *Tu sais combien je t'aime, Liebe, depuis le début c'est toi et moi, cette aventure, personne d'autre.* Je me sentais si nul, une flaque de chagrin, me suis aplati en excuses, vautré dans les regrets sans la moindre vergogne. Au moins, je n'ai pas eu à déclarer forfait sous un prétexte ou sous un autre car Huston le premier s'est retiré, et devinez quoi ? À la seconde lecture, il avait trouvé le script racialement douteux. Comme quoi, jeune homme, il faut faire confiance aux acteurs. Une grande actrice, un grand acteur sentent mieux que quiconque où l'on veut les emmener. »

The Magnificent Martin Eden, 1959

Dit de Joanne Ellis. « Pour ses dix-neuf ans, Papa lui avait offert le roman de Jack London, et Bob, qui lisait lentement, l'avait dévoré en un jour et une nuit. Il m'avait dit : *Un jour, tu verras, on fera un film de ce Martin Eden,* et je n'ai pas relevé sur le moment, je n'ai pas entendu l'engagement personnel sous ce qui me semblait être un avis de bon sens, une chose probable, en effet – même si le texte paraissait très littéraire pour le Caillou où personne n'ouvre un livre. Je n'ai pas entendu le nous sous le *on,* ni la promesse. Aussi je suis tombée sur le cul lorsque, des années plus tard, au téléphone, Bob m'a demandé mon agenda des six mois à venir et m'a annoncé que je recevrais bientôt une proposition de contrat pour incarner Ruth Morse, l'unique amour de Martin Eden, dans l'adaptation qu'il avait commandée à un jeune romancier scénariste.

« Oui, nous ferions un second film ensemble, Bob et moi, je devrais d'ailleurs dire : Bob, Howard et moi. Comme s'il était impossible d'en rester à ce western décevant – ne le répétez pas mais je peux bien le dire, maintenant que je l'ai revu, couleur ou pas, Dolby ou pas, je ne le trouve pas meilleur.

« Martin Eden ne serait pas le rôle de sa vie – Bob en a eu d'autres plus brillants, plus complexes, plus à sa mesure – c'était le projet de son cœur et il était prêt à tout pour y arriver, à commencer par les sacrifices d'argent.

« Il faut que vous sachiez la chose importante, la chose exceptionnelle avec Bob et qui m'a imposé le respect dès notre rencontre, c'est qu'il se fiche du fric, il s'en est toujours moqué ou disons que ce ne fut pas le moteur et, Dieu merci, Lenny est comme lui.

« Oh! vous souriez, la vieille déraille, vous vous dites, pas d'agent sans le goût de l'argent, n'est-ce pas? Pourtant, Lenny Lieberman a refusé des ponts d'or tout au long de sa carrière, de leur carrière, devrais-je dire. Il a ignoré la danse du ventre que lui faisaient les grandes agences de talents – mon propre représentant, par exemple, William Morris, numéro un du métier et qui a des bureaux sur toute la planète –, Lenny les a toutes envoyées promener parce que Bobby avait la phobie des grosses usines, les compagnies tentaculaires et les superproductions, tout ça le faisait fuir, alors Lenny les a fuies aussi : du moment que Bob lui restait fidèle, il restait fidèle à Bobby, et ainsi ils ont fonctionné, ainsi ça marche depuis plus de cinquante années – un sacré bail, oui.

« Non seulement Lenny acceptait de ne rien gagner dans cette affaire d'*Eden*, mais il a aidé son ami à chiffrer le projet et à trouver des investisseurs partants. »

. . . .

Dit de Lenny Lieberman. « À l'époque, Bobby touchait deux cent mille dollars par film, soit l'un des plus gros salaires du Caillou, et devant les difficultés à monter son projet, il a décidé de jouer gratis, c'est-à-dire qu'il ne percevrait ni avance ni salaire mais un intéressement aux bénéfices. Sous cette condition, et sur l'engagement à boucler le tournage en douze semaines, plus qu'un défi, une folie, Universal a suivi. Aucun acteur de statut mondial n'acceptait ça, il l'a fait sans hésiter une seconde. Pour jouer Joe, le camarade de Martin à la laverie, Bob voulait une gueule cassée et songeait à Lee Marvin, rencontré chez Edward Dmytryk. Lee était un soiffard doublé d'un cogneur ; le matin, ce n'est pas à son hôtel qu'il fallait le chercher mais au poste ou au tribunal, aussi les producteurs ne le retenaient qu'à condition qu'il soit dirigé, dominé plutôt, par un metteur en scène dur à cuire – or le cher Munch n'avait pas le profil, vraiment pas. Car c'est lui, Howard l'indésirable, que Bobby avait appelé. À peine remis de son bannissement, démoli par les sept ou huit années de chômage forcé qui s'étaient ensuivies, ce n'était plus qu'un petit bonhomme amer, émasculé mais pas aguerri pour deux ronds. Ce n'est pas lui qui tiendrait tête à Marvin en cas de bisbille.

« Étonnamment, tout s'est bien passé. Joanne m'appelait d'Oakland tous les soirs et me rassurait. Marvin a été réglo, s'il buvait, c'était dans son coin et sans chercher noise à quiconque, Munch s'est forgé une stature de capitaine crédible et à aucun moment sa voix n'a tremblé ni son regard hésité, Bob s'est voué corps et âme à son héros, sans se plaindre un instant malgré la pression et la cadence, infernale pour lui qui était de tous les plans. »

. . . .

Dit de Joanne Ellis, bis. « Un jour, un seul, j'ai eu peur. C'est drôle, hormis la fin sublime, je me rappelle à peine le film, les images que j'en garde sont des tableaux confus plongés dans la pénombre, mais je me souviens seconde par seconde de cette scène,

enfin non, ce n'est pas une scène, justement,

c'était la vie violente, un sale quart d'heure à passer,

cette épreuve que nous avons vécue dans le port d'Oakland ; l'aube se levait à peine, il faisait froid, un brouillard épais montait de l'eau noire du chenal, nous roulions au pas sur le quai lorsque les fans, surgis de nulle part, ont contourné le cordon de police et assailli l'auto qu'ils secouaient en tous sens, tambourinant aux vitres, certains rampant sur le capot, d'autres cherchant à grimper sur le toit. Bob ne bronchait pas, comme extérieur à la scène, comme si ce n'était pas lui, coincé là-dedans, mais un autre type, un sosie avec lequel ces filles et ces garçons le confondaient. Les vitres fumées de la voiture étaient les parois d'un bocal où nous flottions en apnée, malmenés, étranglés de peur, mais lui ne cillait pas, tellement impassible qu'à la fin je ne savais ce qui m'angoissait le plus, du vacarme des poings et des pieds sur la carrosserie ou de son silence à lui. Je crois qu'il puisait en lui assez profond pour y trouver le secours d'un autisme en sommeil depuis les années d'orphelinat et de maison de redressement – un chien noir qui ne dormait que d'un œil et qui, au premier signal d'agression, bondissait pour le protéger.

« Ce matin-là, oui, il m'a vraiment fait peur. Au début du tournage, il avait montré comme des absences, des hésitations, des maladresses. Seuls Lenny et moi les avions perçues, je crois, en tout cas personne dans l'équipe n'a paru s'en soucier, peut-être parce que nous savions, nous, le point d'honneur qu'il mettait à travailler son texte et qui le rangeait à part dans la profession : quand Bobby se plaignait de ne pas connaître ses répliques sur le bout des ongles, il les possédait tout de même cent fois mieux que ses partenaires. Quant à Munch – ah ! Howard n'avait aucune distance face à sa vedette, les douze années écoulées depuis leur premier film n'avaient rien changé à son adoration de Bob et il ne voyait rien, par exemple, que cette image intérieure qu'il s'était tissée de lui, ce fantasme, il n'y a pas d'autre mot, Munch ne voyait pas que l'alcool commençait son lent travail de sape, indétectable pour un admirateur aveugle mais déjà sensible pour l'œil de qui aimerait l'homme, pas l'idole, pour qui regarderait en face ce bloc de granit nommé Robert Wallace Lockhart,

or le roc s'effritait, le fils de Wallace semblait s'attacher aux pas destructeurs de son père, Bob se nourrissait mal, fumait trois paquets par jour, ne dormait plus, lui, une vraie marmotte, et buvait, donc, s'intoxiquait lourdement, résolument, de toutes ses forces.

« À l'écran, il faisait illusion, il demeurait affûté, l'œil vif, mais pour combien de temps encore ?

« Il porterait le film à bout de bras et suivrait sans rechigner la longue tournée de promotion, un marathon commencé à Sidney avec une première mondiale peu rassurante car le public australien attendait un film d'aventures, au moins une histoire d'amour, et *Martin Eden* n'était ni l'un ni l'autre au bout du compte. Contre l'avis de Lenny, Bob a accordé un long entretien à Truman (Capote, oui, pardon) qui s'était fait payer le voyage et l'hôtel par un riche magazine, *Harper's* ou *Vanity*, je ne sais plus, avant de se payer sa tête à lui, Bobby, sur dix pages d'une rare aigreur. Lenny ne décolérait pas : *Comment as-tu pu croire deux secondes à son numéro sur l'amitié de jeunesse, amitié mon cul, oui, plutôt nourrir le serpent, parfois je me demande comment tu peux être aussi naïf,* et Bobby se taisait comme un petit garçon attendant la sanction, il arrondissait les épaules comme si Lenny brandissait au-dessus de lui une règle ou un bâton. *Et il t'a crucifié, frérot, parce que tu as repoussé ses avances à l'époque de P'town, oh! tu as oublié, tiens donc, mais pas lui, ces bestioles-là ça n'oublie rien.*

« Des coups, Bob en prendrait beaucoup dans cette affaire, comme si on lui faisait payer d'avoir accompli un rêve personnel, ce qui nous est toujours refusé, à nous, acteurs, qui ne sommes pour finir que des serviteurs, comme s'il s'était cru au-dessus du lot, plus puissant ou plus malin. Brûlez l'hérétique. Éventrez Prométhée.

« Je dis que son regard n'avait pas changé?... Eh bien, je mens un peu. Les abeilles dans ses yeux avaient disparu. Envolées, les abeilles d'or, évaporées dans les brumes et l'eau noire du chenal – à moins que l'affreux bourbon ne les eût noyées. »

· ·

Dit de Lenny Lieberman, bis. « Ce matin-là, j'étais monté à Oakland en coup de vent pour apporter une rallonge au syndicat des figurants. Deux séquences étaient au planning du jour, deux scènes de l'ouverture du film sur un embarcadère du port... Oh! je me rappelle, le bar du quai où l'on tournait s'appelait *Le Cabaret de la Première et Dernière Chance*, le nom étrange m'a déplu, mauvais présage, me disais-je. Devant, on voyait cet attroupement bruyant que les trois malheureux vigiles du port peinaient à contenir, j'ai cru à un comité d'accueil que m'aurait envoyé le syndicat, mais non, c'était les excités de service, des filles et quelques jeunes gars dérangés qui hurlaient le nom de Bob et s'agrippaient à la limousine au risque de se faire renverser ou rouler sur les pieds. Joanne surveillait les mains sur les vitres et vérifiait le loquet de la portière, je faisais pareil de mon côté, tandis que l'assistante de Munch, grise et paniquée, suppliait le chauffeur d'accélérer. Bobby ne montrait rien, il n'entendait pas et fixait devant lui la nuque du chauffeur. Il s'est renfoncé dans son siège, confortable, il a posé l'index gauche sur son menton et du bout de l'ongle a creusé machinalement la fossette comme chaque fois qu'il devait réfléchir ou se concentrer, sauf qu'il n'avait pas l'air d'un type qui repasse en mémoire son texte ou qui cherche son jeu, non, il avait juste une tête de monstrueuse indifférence, cet air un peu timbré, aussi, de trop de solitude.

« Enfin on a pu descendre. Quand il s'est extrait de la voiture, j'ai vu glisser de son pantalon un tube de ces comprimés rouges comme des bonbons appelés Véronal, ou Séconal, ou un autre nom qui finit pareil, je me suis empressé de les ramasser avant que quelqu'un ne les voie

– ces *reds*, on les connaissait dans notre monde, on savait ce que ça voulait dire – et j'ai eu le temps de lire le nom sur l'étiquette, ils étaient prescrits à Bart, le vieux majordome qui n'en avait pas besoin, selon moi. C'est là que j'ai compris la belle décontraction de Bobby : il était sous camisole chimique. Je lui ai tendu son perlimpinpin, j'ai dit : *Fais gaffe quand même avec ces dragées*, il a dit : *Merci, Liebe, que deviendrais-je sans toi*, puis, d'un air anodin : *Tu sais comment je me suis amoché l'autre jour en tombant du pont, les pilules c'est pour la douleur* – des fois, lorsqu'il vous regarde de ses grands yeux de faon et qu'il vous ment effrontément, il est à claquer.

« L'échec du film, c'était plus qu'un accident de parcours, pire qu'un simple plantage comme les meilleures carrières en connaissent – et on n'aura pas fait que des chefs-d'œuvre, hein, loin s'en faut. *C'était personnel, vieux, et je me sens une merde*, il me toisait avec colère comme si j'y étais pour quelque chose, moi, comme si j'avais tenu la caméra ou disposé du montage final.

« Et lui qui prétendait depuis toujours se foutre des récompenses, voici qu'il prit très mal de ne pas décrocher l'oscar – une fois de plus, me direz-vous, sauf que cette fois on jugeait du film qu'il avait engendré, comme il le clamait à longueur d'interviews. Les gens de l'académie l'avaient aligné avec quatre prétendants aussi falots et mauvais l'un que l'autre,
des acteurs dont le nom même ne dirait rien aujourd'hui, à vous ni à personne

une façon d'annoncer la couleur, j'ai tout de suite flairé la combine, la basse provocation, et c'est le pire des quatre, bien sûr, qui finit par brandir la statuette sous les flashs. Ils l'auraient filée au balayeur des loges plutôt que de la donner à Bob. Dès lors, ce fut clair : Robert Lockhart n'aurait jamais d'oscar. Ce milieu qui ne l'avait jamais porté dans son cœur lui crachait désormais à la figure.

« Il s'est retranché dans son repaire de Los Feliz.

« De ce jour, les vrais soucis ont commencé, la dépression noire, la bibine et la débine. Du beau Bob, il a fallu tourner la page et faire en sorte que ça continue autrement – le cœur gros, les rêves revus à la baisse, on les surmonterait, pourvu que ça continue. »

. . . .

Dit de Joanne Ellis, ter. « Parce qu'il se noie, à la fin. Eden, oui. Il se noie.

« C'est la grande scène du film – et la grande scène de toute la carrière de Munch, d'ailleurs.

« Je n'avais pas encore rejoint le tournage quand elle s'est faite. Munch voulait s'en débarrasser tout de suite, je crois, avant que l'équipe et l'interprète ne soient fatigués, parce que le défi technique, immense, n'était pas le domaine où il brillait, plus virtuose dans la direction des acteurs que dans le maniement des appareils et des dispositifs. Sa faiblesse a été sa chance. En renonçant à en mettre plein la vue, avec du bricolage plus que de réels moyens, il a fait de cette séquence une prouesse paradoxale et le Caillou en a été médusé comme chaque fois qu'un bras cassé avec une demi-caméra et un œil de verre lui prouve que, faute d'argent, on est réduit à avoir du talent.

« Cette scène du suicide, à sa seule évocation, j'ai la chair de poule. Je revois tout, image par image. Eden se glisse dans l'eau pour y mourir, il s'y enfonce, lentement, il laisse l'abîme l'engloutir, on voit alors son corps frémir, convulser un peu, agité de mouvements réflexes, on voit la vie dans son corps qui proteste, la vie qui veut vivre encore, et on voit les yeux de Bob s'ouvrir dans l'eau une dernière fois, face caméra, puis se refermer lorsque le corps consent, cesse de se débattre, s'abandonne à la gravité et que l'abîme l'aspire, cette séquence, mon Dieu, c'est un de ces rares moments où l'on se dit que le miracle a eu lieu et que ça valait peut-être le coup de perdre son existence au jeu.

« Selon Bobby et Munch, ça s'est fait en une prise, avec une caméra en surface et une caméra sous-marine, le réalisateur et son cadreur sur la barge, l'acteur et un plongeur cameraman dans l'eau. C'est tout. Depuis, j'ai entendu des critiques très sérieux, des gens de mon entourage même, affirmer que monsieur Cameron, avant de filmer la mort du jeune DiCaprio dans son *Titanic* somptueux, avait dû se repasser plus d'une fois celle de Bob dans notre humble version d'*Eden*.

« Et puisqu'on parle de naufrage, sachez que Bob s'est beaucoup exagéré l'insuccès de son film, pardon, du film de Munch. Le public américain n'était pas prêt pour ce cinéma-là, à total contre-courant de ce qu'on lui montrait. Il a été dérouté par l'histoire, la non-histoire, et par le nouveau visage de Lockhart en homme tourmenté par des idéaux supérieurs. Mais le film a été respecté par les cinéphiles, plein de jeunes metteurs en scène lui vouent un culte, on l'étudie dans les facs et je crois que c'est grâce à lui que Bob est devenu une sorte de mythe, on peut oser le mot. »

4

Notre-Dame-des-Anges

Des gens très importants

Le vent chaud venu du désert mojave balaie le bassin de Los Angeles, agitant le rideau de bambous et d'eucalyptus. Dans le silence, à peine si l'on distingue, montée de la vallée, la rumeur de la ville. Le mur d'enceinte, blanc de chaux, est si aveuglant qu'on ne peut s'en approcher sans baisser les yeux au sol. À la flèche du portail, un clocheton noir imite le campanile de quelque pueblo ou mission texane mais il ne sert à rien – faux vestige d'une histoire factice – aucun marteau, aucune chaînette ne l'actionne et un clignotant rouge, sur ma gauche, signale la touche du portier vidéo où appuyer. La caméra pivote de 120°.

La porte s'entrebâille sur une guérite vide, un sas de béton brut d'où j'aperçois, par une meurtrière, un fragment du décor : au premier plan, une cour pavée de galets – le parking des voitures, sans doute – puis un chemin s'enfonce entre des bambous noirs et des agaves, avec, au bout, ce que j'imagine être la maison – de longs murs ocre rose qui disparaissent sous les bougainvillées, les rosiers lianes et le houblon doré. Oreille tendue, je cherche dans l'air épais cette rumeur de l'eau dont parle Joanne Ellis, la fontaine, les gargouilles, l'irrigation – rien. Des bêtes, au loin, des chiens gémissent. L'autre porte du sas blindé s'ouvre enfin dans un bruit mat et, avant même que j'aie pu voir la main qui tient la clé, deux gueules blondes écumantes m'ont sauté dessus, me faisant reculer sous leur poids, deux grands chiens qui me lèchent les mains. La femme au passe-partout crie leurs noms – « Louella ! Hedda ! dehors », les chiens seraient donc plutôt des chiennes – avant de me demander le mien et la raison du dérangement. Elle me fait répéter chaque mot en fronçant les sourcils – mon accent, bien sûr, ma syntaxe, peut-être – puis elle sourit, et, sautillant d'un pied sur l'autre, montre qu'elle est habillée et chaussée pour aller courir. De toute façon, il n'y a personne pour me recevoir et, si vraiment j'étais attendu, il est étonnant que la secrétaire, Jocelyn, ne m'ait pas appelé pour décommander puisque monsieur Bob a été ré-hospitalisé d'urgence dans la nuit. La dame referme la porte sur le museau des chiennes, elle glisse à l'intérieur du sas avec moi puis me pousse dehors. Sur le chemin désert, elle me souhaite bonne chance, avant de tourner casaque. Son corps déborde un peu du jogging fuchsia, elle prend son élan sur ses sneakers du rose assorti et s'éloigne à petites foulées vers le parc Griffith.

À ce huitième étage du Cedars-Sinaï se trouve le quartier des gens très importants. Dans l'atrium et le couloir où sont accrochées des reproductions (à y réfléchir, ce pourrait être des originaux) de Picasso, Pollock, De Kooning et Rothko, je repère la suite de Robert Lockhart aux silhouettes connues : devant la porte de la chambre, Joanne Ellis est en conversation avec un homme en pyjama vert et un garçon blond; devant celle du petit salon des invités, Lenny Lieberman est au téléphone. Il me voit, d'un clin d'œil me signifie qu'il va raccrocher.

« Pardon de ne pas avoir répondu à vos messages, c'était l'affolement, mais vous avez trouvé, hein?... Qui vous a dit pour l'hosto? Comment ça, un autre hôpital? Hettie vous a dit qu'on était au Bon Samaritain? Elle sait bien que Bob est suivi ici, depuis toujours. Ah! La pauvre Hettie perd la boule avec toutes ces émotions. Son jogging? Rose? Ne me faites pas rire, j'ai pas envie, mais Hettie en jogging, rose de surcroît, c'est du grand burlesque, mon ami, elle qui porte le deuil de son époux depuis cent ans. Ce n'est pas Hettie qui vous a mal reçu, c'est sa fille, l'exact opposé de son adorable mère. L'état de Bobby s'est aggravé d'un coup hier et Kip l'a fait transférer... Vous connaissez Kip? Venez, que je vous présente. »

Le garçon blond approche, sourit, tend la main. Le teint hâve, les yeux creusés, il n'a pas dû dormir depuis des nuits.

« Kip Kirkendall, enchanté. Je sais qui vous

êtes. C'est moi qui ai laissé votre nom à l'accueil du département. »

J'ai encore à la main mon passeport sur lequel les services de sécurité ont apposé le sticker VISITOR avec ce portrait scanné où j'ai le regard vide d'un tueur de masse. Pour le patient Lockhart, on a renforcé la protection : en plus des vigiles de la clinique, trois policiers privés se relaient jour et nuit pour monter la garde devant sa suite.

« Robert se réjouissait de vous voir, dit encore le jeune homme. Je vous assure. Il se sent très honoré de ce projet. »

Il fait très attention quand il parle, au point d'en paraître emprunté, comme tous les gens peu ou pas instruits mais doués d'une grande intuition sociale qui ont saisi que leur niveau de langage sera un marqueur indélébile, barrière ou sésame, c'est selon. Un second secrétaire ? un amant ? Les deux peut-être ?

La secrétaire en titre arrive (« Jocelyn, c'est moi que vous avez eue au téléphone »), une boîte de carton coincée sur un avant-bras, d'où sortent des arômes de pain chaud, d'omelette et d'huile d'olive. « Le repas de Bobby, explique Lenny, les frittatas que Jocelyn va lui chercher midi et soir chez Horatio, un copain cuisto, car il ne peut plus avaler les repas de l'hôpital. » Jocelyn boite lourdement, d'une claudication très ancienne, structurelle, on le voit à la façon dont le corps s'est construit autour de ce déséquilibre, un pied bot peut-être, une hanche luxée de naissance, à la vitesse à laquelle elle marche aussi, la même que n'importe qui. Elle apporte le courrier, celui qu'elle ouvre, celui qu'elle n'ouvre pas, mais Lenny n'a pas un regard pour les deux liasses qu'il repousse sur un coin de la table basse.

De la suite 14 (plus précisément : de ce petit salon attenant aux deux chambres, celle du malade et celle des nurses), la vue est splendide, totalement dégagée sous le ciel turquoise, et je me dis que si, par chance, son lit est orienté face aux fenêtres, Bob Lockhart peut voir sa colline. Avec de très bons yeux, il pourrait localiser l'hacienda sous le gros observatoire du parc. Je songe aux deux chiennes qui pleuraient tout à l'heure, derrière la porte.

Le troisième jour, je trouve le couloir en ébullition. Des blouses blanches, des pyjamas roses et des pyjamas verts courent en tous sens. Poussée par deux gros bras, une haute machine roule en cliquetant vers la chambre de l'acteur. La porte s'est refermée sur le long corps inerte dans les draps écrus, visage invisible, pris en ventouse sous un masque. Joanne est en larmes dans le salon, une toute jeune fille, une interne ou une infirmière, lui tient la main et Joanne, hébétée, murmure : « Pas de famille, non. Aucune famille. Il y a nous et c'est tout. » Lenny a le front collé à la vitre et croit cacher son chagrin parce qu'il cache ses yeux sous ses mains en œillères.

Il s'est approché. « Sortons fumer. Allons nous en griller un. »

Devant la tour, on a fumé ce joint préparé

avec soin (« C'est Julia qui les roule si bien, elle fait tout bien, mon épouse merveilleuse, que deviendrais-je sans elle, avec mes dix doigts ratatinés ? »), rangé dans un porte-cigarettes argenté comme les élégants en avaient, jadis, avec leur chiffre gravé dessus. Je n'ai pas vu si celui de Lenny Lieberman était à son nom. Ça ferait deux L. C'est beau, deux L entrelacés. À l'intérieur du porte-cigarettes, trois autres cônes parfaits attendent en réserve. Julia Lieberman veille à tout, en effet.

« Il meurt d'épuisement, disent les médecins, et il n'y a rien à faire. *Défaillance multiviscérale.* Comprenez que tout lâche dans la machine, un organe après l'autre, les poumons, le foie, les reins..., tout s'éteint peu à peu, une fonction après l'autre. Il ne souffre pas. Enfin, on pense qu'il ne souffre pas. Il s'en va, c'est tout. Il a tellement redouté d'avoir chopé cette saloperie de sida, et c'est la première chose à laquelle on a pensé quand il a fait coup sur coup deux pneumonies. Les tests sont revenus négatifs, et la suite de l'exploration ne l'a pas intéressé. Du moment qu'il ne crevait pas de ça, la question de mourir ne l'intéressait pas. C'est nous, Joanne et moi, qui nous sommes tenus informés. »

Lenny a eu besoin d'un café et on est allés au Starbucks. Un groupe de pyjamas verts fait sa pause. Il me semble entendre le nom de Lockhart dans leur conversation, ainsi que les mots de soins intensifs, de réanimation.

« La fin de Rock l'a tant traumatisé ; l'image

le hantait, l'image et le son, disait-il, car le bruit autour de l'affaire, si humiliant pour Rock, l'avait été pour nous tous, en fait. Nous tous qui vivions dans ce secret imposé en sachant qu'il n'était plus tenable, que ça devait changer. Ça devait changer, oui, mais pas comme ça. Pas dans cette violence. »

On est remontés avec une dizaine de cafés à distribuer à qui en voudrait, les deux infirmières, le vigile du couloir et le flic en faction devant la porte de la chambre, ainsi qu'un grand gobelet de thé pour Joanne.

Elle s'est laissée tomber dans le canapé rouge, à bout de forces : elle semble avoir encore maigri depuis dix jours, ses yeux blanchis clignent à la lumière crue du ciel immense par les vitres. C'est comme si elle accompagnait son ami dans sa disparition progressive, comme si la grignotait, minute après minute, la laine rouge vif du canapé – curieuse couleur, me dis-je, étrange choix pour un tel lieu. Sur le fauteuil voisin, du même rouge criard et redondant, le jeune Kirkendall tente de réparer les lunettes que Joanne a perdues avant de marcher dessus. Il veut revisser une branche de la monture mais ses ongles sont coupés trop ras, dit-il, et les pièces de monnaie trop épaisses pour la vis fendue, même les cinq cents.

J'avais un mini-couteau suisse pour ce type d'urgences, un grigri qui datait de mon enfance et restait accroché avec mes clés, mais on me l'a confisqué au contrôle de l'aéroport et je ne le reverrai jamais. Pourquoi ai-je raconté cela ?

Jamais vous ne le reverrez, reprend Joanne après moi, comme hallucinée, et elle fond en larmes. Lenny l'a vue depuis le couloir, il entre dans le salon, s'assied près d'elle et la prend dans ses bras. Les corps rouillés sont si raides et gauchis qu'on les dirait retournés en enfance, deux adolescents timides ne sachant comment se toucher, s'étreindre.

LENNY : Je parlais de Rock à notre jeune ami, tu sais. Il ne connaissait pas l'histoire, j'essayais de lui expliquer.

JOANNE : Comment oublier la mort de Rock? On était tous traumatisés. On a haï, le mot est faible, haï le couple Reagan qui avait refusé d'envoyer un avion pour rapatrier Rock depuis Paris, quand aucune compagnie aérienne ne voulait de lui, par peur de la contagion. Cette planche pourrie de Ronnie n'avait pas changé, au fond, depuis les années où il dénonçait les copains à la censure et au FBI.

LENNY : Paix à ses cendres.

JOANNE : Et puis quoi, Liebe? Rien à fiche que sa dépouille soit encore tiède. Les gens ne changent pas, voyez-vous, un salaud qui balançait ses confrères pacifistes aux hyènes sera le même qui refusera l'assistance à un confrère homo, qui l'abandonnera en terre étrangère, comme déchu de sa citoyenneté, pire, de son humanité. C'est ça, l'histoire. Ronnie a été abject et on a découvert à cette occasion que cette brave fille de Nancy ne valait pas mieux.

Après bien des allées et venues, le lit à la longue silhouette a regagné la chambre pour la nuit, visage toujours escamoté sous la pieuvre du masque. Les longs cheveux m'ont étonné, épais, vigoureux, le noir dominant encore. Je demande à Joanne et à Lenny si quelqu'un a prévenu le sénateur Young mais aucun ne prend la peine de me répondre : leurs deux regards suffisent à me faire me sentir le dernier des barbares. J'ai outrepassé, atteint à cette limite indicible où les choses ne me regardent plus.

Je n'ai plus qu'à attendre un coup de fil ou un mail de Jocelyn. Je limite mes sorties au supermarché de Sunset et au KFC voisin, sinon je circule de la chambre à la piscine – un haricot verdâtre, tiède et à peine chloré, qui demande beaucoup d'abnégation –, de la piscine au distributeur de glaçons et je retourne à la chambre avec les quotidiens que je ne lis pas. Alors, je fais du thé glacé et me remets au clavier, mes écouteurs sur la tête pour atténuer le bruit du boulevard, et je continue.

Plusieurs fois par jour, je vérifie mes plantes de pied et lorsqu'elles sont trop noires – j'ai mis deux jours à admettre que c'était la moquette, l'épaisse moquette verte de la pièce qui est si sale, *sale en profondeur* – je file prendre une douche en m'imaginant une salle de bains au Waldorf, une cabine de wagon Pullman ou les beaux aîtres de l'hacienda.

Lenny Lieberman

« Avec la mésaventure du *Magnificent Martin Eden*, il a cru que le monde entier le chambrait et le disait fini alors que les gens étaient plutôt navrés pour lui. Surtout, il y avait belle lurette qu'on était passé à autre chose – on ne se passionne jamais longtemps sur notre Caillou, une tête de turc chasse l'autre.

« Avoir son étoile sur le macadam ne lui fit ni chaud ni froid, ni même qu'on lui eût réservé une place en or au bloc 1600 de Vine Street, avec Gable, Hayworth et Fonda. *C'est l'étoile du mensonge*, disait-il. *La médaille de la soumission.* Bref, il yoyotait. Il s'enfonçait. J'aurais dû le lui dire, je sais, mais je craignais sa réaction, qu'il ne m'en veuille, qu'il cesse de m'aimer, je trouvais qu'il y avait une forme de violence à dire à quelqu'un d'aller chez le psy. C'est très... comment vous dites ? Intrusif ? Oui, c'est ça, intrusif.

« J'aurais dû m'inquiéter plus tôt du bourbon, des cachets et des acides – mais à l'époque on prenait tout à la légère, en tout cas notre

266

santé, à cause de cette illusion d'être invincible, d'échapper aux lois ordinaires des hommes et de la chimie. Dès nos dix-huit ans, Bobby buvait trop. Je voyais bien le nombre anormal de soif-fards qu'il fréquentait en dehors de nous, après les cours d'art dramatique et le boulot. Monty, je comprenais qu'il recherche sa compagnie, mais les autres? Avec un peu de courage, qui sait si je n'aurais pas pu empêcher la suite, hein, l'alcoolisme massif de Bobby et sa dépendance à presque tout ce qui permet de modifier la réa-lité?

« Ah! Je n'aime pas rappeler ce passé-là.

« On a fait n'importe quoi. Il me poussait à tout refuser et je le suivais dans ce suicide pro-fessionnel. Je ne pourrais même pas vous dres-ser la liste de nos conneries. On a refusé *Le Pont de la rivière Kwaï*, et ce n'est pas faute que David Lean lui ait fait sa cour, pas faute qu'il l'ait flatté par presse interposée en louant dans les interviews la "signature britannique" de Bobby (entre nous soit dit, il se sent plus écossais que britannique). Quand il a vu que Bob faisait le mort, Lean a cherché l'entremise de Joanne, il l'a invitée à dîner, il lui a même promis un rôle dont elle avait depuis longtemps dépassé l'âge. Rien n'y a fait.

« Un peu plus tard, alors que les caisses se vidaient dangereusement – je le savais par le comptable qui avait mis l'hacienda à la diète, les ardoises à l'épicerie s'accumulaient et Hettie n'osait plus y mettre les pieds en fin de mois –, j'ai reçu l'offre du siècle, un péplum international et le cachet allant avec, pharaonique, sans jeu de mots, qui dépassait celui de Taylor pour *Cléopâtre*, alors je fonce voir Bobby (pour les affaires importantes, je ne téléphonais pas, je me déplaçais), mais voilà pas que je dérange monsieur, il n'est pas tout seul, me fait-il comprendre avant de me balancer, exaspéré, qu'il ne fera pas cette merde : *Pas pour tout l'or du monde, et maintenant si tu veux bien j'aimerais retourner au lit.*

« Aux yeux de ses détracteurs, de certains de nos amis même, Lockhart aurait dû descendre de son piédestal, remercier le bon Dieu qui l'avait fait naître désirable et en profiter, oui, tant qu'il était encore bâti pour des rôles physiques. Mais les barnums en 70 mm et Panavision l'effrayaient, comme s'il n'était pas *moralement bâti* pour la débauche d'argent, comme si l'affaire était trop grosse pour un petit vaurien de Glasgow.

« Il y a aussi que beaucoup de choses changeaient avec l'inflation vertigineuse des productions, ces acteurs qui demandaient un million de dollars quand ils n'en valaient pas le quart en termes d'entrées. Le Caillou, on s'y cassait les dents aussi. Dans ces années si dures, au moment de discuter un contrat, chacun, chacune se souvenait d'elle, elle que la Fox avait virée comme une malpropre – cette pauvre Monroe, oui, qui y avait laissé sa peau. *Tu sais*, m'a dit Bob plus tard, quand il m'a rappelé après que sa créature de la nuit est partie, *tu sais bien que l'argent ne veut rien dire. D'ici à une génération, plus personne ne comprendra que Monroe ait été payée dix fois moins que Liz. Ça n'aura aucun sens. La valeur de l'argent ne vaut rien.*

« Un seul projet lui avait redonné espoir après *Martin Eden*, un rôle qu'il désirait, auquel il s'était raccroché et qu'on n'a pas eu pour finir ; il voulait être James Bond, il en faisait un caprice comme un gosse à qui tout doit tomber dans le bec, et voilà pas qu'on lui préfère un inconnu, un acteur à peine plus jeune et, pour comble de rage, un Écossais comme lui. Il m'en a voulu, énormément. Je sais qu'il a dîné les semaines suivantes avec deux autres agents – cette fois, il semblait prêt à me congédier pour de bon.

« Peu à peu, on s'est éloignés. La désinvolture, la paranoïa, l'alcool, les griefs à présent, l'injustice... La plus grande amitié se lasse aussi.

« Il se barricadait là-haut, dans son bunker, et n'en descendait plus.

« Par Hettie, par la secrétaire et le comptable, j'avais des nouvelles attristantes. Un abri antiatomique était creusé dans le jardin, des détecteurs de tout et de rien truffaient la maison. À l'exception de Bart le majordome, on avait interdiction de décrocher le téléphone, dont le numéro changeait chaque semaine. Le télex était dans un petit bureau fermé à clé. Le nouveau portail était doublé d'une barrière automatique et flanqué d'un gardien qui roupillait tout le temps puisque sa mission consistait à n'ouvrir à personne. Hettie s'arrachait les cheveux parce que si un livreur attendu à telle heure arrivait avec deux minutes de retard, il se cassait le nez et repartait avec sa livraison. La technologie était si fantasque qu'une alarme se déclenchait pour une mouche et souvent les employés se retrouvaient piégés dans une pièce sans pouvoir en sortir. C'était comme dans ce film de Tati, Jacques Tati, oui, j'ai oublié le titre, sauf que ce qui est drôle à l'écran vous amuse moins dans la réalité.

« Et un matin ça le prenait, sans prévenir il invitait quarante personnes, des inconnus pour la plupart, et ça festoyait pendant six jours et six nuits. Là, c'étaient portes ouvertes, la musique à fond et le reste, tout le reste,
j'en étais réduit à imaginer, maintenant qu'il ne travaillait plus, qu'on n'avait plus de raisons de se voir, hein – et j'imaginais le pire, une dérive sans nom,
maintenant qu'il était seul par sa faute.

« Non, n'enregistrez pas ça, s'il vous plaît, pas avec lui dans la chambre à côté, dans son état, non

. . . .

« Je sais que quelqu'un a compté à l'époque, un gars qui s'appelait Lance, un jeune acteur cherokee, très beau et encore plus dépressif que lui, qui a été son amant, je crois, qui vivait à l'hacienda et qui lui non plus ne travaillait pas, défoncé en permanence, accro à tout ce qui pouvait s'avaler, se fumer, s'inhaler, s'injecter – un labo ambulant et un sublime gâchis, comme j'en ai tant vu dans ce métier. Le LSD, c'était avec lui. Je me rappelle une fête à laquelle Bobby nous avait conviés, où j'ai préféré ne pas entraîner Julia, il était totalement raide, famélique, méconnaissable. Il m'a tendu un buvard – mais non, merci. *Tu ne sais pas ce que tu rates, Liebe, mon frère. C'est comme un feu d'artifice en toi, tu es... un geyser, une énergie totale.* En fait d'énergie, mon Bob avait tout l'air d'une épave, oui.

« Et dans le sillage de ce Lance, il y eut ribambelle d'autres petits acteurs, de dealers et de ces garçons qu'on ramasse dans le noir, vénaux ou non. Dans ses phases de descente, quand les lampions de la fête s'éteignaient, quand la bile noire le reprenait, Bob s'en prenait à son entourage immédiat, la cuisinière, le majordome, eux qui l'aimaient, qui se souciaient de lui. Hettie se saignait aux quatre veines, le vieux Bart se serait coupé un bras pour lui. Hettie a donné plusieurs fois sa démission, le fidèle Bart lui-même – le pauvre allait sur ses soixante-dix ans – parlait de prendre sa retraite pour ne plus assister à *ça*.

« Bob se disait tout le temps fatigué. Moins il bougeait, plus il était crevé. Il ne se lavait plus, lui qui était du genre à prendre trois douches par jour et dénonçait la crasse de pas mal de ses confrères, de certaines consœurs même, qui

puaient en arrivant le matin sur les plateaux,
voici qu'il se laissait aller pire qu'eux
le chaos, oui
n'enregistrez plus, s'il vous plaît, coupez-moi ça

. . . .

« Un jour, Bart m'a appelé, très inquiet.
Lorsque j'ai vu le ravage dans les yeux explo-
sés de Bobby, j'ai alerté à mon tour Grossman,
le psychiatre new-yorkais que tous les artistes
se disputaient, *le* numéro à appeler en cas d'urgence, disait-on. Non pas que les psys man-
quaient sur le Caillou, il y en avait même un
célèbre dans Canyon Drive, à cent mètres de
chez Bob, mais je me méfiais de ce zozo-là qui
s'immisçait dans la vie des acteurs, dont le but
suprême dans l'existence était d'assister aux
premières. Ces psys qu'on croisait aux oscars,
parce qu'ils avaient toujours dans les nommés
un patient à qui tenir la main, qu'on croisait
sur les tournages aussi, soufflant leurs conseils
à l'oreille de l'acteur ou du metteur en scène
tels des répétiteurs de luxe, ces psys groupies
m'ont toujours paru suspects, que voulez-vous.
Et puis, Bobby connaissait Grossman, ami de
la famille Elizarov, ils avaient passé des week-
ends ensemble dans le cottage du Connecticut.
Le psychiatre a honoré sa réputation, il a sauté
dans un avion pour se présenter le lendemain
au portail de l'hacienda. La rencontre s'est mal
passée – elle ne s'est pas passée, plutôt, Bobby

a présenté ses excuses au médecin, lui a fait un chèque pour le dédommager du voyage et des deux journées de consultations perdues – une fortune, oui –, puis il a enfourché sa moto jusqu'à mes bureaux, il a débarqué comme un diable, hirsute, pas rasé, la liquette trouée, et j'en ai pris pour mon grade. Même en loques, un Lockhart en impose, croyez-moi, et quand il monte sur ses grands chevaux, on se sent tout péteux, tout minus. D'abord on se dit qu'il blague, qu'il fait son hidalgo de comédie, puis on réalise qu'il est sérieux et alors on balise, aïe aïe aïe mes aïeux.

« Mais il fait nuit, vous devriez rentrer, il faut dormir, moi je vais m'allonger ici, essayer de fermer l'œil, la nurse me donnera une couverture, pas d'inquiétude, il faut dormir, qui sait ce que demain... »

Joanne Ellis

« Je ne crois pas à cette idée qu'on puisse chercher son malheur, qu'on veuille le provoquer. Je ne crois pas qu'on soit victime de soi-même. Oh ! je sais, je fais bondir la moitié des gens intelligents en disant cela. La vraie fêlure de Bob, personne ne l'a trouvée. Gadge a essayé de la comprendre, Hitchcock a voulu s'en servir, mais les deux ont échoué. Hitch l'estimait beaucoup, c'était le meilleur acteur de tous les temps, clamait-il, non sans arrière-pensée. En fait, il admirait que Bob ait résisté à la fameuse "Méthode", qu'il ait superbement renié les doctrines de la New School et du Studio : pour Hitch, pour Mankie aussi, c'étaient des foutaises et ça engendrait des acteurs épouvantables, affectés, ridicules. Personne n'oubliait cette anecdote, révélée à la presse par un partenaire de scène que Brando avait humilié, encore un, et qui s'était bien vengé, cette fois où Marlon, pour jouer un personnage ivre, s'était cru obligé d'arriver bourré sur le plateau. *Et puis quoi ?* avait plaisanté Hitch. *Pour jouer un assassin, il va zigouiller un voisin ?* Au nom de la Méthode, on s'autorisait de petits arrangements avec la vérité soi-disant cherchée. Combien de fois n'ai-je pas entendu tel ou telle m'affirmer avec le plus grand sérieux que si il ou elle couchait avec des gens de son sexe, c'était pour mieux comprendre le sexe opposé, avoir accès à sa part de féminité ou de masculinité, toutes ces sornettes, ces tartufferies ? Bob disait : *C'est simple, il y a un corps, une voix, et il y a un texte à dire en faisant croire que les mots naissent de ce corps, par cette voix.*

« Hitch applaudissait des deux mains et pourtant ça n'a pas marché entre eux. Ils se sont rencontrés trop tard, je crois. La projection de Bob Lockhart en grand névrosé ou en gentleman sociopathe, ça n'a pas pris. La vérité c'est que Bob savait comme personne boucler les accès aux zones douloureuses de sa psyché, il avait au plus haut point développé cette résistance qui fait que même Johnson, le psychiatre addictologue, même Grossman, le psychanalyste ami que Bob a consulté deux ou trois fois, même ces grands manitous s'y sont heurtés.

« Le torturé en lui, aucun objectif ne l'a jamais attrapé, sauf peut-être, par accident, l'œil amateur de Peter – Peter Glass, oui – qui prit de lui cette photo étrange sur la plage de P'town, quand nous avions vingt ans. C'était au petit matin, le soleil se levait sur l'Atlantique et Bob sortait de l'eau, entièrement nu – la seule photo qui existe, à ma connaissance, de Robert Lockhart nu. Comment l'auriez-vous vue ? Je suis la seule à la posséder. »

Ceci alors, une image que je ne découvrirai en réalité que des mois plus tard, au printemps, quand Joanne Ellis, la retrouvant à Foxboro Point parmi ses papiers, en fera faire une copie qu'elle m'enverra en France : soit un tirage numérique (à l'œil, on le devine, au toucher aussi, le sépia manque de grain et le papier mou brille trop), la reproduction récente d'un cliché noir et blanc, de format carré, où l'acteur est nu, oui, à l'exception d'un filet de pêche qui lui ceint les épaules et qu'il laisse traîner derrière lui sur le sable humide tel un jeune empereur des miracles son long manteau troué. Il semble surgir des eaux, né d'une écume que le ressac aurait déposée à l'aurore sur la grève, nu comme au premier jour, donc, mais ce qui frappe dans l'image, que l'on retient, au-delà du filet poétique et après avoir vérifié que l'appareil d'homme existe bien (tout est à sa place, au complet, le sexe brun, les parties rondes ensachées émergeant de la toison noire, laquelle toison pourrait n'être qu'un trucage, d'ailleurs, un triangle d'algues plaquées malicieusement au bas du ventre, un mensonge, en somme, encore un déguisement), ce qui arrête le regard c'est le visage de Robert Lockhart et dans ce visage, plus que la beauté – ça, on sait –, plus que la jeunesse d'alors, ses dix-neuf ans – les joues adolescentes encore pleines, les cheveux drus plantés bas, les sourcils épais pas encore tombés sous les pinces des maquilleurs –, ce qui frappe c'est la tristesse, un accablement de vieux, un tourment pas moins insondable que l'océan derrière, ce qui ne s'oublie pas ce sont les yeux las, noyés, noirs de chagrin, c'est la douleur aux lèvres serrées. Photographie unique, photographie historique, dira à juste titre mademoiselle Ellis, où l'exclusivité et le choc ne sont pas tant dans le nu intégral que dans l'éclairage brutal d'un malheur sans issue, on le sent, on le sait tout de suite, image scandale tel un lapsus échappé à l'iconographie officielle.

« Bob n'aimait pas cette photo, c'est-à-dire : il l'aimait beaucoup et la détestait en même temps. Elle lui faisait peur et il m'a demandé de la détruire. Je me suis gardée de lui rien promettre. Parce qu'il ne montrait de lui que la surface, on a décrété qu'il était superficiel. Tel serait, tel devait rester son registre. *Les gens s'arrêtent à la première impression parce qu'il n'y en a pas de seconde*, disait Bobby. *Ce que vous voyez de l'acteur, c'est tout ce que vous en aurez. C'est pourquoi l'apparence est primordiale. Le corps et la tête qu'on se fait.*

« L'histoire, que dis-je, la non-histoire de Bob avec les psys aurait pu alimenter un feuilleton. On en a beaucoup ri. Il faut comprendre que dans ces années-là un acteur sans son psy était comme un chasseur sans son chien. Bob les a essayés – il essayait aussi ses motos, à cette différence près qu'il finissait toujours par en adopter une, de moto, alors qu'il n'a jamais gardé un psy plus de deux séances.

« Quand le nouveau psychanalyste à la mode s'est installé dans Canyon Drive, à trois maisons, le *Hollywood Reporter* a fait un papier sur lui. Au journaliste qui lui demandait pourquoi il installait son cabinet dans le solarium de la villa, le cuistre a répondu que la vue plongeante sur la vallée était à elle seule une projection de l'inconscient. Ni une ni deux, Bobby a assuré la publicité de son nouveau voisin en disant que c'était la cabine de bronzage la plus chère et la plus bavarde de toute la Californie. Et le mot est resté, bien sûr. »

Joanne esquisse un rire mais la voix s'éraille et le hoquet retombe, absorbé par la laine moelleuse du gros canapé. Elle boutonne son gilet, resserre l'étoffe à son cou – un chèche safran, aujourd'hui.

« Oh! ça picolait déjà beaucoup à l'hacienda quand j'y vivais, pourtant je ne m'inquiétais pas. Bobby n'était jamais soûl comme le sont les gens qui se cuitent, par exemple, qui titubent ou qui braillent. Il se tenait bien, il se tenait debout, menton droit, verbe clair et délié, il était charmant et dans le boulot restait irréprochable, sachant toujours son texte, toujours à l'heure aux convocations, frais en apparence. J'avais fini par croire que certains organismes, plus chanceux que d'autres, brûlaient l'alcool ou je ne sais quoi, qu'ils l'éliminaient autrement, le métabolisaient autrement... Bobby n'était pas plus affecté par son herbe, ni la libanaise rouge ni la colombienne verte qu'il faisait pousser dans un coin de l'orangeraie et dont il vous parlait comme d'autres dans la vallée vous parlent de leurs cépages, il fumait comme une loco et pas un instant n'avait les pupilles dilatées ou cet air abruti qui fleurissait sur les faces autour. Il échappait aux lois ordinaires. C'était tout lui, me disais-je.

« Plus tard, Grossman m'expliquerait ce phénomène : "Ton ami Robert est un alcoolique fonctionnel. Il n'est jamais ivre, tu le vois boire tous les jours depuis vingt ans et tu ne l'as jamais vu perdre ses moyens. La raison en est simple. Ça va mieux quand il a bu, il est meilleur quand il a bu, plus brillant, plus efficace, ou du moins c'est l'impression qu'il veut donner. L'ennui, c'est que cet état de grâce n'a qu'un temps."

« Pendant les mois qu'a duré mon divorce – c'est toujours trop long, quels que soient les avocats –, j'ai eu recours moi aussi à deux ou trois béquilles de la bonne humeur, le vin, car je ne supportais pas les alcools forts, les dragées contre l'anxiété qu'on glisse dans un ourlet de manche, qu'on laisse fondre sous la langue ou qu'on avale avec un café, ni vu ni connu, et puis ces molécules aux noms ressemblants qu'on nous vendait comme les vitamines du petit déjeuner. Mais je n'étais pas Bobby et j'avais l'alcool très... dysfonctionnel. Au bout de trois verres, j'étais une chiffe, on ne tirait plus rien de moi et, pire, j'avais au matin des migraines atroces. Je n'ai pas insisté. J'ai laissé Bob se noircir avec ses copains puis continuer seul, en fin de nuit. Si je le surprenais au bord de la piscine, je l'obligeais à rentrer. Et le lendemain, pendant qu'il cuvait dans sa chambre, alors que toute la maisonnée se retenait de respirer pour ne pas le réveiller, j'allais à l'atelier de cette maison d'amis où je pouvais mettre de la musique et peindre. J'ai beaucoup peint, à Los Feliz, des aquarelles, des gouaches aussi. Je me sentais bien.

« Comme ces mots résonnent bizarrement, ici, à cette heure.

« Grossman disait vrai, ça ne pouvait pas durer.

« D'abord, ça a commencé à se voir. Bob épaississait, un début de ventre lui venait, qui passait encore, puis le visage a gonflé, le menton s'est alourdi, ses mâchoires sont devenues carrées, aussi, et comme c'était la mode, il a laissé pousser ses cheveux, il s'est fait de gros favoris en espérant que ses joues et son cou en paraîtraient plus creux, quand ça ne faisait qu'en accentuer l'empâtement.

« Plus grave, l'alcool affectait son travail : au-delà des deux premières prises, Bob se déconcentrait, son regard se perdait, sa voix devenait blanche, absente. Il s'ennuyait à mourir dans la peau de personnages auxquels il ne croyait plus, de plus en plus désincarnés à mesure que lui en faisait, de la carne et du volume. La pression sur les partenaires comme sur les techniciens devenait terrible : tout le monde devait être bon dès la première prise. Le pire, c'était quand à l'alcool il associait les cachets, le Demerol ou le Librium. On m'a raconté qu'il errait sur les plateaux, hagard. Les yeux ouverts, il disait son texte et c'était comme s'il s'évanouissait à la verticale, dans un coma debout. Le bruit s'était répandu dans le métier qu'il fallait faire tourner Bobby le matin exclusivement, avoir toutes ses scènes en boîte avant midi, parce que après le déjeuner il s'effondrait dans un coin de loge, sur un canapé ou à même le sol, quand il n'avait pas simplement disparu avec son chauffeur ou le dernier coup de cœur, en général sa doublure lumière engagée sur son ordre et qui servait surtout à ça, lui offrir le soutien d'une épaule et le soustraire aux regards.

« C'est dans ce chaos que Paul a réapparu. Oui, vous m'entendez bien. Il est revenu. En sauveur. »

Fragments pour la constitution
d'une légende

« D'où vient Bobby, c'est difficile à percer.
J'ai répété pendant trente ans le résumé de
quelques lignes qu'il m'a dicté avant sa toute
première interview, à savoir qu'il est né à Glasgow, n'a pas connu sa mère et que son père,
artiste de cirque, sur la route toute l'année, avait
placé le nourrisson à l'Assistance. Il l'a repris à
sept ans, formé au métier de danseur de corde,
puis le père et le fils sont partis en tournée aux
États-Unis avec leur troupe. Le père s'est rema-
rié, confiant Bob à une tante (une vague petite-
cousine, en fait, de la région de Saint-Louis),
qui continua de l'élever et le scolarisa. Devenue
veuve, la pseudo-tante ne pouvait plus subve-
nir à ses besoins et Bob est parti en stop à New
York.

Lieberman, cafétéria, Cedars-Sinaï

« Voilà ce que j'ai dit et qui était tout ce que
je savais, ou à peu près. La mère, au dire de son

père, se serait enfuie avec un amant de passage puis serait morte peu après, en Angleterre, on ne sait trop où ni comment.

« Quand il n'était pas dans un foyer de l'Assistance, c'est un enfant qui dormait à la rue, un gosse du macadam que le père abandonnait entre deux cuites, deux tournées, deux maîtresses.

« Que Bobby puisse aimer cet homme m'a souvent révolté, jusqu'à ce que je comprenne qu'il n'avait que lui et que pour un enfant, son père, c'est quand même mieux que n'importe quel orphelinat.

« Le gosse était bon funambule. Vous vous souvenez de Bobby jeune, comme il avait l'air de marcher sur les murs. Le vieux en faisait ce qu'il voulait, une mine d'or que ce petit, danseur de corde, échassier, voltigeur, la coqueluche des champs de foire et des théâtres ambulants du pays.

« D'où l'idée folle de ce record, une traversée à vingt mètres au-dessus du pont de la Clyde, le câble tendu entre les deux pylônes. Selon Bobby, son père était un as du montage de tréteaux : *Avec lui je grimpais sur mon mât les yeux fermés*, dit-il. Personne n'avait mieux que lui cette précision d'horloger dans l'assemblage des haubans, des élingues et du câble. À chaque extrémité de corde, pour faire contrepoids, on attachait un sac de sable et c'est là, si j'ai bien compris, que l'affaire devenait délicate. Le sable doit être calculé de sorte que le fil respire, dit

Bob, qu'il soit assez tendu mais souple, et surtout, surtout qu'il ne tourne pas sur lui-même, car alors c'est la catastrophe.

« Il faut croire que le vieux n'était pas si bon horloger, ou que l'affaire exigeait cette fois les calculs d'un ingénieur. Bobby a escaladé le premier pylône, attrapé son balancier. Un gros vent soufflait sur le fleuve ce soir-là mais le vent, il connaissait.

« Est-ce une rafale plus forte ? Est-ce le fil qui a vrillé sous ses pieds ? Il n'avait pas franchi trois mètres qu'il tombait.

« On l'a cru mort. Des semaines dans le coma, peut-être bien des mois.

« Plusieurs vertèbres cassées, des fractures ouvertes aux quatre membres, sans parler des côtes en accordéon.

« La jambe gauche était en mille morceaux, et ce n'est pas une image, hein, ce que je vous dis là : quand j'ai connu Bob, dix ans plus tard, souvent sa jambe s'infectait ou saignait, c'étaient des bribes d'os, des miettes parfois pas plus grosses que des échardes qui lui sortaient encore de sous la peau, et ça a persisté jusqu'à très tard, la quarantaine passée.

« Aux Enfants-Malades de Drumchapel, un petit hôpital sans ressources, quand on a vu la gangrène prendre aux orteils, on a décidé de l'amputer. S'il a gardé sa jambe, c'est à une chirurgienne qu'il le doit, une certaine Louisa Lennox formée dans les tranchées des Ardennes pendant la Première Guerre : *Tu peux dire merci aux Allemands*, disait-elle à son petit patient. *Sans leurs diables d'obus, je n'aurais pas appris le dixième de ce que je sais. J'en ai vu, des jambes explosées par les shrapnels mais la tienne, Robert, elle a implosé et je ne sais pas ce qui est le pire.* Quand Bob vous parle d'elle, aujourd'hui encore il en est tout émerveillé.

« Wallace, son père, avait disparu, une fois de plus. Il n'allait tout de même pas payer l'hôpital pour un fils inutile. Contre l'avis de ses patrons, Louisa Lennox est parvenue à retarder l'amputation en gavant le gamin d'antiseptiques et de pénicilline. *Merci, les boches, et merci, monsieur Fleming*, disait-elle, *notre grand compatriote. N'oublie jamais ça, Robert : sois fier d'être écossais.*

« Mais Drumchapel était sous-équipé, le camion de radiologie n'y venait qu'une fois ou deux par mois, pour lui sauver cette jambe, il aurait fallu un miracle, et plutôt que d'attendre un signe de là-haut, le docteur a fait transférer Bobby à Londres, dans un hôpital militaire dirigé par son ancienne patronne dans les Ardennes, et à elles deux, après cinq opérations, elles ont reconstruit la jambe de Bobby.

« Deux années d'hosto, imaginez pour un gosse. Un gosse tout seul. À sa sortie, comme il avait dépassé l'âge pour l'orphelinat, on l'a placé en maison de correction. La nuit, il faisait le mur et écumait les pubs. Il donnait des numéros de jonglage et se faisait payer comme il pouvait, en alcool la plupart du temps, parce qu'il avait tout le temps mal, au dos, aux jambes, aux épaules, et qu'à Drumchapel, quand elles le voyaient trop souffrir, les filles de salle lui apportaient de la gnôle. La gnôle, ça marchait, vous comprenez.

« Et puis Bobby s'est évadé pour de bon, il a erré des semaines jusqu'à retrouver sa troupe. C'était comme rentrer à la maison, une maison mobile, dix roulottes, trois camions – en quoi sa vie n'aura guère changé, au fond, juste évolué, les roulottes devenant des loges, les camions des avions. Plus question de monter sur le fil, hein, et on a recueilli Bobby sans trop savoir que faire de cet adolescent qui poussait d'un centimètre par jour, qui volait plus qu'il ne marchait, des fusées à ses chevilles, des ailes à ses poignets, qui avait une gueule, une voix, une allure pas possibles. D'abord, le patron en a fait l'aboyeur et quand la troupe arrivait en ville on lâchait Bob dans les rues pour annoncer le lieu et l'heure des représentations. C'est en l'entendant gueuler sans porte-voix que le doyen de la troupe, un comédien, eut l'idée de l'essayer sur scène. On lui fit passer une robe et une perruque ridicules puis on lui demanda d'être Giulietta dans une pantalonnade lointainement inspirée de Shakespeare – mais très lointainement, hein, puisque Roméo était le doyen en personne. Devinez quoi ? En trois minutes, le jeune Bob s'était mis le public dans la poche.

« Wallace Lockhart a resurgi du néant. Il avait appris sur les foires le retour de Robert et voulait embrasser son fils. *Mon fils aux jambes de bois*, comme il disait avec une cruauté stupéfiante.

« La troupe l'a réintégré lui aussi – personne n'avait le cœur à séparer une nouvelle fois le fils de son père, même si, sur le compte de celui-là, on ne se faisait plus aucune illusion. *Maudit soit-il,* disaient les artistes forains, *maudit soit le père pour avoir cassé son fils acrobate.* Mais nous, que devrions-nous dire, hein ? *Béni soit-il,* béni soit le salaud de père qui l'a fait tomber de sa corde pour le précipiter sur les planches, dans les bras de comédiens qui tout de suite reconnurent en lui une nature hors du commun. »

Joanne Ellis

« Le bruit courait que l'hacienda était à vendre,
Bobby sur la paille. Déjà il avait dû se séparer de
son chauffeur Johnny, aussi ruineux qu'inutile
puisque la voiture restait sous sa housse dans
le garage. Lockhart, plus personne ne voulait
de lui, voilà ce qu'on disait sur le Caillou, ni
le métier ni le public. Imaginez la stupeur lorsqu'une grande agence de publicité new-yorkaise
annonça qu'elle se lançait dans le cinéma, montait son premier film dans le plus grand secret
(comprenez qu'elle en divulguait à peu près
tout, le sujet, la distribution et la date de sortie,
sauf le coût et le financement) et que l'acteur élu
était Bob Lockhart. Son grand retour à la comédie, titraient les journaux sans paraître y croire.
L'argument du script ? C'était une comédie
de remariage, comme on les appelle, un genre
rebattu, usé jusqu'à la trame, dont le principe
est dans l'intitulé : un couple divorcé, qui ne
peut vivre séparé, se remarie. J'ai appelé Lenny
pour lui secouer les puces : *Liebe, je sais bien que*

les comptes sont dans le rouge mais ce n'est pas une
raison pour accepter ce navet. Tu veux sacrifier Bob
ou quoi ? Le bousiller à jamais ?

Ellis, voc. 12, suite 14, Cedars-Sinaï

« Or le pauvre Lenny n'y était pour rien, tenu
à l'écart d'une affaire qu'il apprenait comme
tout le monde par voie de presse, mais l'infor-
mation qu'il détenait, puisqu'il préparait encore
les contrats, c'était le cachet délirant de Bobby,
un million, pas moins, du jamais-vu, inouï pour
une compagnie naissante qui n'avait pas de studios et dont le patron était inconnu au bataillon.
J'en restais sans voix. Notre Bobby devait être
élu des dieux pour avoir autant de veine, seule
une fée réparatrice, penchée sur son berceau
depuis toujours, pouvait y déposer au moment
crucial ce million de dollars. À ce détail près,
me glissa Lenny, que le vrai commanditaire
du film ne nous était peut-être pas inconnu et
que le conte de fées risquait de nous exploser
au visage. Trois coups de fil avaient suffi pour
lui révéler l'essentiel du secret : cette entreprise
de cinéma tombée du ciel était l'entière propriété du groupe Young & Magnussen, qui déjà
contrôlait aux deux tiers l'agence de publicité.

« Le contrôle. Reprendre le contrôle, n'était-ce
pas l'enjeu ?

« Il était marié, Young, il avait ses gosses, son
pouvoir, un avenir tout tracé dans la politique
comme son père avant lui, et puis quoi ? Que lui

manquait-il? Qu'est-ce qui le travaillait, au bout de dix années, qu'il lui faille absolument reconquérir Bobby? Une nostalgie soudaine de son ancien métier? Le fils prodigue avait-il déchanté en regagnant le bercail, s'ennuyait-il parmi ses tonnes de viande ou avait-il jugé l'accueil trop tiède à Omaha, ses employés pas assez fervents, ça manquait de fleurs et d'autographes – on se croit toujours plus attendu qu'on ne l'est, n'est-ce pas?

Just married (once again), 1965

« Providentiel, ne le serait-il pas pour Bob? Qui dit que Paul n'avait dans un coin du crâne cette idée que Bob l'attendrait toujours, lui, pour en être sauvé? Et il a fait ça, il a osé, *il a acheté* son retour et son pardon, il s'est offert la vedette avec le script, il a dégoté dans les fonds de tiroir d'un agent ce navet sautillant, ou bien il l'aura fait écrire exprès, on s'en moque puisque le navet était déjà là, sur le papier, et quand je dis un navet, rassurez-vous, je ne dis pas un four, ces comédies, le public vieux en raffolait et les vieux ont l'argent, sa désuétude n'a pas empêché le film de faire un succès, ici du moins, dans le pays, car ces films-là ne prennent pas le bateau, vous ne les voyez pas, de l'autre côté du monde, on ne vous les envoie pas, on a cette gentillesse avec vous.

« L'essentiel du film, ce n'est pas à l'écran qu'il se joua, c'est hors plateau, dans une chambre d'hôtel de Pasadena, c'est là que le remariage stupide fut scellé – oh! très provisoirement. Et de cela, jamais, vous m'entendez, jamais je ne pourrai pardonner Paul. L'espoir qu'il a laissé à Bob pour le lui reprendre quelques semaines plus tard, c'était d'une cruauté sans nom. Car Bob y a cru, il s'y est accroché comme un fou, un temps il a même arrêté l'alcool, l'herbe et le reste, il a retrouvé sa piscine, son kilomètre de nage matin et soir, il a retrouvé sa belle allure, sa belle gueule et son sourire chavirant.

« Ce que ce Young a fait, non, c'est inhumain, pervers, tellement violent
voyez
j'en tremble encore. »

Lenny Lieberman

« Mais je m'en contrefiche, moi, du bouquin qui va sortir et j'ai l'impression que Bob confusément l'attend, ça le libérerait, je crois, qu'on apprenne enfin la vérité ou plutôt qu'on l'établisse, parce qu'on l'a toujours sue, cette vérité, elle était sous nos yeux et d'une certaine façon ce n'est pas eux, les garçons, qui se sont cachés, c'est nous, nous tous, qui avons voulu les cacher. Je me souviens, à la fin de cette maudite comédie, le dernier jour de tournage, une équipe de CBS est venue interviewer l'acteur et son vieux copain devenu producteur. Personne ne ratait le show télé d'Ed Sullivan. Eh bien, vous savez quoi ? À un moment, en pleine interview, alors qu'ils sont assis sagement l'un à côté de l'autre, chacun dans son fauteuil, Bob laisse pendre un bras hors de l'accoudoir et Paul fait de même, deux secondes plus tard leurs bras se frôlent et ils se prennent la main, tout naturellement, ils restent comme ça quelques secondes, autant dire un siècle, une éternité à vriller pour mes nerfs, je vois l'équipe médusée sourire et dresser le pouce en signe de satisfaction, comme chaque fois qu'il se passe quelque chose de bon pour l'audience. Le chargé de presse et moi avons insisté pour que le geste accidentel soit coupé avant diffusion, et les monteurs ont incrusté à la place une vieille photo de *La Piste héroïque* – la fameuse scène du duel à mains nues.

« Eh bien, si vous retrouvez les images de l'émission, *vous verrez* : c'est pas croyable comme tout était là, sous les yeux de tous, leur bonheur, leur complicité physique, l'évidence qu'ils baisaient ensemble et pas qu'un peu, ils avaient encore les yeux vitreux de la jouissance, vous savez, le sourire hagard de l'extase, et personne n'a voulu voir, tout le monde a préféré se retrancher derrière sa candeur et faire comme si. L'objectif de la caméra, à qui l'on ne peut rien cacher, a tout fixé sur pellicule. Seulement voilà, nous, gens d'Amérique, nous savons comme personne fermer les yeux et retourner notre cynisme en naïveté. Aussi simplement qu'on retourne un gant. Comme disait cette dame anglaise, Elinor Glyn, une fine connaisseuse du Caillou, la réalité acceptable est celle qui rapportera le plus d'argent.

« Une grande partie du film se tournait à la piscine d'un hôtel de Pasadena. J'étais allé en repérages régler des détails qui n'en étaient pas vraiment. La question de l'hébergement me terrifiait, à cause du LSD. On racontait que les gens sous trip souvent se défenestraient et Bob avait beau me jurer qu'il n'en prenait plus, c'était du passé, comme l'alcool et l'herbe, je voulais m'assurer auprès du patron de l'hôtel que les verrous aux vitres de sa chambre étaient bien inviolables. Peine perdue, il n'y a jamais mis les pieds. Il dormait dans celle de Paul. Ça a fait le tour de l'hôtel, puis de Pasadena, puis de Los Angeles. Vingt années plus tard, même à la retraite, les employés du Huttington en parleraient encore, ils raconteraient comment ils avaient vu débarquer au comptoir deux symboles mâles de leur jeunesse et comment, sous leurs yeux sidérés, au lieu de prendre les suites séparées qu'on leur réservait, les deux hommes étaient montés dans la même chambre et y avaient passé leurs nuits ensemble.

« ... Il en dit quoi, Paul ? Il va vraiment poursuivre en justice ? Gare au retour du boomerang dans les dents. Si les juges rejettent sa demande, et c'est plus que probable, il aura fait la publicité de ce qu'il voulait interdire. Mais il a une famille, oui, et puis c'est un politicard. Une image, un nom à défendre. Bobby se fout de son image, qu'on s'intéresse encore à lui l'amuse, et les procédures, les huissiers, la police, les tribunaux ne sont pas son truc. Il n'a jamais rencontré un seul de nos avocats. C'était mon boulot, ça, avec le reste.

. . . .

« Vous savez ce qu'il m'a dit ce matin, en rouvrant les yeux quelques instants : *Est-ce que tu te rends compte, Lenny Lieberman, est-ce que tu réalises qu'on a passé notre vie ensemble ? Mon vrai, mon seul partenaire, c'était toi au bout du compte. Oui, vieille carne, toi et moi on a tout fait ensemble.* J'avais les yeux qui piquaient mais j'ai répondu sans me démonter : *Tout sauf des enfants, frérot, mais on peut être fiers de nos films, hein ? Nos films c'est comme nos enfants. Les plus beaux enfants du monde parce que l'âge d'or, c'était nous.*

« Et lui, alors, de secouer la tête, de lever les yeux au ciel. *Ce que tu peux être con, des fois. Ce que tu peux être cliché. C'est simple : on dirait un agent.* Et il a soulevé le masque pour rire, enfin, pour tousser, parce que rire, on le voit bien, rire lui fait mal dans la poitrine. Il adore cette blague entre nous, me traiter d'impresario ou de sale agent. Je sais aussi qu'il veut me rappeler que j'ai été autre chose, quand on s'est rencontrés, un apprenti comédien juste comme lui. *Et puis comment peux-tu parler ainsi ?* Il a voulu jouer de sa grosse voix, mais le coffre n'y est plus. *Des films, c'est rien. Comment peux-tu mettre ça dans la balance avec ta progéniture, avec ta foutue descendance de métèques bas du cul, ce fils et cette fille qui, je te le rappelle, sont mes filleuls ?* »

Sur le banc où je l'ai entraîné pour prendre l'air, un air âcre, qui sent le caramel brûlé, Lenny Lieberman pleure sobrement, sans bruit, sans dissimuler non plus. Si une larme vient à rouler sur sa joue, il la cueille de l'index, le dernier de ses doigts à garder un peu de souplesse.

J'allume un cône préparé par l'épouse merveilleuse, je grille juste le chapeau, sans tirer dessus, puis le lui tends. Deux blouses roses passant par là nous regardent, frémissent des narines et sourient.

« On voulait s'excuser, Joanne et moi, pour l'autre jour. Vous ne pouviez pas deviner. Pourquoi on ne veut pas de Paul Young, pas ici, pas en ce moment... Si seulement j'avais eu mon mot à dire à propos de ce film. Rien que l'idée, sans parler du titre vulgaire, rien que le choix du sujet aurait dû alerter Bob. Mais il a dit que je cherchais le mal partout. *Fais pas ton chieur, Liebe, on a besoin de cet argent, toi comme moi.* L'argent se serait-il mis à compter? Mais non, l'argent était le prétexte tout trouvé pour replonger dans le système Paul Young,
la dépendance amoureuse, si vous préférez,
c'était le moyen de retomber dans l'erreur sans avoir l'air de le vouloir et en sachant qu'on ne devrait pas.

« Une comédie, on peut le dire. Paul lui aura joué une belle comédie.

« Le bonheur de Bob pendant ces semaines-là, je ne peux vous le décrire. Pour vous en donner une idée, il faudrait vous dire son malheur d'avant. C'était son anniversaire. Comme ça coïncide avec la fermeture de l'agence pour les vacances d'été, je donne toujours une fête dans nos bureaux et, ce soir-là, je me mets à compter les années quand Bobby, très calme, me sort :

Neuf ans et onze mois... Ça fera bientôt dix ans que Paul est parti. J'ignorais qu'on pouvait compter aussi loin, porter aussi longtemps le deuil d'un amour.

. . . .

« Bien sûr qu'il savait que ça finirait mal, il n'est pas si bête, mais il a foncé tout de même. Au plus fort de sa joie on entendait la désespérance, comme s'il dansait sur un champ de mines, à cloche-pied le grand échassier, et à chaque pas se réjouissait de n'avoir pas encore explosé.

« Il avait repris l'alcool, en douce, pensant peut-être mater les crises de panique qui se multipliaient depuis le retour de Paul. Si spectaculaires, ces crises, un jour j'ai cru qu'il faisait une attaque au cœur ou au cerveau et j'ai appelé les secours de Pasadena. *Votre ami hyperventile*, a dit le toubib, et il lui a prescrit des bêtabloquants qui faisaient un curieux ménage avec le Librium et le reste.

« Bobby s'inquiétait de sa performance, il n'avait plus tourné depuis deux ans, hein, il n'accrochait pas avec sa partenaire et les dialogues étaient si creux qu'il ressentait comme un grand vide après coup,
l'impression d'avoir beaucoup *ventilé*, en effet
alors, pour le rassurer, Paul a demandé à ce qu'on tire chaque nuit les scènes en boîte et, le lendemain, lorsque le labo avait développé

les kilomètres de négatif, ils les visionnaient ensemble, rien que tous les deux, et en sortant de la salle de projection Paul clamait à l'adresse de tout le monde que son vieux copain Lockhart bouffait la pellicule et n'avait pas volé un seul dollar du million misé sur sa tête. *Vrai, mon pote, tu crèves toujours ce putain d'écran.* Parce qu'il parle comme ça, Paul, avec cette virilité forcée, hein, ce langage peuple qui doit plaire dans les abattoirs et les barbecues des politicards. Crever l'écran – et il lui a crevé le cœur.

« Une nuit, Bob m'a appelé depuis son hôtel. Paul n'était pas avec lui. J'entendais à sa voix qu'il avait pleuré et pas mal bu par-dessus, mais il ne s'est pas plaint, il a juste dit : *Faut que ça s'arrête, faut plus que je voie ce type...* Et il a tenu bon, cette fois,
et on l'a aidé, Jo et moi,
on l'a protégé parce que c'est ce qu'on fait quand on aime quelqu'un, on le protège. »

Paul Young, dernière

« Un jour, après la mort de ma chère Lucy, voilà déjà un quart de siècle, Seigneur, je suis allé voir un psy – oh! pas un psy pour célébrités, non, un médecin militaire qu'un ami au Sénat, inquiet pour moi, m'avait indiqué.

« Il m'a fait parler, quoi? vingt minutes? une demi-heure? et ça lui a suffi pour se payer ma tête. *En gros, si je résume,* a-t-il ironisé, *tout vous arrive par hasard.* Je ne comprenais pas, ou je ne voulais pas entendre. Faut vous dire aussi que chez les Young, en cas de pépin ou de doute, on s'en remet à la Bible et au cours des matières premières. L'inconscient, c'est quand on fait un coma. Le psychiatre aux armées a continué : *Oui, tout vous tombe dessus et ce n'est jamais votre décision. Vous ne vouliez pas être acteur mais vous êtes devenu vedette de cinéma. Vous ne vouliez pas de cet amour avec un homme que vous ne nommez pas – je ne parle pas de lui, l'homme en question, son identité ne m'intéresse pas –, je parle de cet amour-là, que vous ne nommez pas. Vous ne vouliez pas reprendre la firme familiale, mais à la mort de votre père vous lui avez succédé. Tout ce qui a été crucial, vous ne l'avez pas voulu. Rien n'est jamais de votre fait ni de votre faute.* Ces derniers mots surtout m'ont frappé, vexé. Mes enfants, je les avais voulus, quand même. Quel con, ce psy, je devais lui clouer le bec. Entrer en politique, je l'avais voulu et j'irais jusqu'au bout. Alors le type a souri : *Politicien, magnifique. C'est pour vous. Les responsabilités les plus hautes, et ne jamais répondre de rien. Ah, mais j'oubliais : vous avez le Seigneur. Lui, décide.*

Young, voc. 13, Newark

« J'étais ressorti de là abasourdi. Comment nos armées pouvaient-elles employer un anarchiste pareil ? J'ai songé à me plaindre, à en informer au moins le collègue qui me l'avait recommandé, avant de réaliser qu'un tel raffut ne serait pas dans mon intérêt. Il n'empêche. Ses paroles ne m'ont jamais lâché. Et je me dis que oui, le Seigneur m'avait envoyé à ce médecin pour me montrer ma vanité, comme il m'envoie l'épreuve de voir partir Robert sans un pardon, sans l'espoir d'une réconciliation sur l'oreiller de la mort.

« À une époque, on s'était retrouvés, lui et moi. Sur un film, oui, mais moi je ne jouais pas dedans, j'avais juste quelques billes dans la production. Je l'avais rejoint sur le tournage, et pour ça j'avais dû mentir à Lucy, prétendre que j'allais assister à une corvée, un symposium agroalimentaire, un congrès du Parti, un golf, une partie de chasse – les occasions de m'absenter étaient presque infinies. Et je ne suis pas rentré. Dix jours j'ai fait l'idiot, inventé les plus absurdes alibis, jusqu'à ce que Lucy m'appelle à mon hôtel à Pasadena, à deux mille kilomètres de l'endroit où j'étais censé me trouver. Elle était en larmes. Par une amie dont le frère séjournait là aussi et qui nous avait vus au bord de la piscine, Lockhart et moi, en maillot de bain tous les deux, à siroter des Martini et nous chuchoter des trucs à l'oreille, Lucy avait appris où j'étais et avec qui.

« Elle pleurait et dans le combiné j'entendais mes garçons à côté d'elle, l'aîné qui demandait pourquoi, le cadet qui criait. Qu'auriez-vous fait à ma place ? »

La question ce soir-là m'avait pris de court. Je crois que j'ai écarté les bras, impuissant à répondre. Ne pas juger, me disais-je – enregistrer, retranscrire, sans juger.

« Bob, Lucy, mes enfants, dans cet ordre-là ou un autre, comme vous voudrez, je rendais tout le monde malheureux, je n'étais bon qu'à ça. *N'oublie pas que c'est toi qui es parti*, disait-il quand je me plaignais, quand je lui reprochais de ne plus me donner son cœur avec son corps. *Tu m'as abandonné, comme tout le monde a toujours fait avec moi.* Tant d'années je me suis efforcé de ne plus le désirer, de me sortir de la tête ce corps resté unique pour moi, son toucher, son odeur, mais je l'avais dans la peau, le cas de le dire,

je l'avais sous la peau, imprimé grandeur nature comme un tatouage géant à l'encre invisible, et ce n'était pas facile, ça non, pas facile de se sortir de l'habitude prise d'un corps, habitude ou dépendance, comme on veut, les deux me vont, les deux sont vrais, car le plus beau de cet amour c'est qu'il fut longtemps une belle habitude, sans routine, sans médiocrité, une habitude sans lassitude, putain   qu'est-ce que j'ai aimé ce type   putain de putain de merde   comme je l'aimais

ce soir-là pour la première fois, la première et la dernière, j'ai pleuré dans ses bras, j'ai demandé pardon, je l'ai supplié de ne pas m'en vouloir, de ne pas casser, d'accepter l'histoire comme elle était, on s'en relèverait, on en avait vu d'autres, tous les deux, on était forts, et mes fils grandiraient, un jour peut-être Lucy me quitterait, elle devait bien avoir un amant, n'importe quelle femme à sa place aurait pris un amant

mais lui, inflexible, blessé, il a redit : *Rentre chez toi, auprès de ta Lucy, de vos petits, au paradis du bœuf en boîte. N'oublie jamais que c'est toi qui es parti.* Ce que ces mots-là signifiaient, je ne le savais que trop : toute une vie sans lui,

deux ans,

cinq ans,

dix ans peut-être,

et j'étais loin du compte, loin d'imaginer que ce serait vingt ans,

vingt longues années j'allais rester sans voir Bobby ni même entendre sa voix au téléphone – des années où j'en serais réduit à attendre le prochain film, à devoir alors me glisser dans le noir au premier rang d'une salle pour retrouver son sourire et sa voix, boire à l'écran le trop-plein du manque et l'océan de ma perte, et les films se feraient rares, nos rendez-vous dans le noir si espacés que bientôt j'aurais le sentiment de perdre son souvenir, la voix s'évanouirait, le visage s'effacerait par le milieu, alors je n'aurais plus que les images, une liasse d'images, et cette photo, là, pliée sur mon cœur, sous l'étoile de shérif. »

Joanne Ellis et Lenny Lieberman

LENNY : Et puis Monty est mort.

JOANNE : À la mort de Monty, on a cru qu'il ne se relèverait pas.

LENNY : C'était l'anniversaire de Bob, tu te souviens? Tu étais là, non? J'avais organisé une grande fête à l'agence.

JOANNE : Oui, j'étais là. Je ne risque pas d'oublier.

LENNY : Bobby avait quoi? Trente-huit, trente-neuf ans?

JOANNE : Écoute, Lenny, ça fait un siècle que tu poses cette question, or vous avez le même âge, Bob et toi, ce n'est quand même pas compliqué à se mettre dans le crâne, vieux shmock.

LENNY : Précisément, Jo, c'est parce que je ne sais jamais mon âge que celui de Bobby est important pour me le rappeler.

JOANNE : Excusez mon ami, il est zinzin... En réalité, Monty était mort la veille, mais Bob ne l'a appris que le lendemain soir, à arrivant à la fête de son anniversaire.

LENNY : Il s'est effondré.

JOANNE : Nous ne valions guère mieux – comment ne pas aimer Monty ? Mais ces deux-là avaient entre eux un lien spécial, une amitié très belle, et ça ne court pas les rues ni les plateaux.

LENNY : On a renvoyé le traiteur, rangé le champagne, jeté la glace. Heureusement, Joanne est allée dormir à l'hacienda.

JOANNE : Je loge toujours chez Bob quand je viens ici. Je me souviens comme il pleurait, je ne l'avais jamais vu pleurer, mon Dieu, pas comme ça, à gros bouillons. Il était assis par terre dans sa chambre, la tête entre les mains et il répétait sans fin : *C'est mon tour, maintenant. C'est mon tour.* Ses chiens affolés lui léchaient les joues, les mains, ils pleuraient avec lui.

LENNY : Pendant des semaines, il a vraiment cru qu'il allait mourir lui aussi.

JOANNE : Qu'il devait mourir... Bob vénère Monty, vous savez. À ses yeux, aucune performance au monde n'est plus admirable que celle de Clift dans *La Mouette*. À l'époque, il avait fait les trois jours et demi de train pour le voir jouer un soir, juste un soir, au Phoenix Theater. Et il dit que les rôles les plus bouleversants du cinéma, c'est Monty qui les a tenus, dans *La Loi du silence* et *Une place au soleil*.

LENNY : Ils se ressemblent, hein, je l'ai toujours dit. Deux bosseurs. Comme Bobby, Clift savait toujours son texte à la perfection et il n'aimait pas les prises nombreuses. Un soir, j'ai eu le rare privilège d'être invité à les suivre dans leur tournée des bars et je peux vous dire que les écouter parler du métier, c'était fascinant et très marrant aussi.

JOANNE : Monty ne cherchait pas à faire rire. Il lançait ses piques d'un air absent, presque idiot, et ce n'en était que plus génial. Rappelle-toi, Lenny, ce dîner où Bob et lui ont improvisé un numéro, l'un imitant Brando, l'autre Dean. C'était si juste, si bien vu comme ils minaudaient, nasillaient, geignaient, c'était... brillant.

LENNY : Monty se foutait de Marlon et du petit Dean. Des génies, disait-il, à qui il faut soixante-dix prises pour regarder une nature morte par une fausse fenêtre.

JOANNE : La mort de Monty nous a rapprochés un temps d'Elizabeth. Vous savez combien elle l'aimait. Depuis des années, elle portait seule un projet qu'elle avait imaginé non pas tant pour elle-même que pour offrir un rôle à son ami et, qui sait, l'arracher à son interminable descente aux enfers. Ce film, c'était *Reflets dans un œil d'or*, d'après un très beau livre d'une romancière que vous connaissez peut-être... Oui ? Vous connaissez McCullers ? Liz voulait que Monty joue le commandant Penderton, son époux rongé par des pulsions homosexuelles. Seulement voilà, Monty était si ivrogne qu'aucune compagnie ne voulait plus l'assurer.

LENNY : Liz a dû mettre un million de sa poche pour que les studios Warner l'engagent.

JOANNE : Puis c'est Huston qui a posé problème : il avait déjà dirigé Clift et ça s'était mal passé, au dire de certains, pas à cause de l'alcool mais parce que Huston avait beaucoup de mal avec son homosexualité. Liz a encore bataillé et emporté l'adhésion du metteur en scène. C'est une femme très sincère, vous savez. Elle s'était sincèrement persuadée que seul un retour dans un grand rôle, un rôle avec du sens pour lui, pourrait sauver la vie de son ami adoré... Mais il est mort avant.

LENNY : Alors elle m'a appelé.

JOANNE : Non, Liebe. Liz m'a appelée, et je lui ai donné ta ligne privée.

LENNY : Ah ? Bon, toujours est-il que Liz se trouvait dans un sale pétrin et que...

JOANNE : Pour vous la faire courte : elle a demandé à Burton, son compagnon, de reprendre le rôle. Elle croyait qu'il la soutiendrait dans son épreuve, n'est-ce pas le moins qu'on puisse attendre de la personne qui dit vous aimer ? De son côté, la production avait contacté Lee Marvin. Les deux acteurs ont refusé de jouer un homo. Alors Liz a songé à Bobby.

LENNY : Qui a décliné l'offre pour le même motif.

JOANNE : Avec des craintes fort différentes, Lenny. Pour Bob, les craintes étaient justifiées.

LENNY : Il n'empêche. Liz lui en a voulu, souviens-toi, parce qu'elle a écopé de Brando et qu'il a tiré toute la couverture à lui, pour pas changer.

JOANNE : Pauvre Marlon, on dirait bien que personne ne le pleure dans tout le fichu pays.

Joanne Ellis surveille l'heure à sa montre. Le patron est en retard sur sa visite du soir, et, voyant passer un interne dans le couloir, elle se lève pour l'intercepter. Doucement, Lenny secoue la tête, il sourit.

« Elle était pareille à dix-sept ans. Déjà cet oiseau inquiet, fragile et n'en faisant qu'à sa tête en même temps. Je n'ai pas insisté devant elle, je sais que Jo n'aime pas qu'on évoque cet épisode, mais si Bob a déclaré forfait pour le film de Huston, ce n'est pas du tout une histoire d'homo ou pas homo. La fin prématurée de Monty lui adressait un message, et il l'a entendu. Il a sauvé sa peau, lui.

Lenny Lieberman, voc. 10, Cedars-Sinaï

« Ça faisait des années qu'il n'était plus venu à Rancho Mirage. Aussi, imaginez notre stupeur, à Julia et à moi, lorsque Bob est arrivé ce soir-là. *Parrain Bob*, criaient les enfants qui les premiers avaient entendu la moto se garer devant, *c'est parrain Bob !* Et ils lui ont sauté dans les bras.

« Il était dans un état... quelle misère, le crâne ouvert, les genoux en sang, il s'était planté sur la route, il avait dû piquer du nez mais il était remonté sur son engin de malheur pour arriver chez nous. Il a embrassé les enfants, Julia – et tout de suite il m'a entraîné à l'écart. *Liebe, mon frère, il faut que tu m'aides. Je veux me faire soigner.* J'ai dit oui, bien sûr. *Monte dans la voiture, je t'emmène aux urgences.* J'avais déjà ma veste sur le dos mais il m'a saisi le bras pour me retenir. *On ne parle pas de trois égratignures, là. Je sais me recoudre tout seul. Je te parle de la clinique, Lenny Lieberman. Je veux entrer à la clinique.*

« Dans notre monde, pas besoin de sous-titrer, quand quelqu'un disait *la clinique*, on savait de quel établissement il parlait, et il se trouve que c'était près de chez nous, entre Rancho Mirage et Palm Springs. Un lieu de sevrage radical, fliqué mieux qu'une prison, où les patients, tous riches et certains célèbres, étaient traités comme des détenus récalcitrants. C'est là qu'il est allé, dix semaines. Zéro visite. Julia enrageait de le savoir à côté et de ne pas pouvoir l'approcher, le réchauffer.

« Et moi, que pouvais-je dire à ceux qui s'étonnaient de sa disparition ? Qu'au lieu de donner la réplique à Cléopâtre, Bob Lockhart était en cure avec tous les toxicos du Caillou ? J'ai brodé comme j'ai pu, prétendu que mon champion paraissait trop jeune, trop fringant pour le rôle, même s'il avait l'âge de Penderton. Mon mensonge n'a trompé personne : à l'approche de la quarantaine, Bob semblait au contraire abîmé, comme si le sablier longtemps son ami s'était retourné d'un coup contre lui.

« Mais on n'avait pas dit notre dernier mot. On avait encore des choses à faire, vingt ans devant nous, au moins, et autant de films à tourner. En allant le chercher à sa sortie de clinique, c'est un Lockhart tout neuf que je retrouverais, aminci et rajeuni de dix ans. Qui n'avait pas l'âge de Penderton, non, mais des rides au coin des yeux. Un peu tristes, les rides, quand il oubliait de sourire. »

Fragments pour la constitution
d'une légende, suite

« En dépit de ce que disait son père et que répétaient après lui les gens du Vaudeville Circus, Bob avait cette intuition que sa mère était en vie. En secret, sans rien nous dire au long des décennies, il l'a recherchée. Des détectives, il en a payé des centaines, sur les deux continents. Des grandes agences à Londres, à New York, parfois de simples retraités de la police qui enquêtaient en solitaires. Tous l'ont plumé tel le dernier des pigeons.

Lieberman, voc. 11, suite 14, Cedars-Sinaï

« D'abord, il leur a fait chercher du côté de Bristol, en Angleterre, là où son père disait que la mère était morte, quand Bob était encore petit. La piste Bristol a coûté un demi-million de dollars et n'a rien donné. Pas trace de la maman sur les registres des mairies, pas plus dans les archives de la police, des hôpitaux et des hospices. De Bristol, ils ont élargi à toute l'Angleterre et à l'Écosse, d'où les Lockhart étaient originaires et peut-être sa famille maternelle aussi. Cela a pris encore vingt années et d'autres millions extorqués. Bobby n'y croyait plus, jusqu'au jour où un certain Killian, le correspondant anglais d'une agence de détectives basée à San Francisco, plus scrupuleux ou plus charitable que les autres, a bien voulu lui envoyer un certificat de décès obtenu après seulement deux jours de démarches, où il apparut que Mary Adelaide Lockhart était morte en 1966 d'un arrêt cardiaque au Royal Mental Hospital de Glasgow où elle était entrée au Noël 1928, cinq mois après la naissance de son fils unique, donc.

Mary Adelaide Butler, épouse Lockhart,
1910-1966

« Ce courrier est tombé en 92, je crois, ou 93. On était à Vegas, Bobby tournait son dernier film, cette comédie policière si drôle où il joue son propre rôle, j'ai oublié le titre – irrésistible en acteur sur le retour. Il ne m'aurait rien dit si je ne l'avais pas surpris, le soir, à moitié évanoui sur son lit à l'hôtel. Il m'a tendu le certificat. Il ne voulait pas en parler. Rester à sa joie de ce tournage, certain qu'il devait faire un dernier bon film, qu'il fallait profiter des dernières belles heures.

« Cette date sur le papier, 1966, je n'ai pu m'empêcher de faire le rapprochement : la maman s'est éteinte au moment même où son fils, comme par télépathie, sombrait dans une dépression noire et nous faisait craindre pour sa vie.

« Ce fut d'abord une consolation d'apprendre qu'elle n'était pas morte dans un caniveau, ni assassinée par son amant, comme le père l'avait prétendu. D'apprendre qu'elle ne l'avait pas abandonné – jamais. Qu'elle ne s'était pas enfuie à cause de lui, Bobby, mais à cause de la folie. La folie était seule coupable, pas le dégoût inspiré par l'enfant.

« Et lui qui espérait, qui l'imaginait à des extrémités du monde alors qu'elle n'avait pas bougé,

elle était là

tout près de lui,

dans cet hôpital de Glasgow à quelques pas de l'orphelinat où il grandissait.

« Cinq mois, elle avait eu cinq mois tout rond pour l'allaiter et le bercer peut-être, mais pas le temps de le voir marcher, pas le bonheur de l'entendre parler, d'entendre ce premier mot de Mom qui vient sur la langue avec la dernière goutte de lait. Et aucun son, aucune image de son unique enfant ne lui viendrait plus tard puisque,

et là, croyez-moi, Bobby a eu mal comme jamais,

puisque d'après le dossier médical complet et les copies de registres que Killian lui a fait suivre contre une nouvelle petite fortune, Mary

Adelaide n'est jamais ressortie de son asile, pas une fois, pas un jour, pas même une heure de permission dans les trente-huit années de son internement.

« J'ai vu Bobby s'écrouler, un soir, mais le vieux Bart et Hettie l'ont entendu crier des nuits entières, eux, crier et taper des poings sur les murs de sa chambre parce que personne n'avait emmené sa mère au cinéma, personne n'avait donné à cette mère la joie de voir son fils devenu grand, son fils devenu quelqu'un pour tant de gens, aimé par tant de gens, et pour elle rien, un trou dans la mémoire, une baudruche, un boyau d'oubli.

« Je sais ce que vous pensez, je le vois bien.

« Que si vous teniez le père, là, à l'instant, vous le tueriez de vos propres mains.

« Moi-même j'en ai souvent rêvé.

« Et puis, un jour, Bob a pris mon bras et l'a serré : *Liebe, mon doux Liebe, tu me dis que mon père est un salaud. Soit. Mais alors je suis quoi, moi ? Un enfant de salaud ?*

« Tenez, on n'a pas le cœur à rire mais je vais quand même vous raconter quelque chose de drôle, un trait typique de notre Bobby.

« C'étaient ses tout débuts, le premier jour de tournage de *La Piste héroïque*, dans le studio-ranch d'Encino. Il arrive, pas vraiment réveillé, prend un café, file au maquillage et là, ni une ni deux, une maquilleuse lui colle une bandelette de papier sur le menton pour gommer sa fossette. *Votre crevasse*, ose dire la malheureuse.

Bob arrache son peignoir, sort des loges et un assistant doit lui cavaler après, jusque sur le parking où déjà il enfourche sa moto. L'assistant supplie, s'aplatit en excuses. La légende, telle qu'on la rapporte à la RKO, veut que Bobby ait hurlé si fort que sur tous les plateaux alentour, dans toutes les loges, on s'était tu. Alors, toujours selon la légende, il aurait eu ces paroles définitives : *Personne au monde, je dis bien personne, ne touchera au cul d'ange de Bob Wallace Lockhart.*

« Vous riez mais je n'invente rien, *fesses d'ange*, c'est le nom qu'on donne à cette coquetterie au menton, et ceux qui connaissent Bob savent que Wallace, le prénom de son père, a valeur de signal, il annonce le grabuge et resurgit chaque fois que Bob se sent menacé dans son intégrité. Ce prénom du père et le cul d'ange vont ensemble, car la fossette se transmet aux mâles Lockhart avec la règle du deuxième prénom. À travers la fossette, c'est l'énergumène de Glasgow qu'on attaquait dans sa virilité, c'est la tête brûlée du Lanarkshire. Et croyez-moi, Bobby est un mec, parfois même un sale macho.

« Le Nouveau Monde et le Far West devraient s'y faire : la fossette au menton, si typiquement gaélique, était la signature de Robert Lockhart, son poinçon ineffaçable. Pas touche, donc. »

555, West Temple Street

La cathédrale Notre-Dame-des-Anges est
noire de monde, une foule d'autant plus obscure
que le bâtiment est tout d'albâtre blanc, translu-
cide et baigné d'une lumière laiteuse que l'architecte a dû penser mystique ou disons imitée du
divin. Refoulés sur le parvis, en plein soleil, nous
sommes un millier, peut-être, peut-être moins,
très loin en tout cas des dix mille admirateurs
qui, selon la légende, écrivaient chaque mois.

Le corbillard anonyme – pas une fleur, pas
une inscription – s'est garé devant les hautes
portes. À l'intérieur, le corps de l'acteur attend.
La foule aussi attend, songeuse. Chacun pense
à son propre sort, à la mort qui n'est jamais ce
qu'on croit, aux grandes orgues qui sonnent
faux même quand elles jouent juste. Arrive enfin
le cortège; à sa tête, un fourgon anthracite aux
vitres noires, effrayant, peut-être blindé, d'où
surgissent ceux dont ma voisine, accrochée à
la barrière, les yeux plissés pour plus de péné-
tration, explique aussitôt telle une récitante de

l'antique : *Voici les intimes, forcément les intimes, ils étaient au funérarium pour la levée du corps,* et autour d'elle on hoche la tête, elle a raison, cette dame, et d'abord il y a Jocelyn qui hésite sur le marchepied, qu'un employé des pompes funèbres aide à descendre, personne ne sait qui est cette créature qui boite et l'on ne reconnaît pas plus l'impresario Lieberman, aussi ma voisine est déçue, des funérailles de Bob Lockhart on attendrait meilleure distribution, mais voici qu'apparaît en robe gris perle une silhouette que la voisine identifie : *C'est elle, c'est Joanne,* et les gens autour de faire la moue : *Qui ça ? Qui ça donc ?,* la récitante de les tancer : *C'est la petite Alec, enfin Joanne Ellis, mais si... Alec détective, vous avez grandi sur Mars ou quoi ?,* les anciens ouvrent la bouche, incrédules, doutant d'on ne sait quoi, comme surpris qu'une actrice de leur âge soit encore de ce monde, les plus jeunes regardent ailleurs et s'intéressent à un quatrième passager, Kip Kirkendall, qui peut-il être ? – non pas le fils de Joanne Ellis, la récitante est catégorique : *La petite Alec n'a pas eu d'enfants,* et il est trop blond, trop grand pour être celui de l'impresario. *Ce sera un neveu de Bobby, un lointain neveu de son Écosse natale,* décrète-t-elle ; puis les dernières passagères descendent, en qui je reconnais la femme au jogging rose de l'hacienda, aujourd'hui tout en noir comme la très vieille dame accrochée à son bras, brisée de chagrin et qui pleure dans sa main gantée, une dame qui ne peut être que la cuisinière et gouvernante Hettie.

317

Après le hummer, arrive une voiture de maître, c'est Paul Young qui s'en extrait avec l'aide d'un officier funéraire, Paul Young se retourne lentement vers la foule, lève les deux mains, un salut sur la gauche, un salut sur la droite, sa nuque est raide, son dos cassé, il se force à sourire mais le visage est crispé tel un masque (*Seigneur Jésus, voyez Paulie, qu'est-ce qu'il a pris*) et après lui, c'est une grande femme à qui le chauffeur ouvre la portière, une femme encore jeune, en âge d'être sa fille, dit-on, sinon sa petite-fille, cheveux châtains, longiligne et vêtue d'une tunique en voile crème. *Une tenue bien légère*, juge la voisine. *Faut dire aussi qu'on crève de chaud*, excuse une autre voix. *On se croirait juillet en plein cœur du désert*, mais ma voisine à la barrière n'en démord pas, le décor n'est pas à la hauteur, les costumes non plus, *ni fleurs, ni couronnes, ni tenue de grand deuil, où sont les belles manières passées*, mais heureusement il y a Joanne et sa robe de faille grise, *Miss Ellis est si chic, pas de bijoux, pas de fards, juste une voilette triste à son chignon, la grande classe, vraiment*, et les parages de la barrière approuvent d'un seul grommellement, un étourdi se risque même à applaudir puis rougit de sa gaffe.

D'autres voitures se présenteront dans le convoi, le modeste break de Seymour Lieberman venu avec sa sœur Letizia et leurs enfants respectifs (où je peux compter que Lenny est sept fois grand-père, où je réalise surtout que Julia est absente, *trop bouleversée*, expliquera-t-il le soir, *trop fragile*), puis les limousines aux vitres teintées dont on se demande ce qu'elles masquent au juste et de quoi elles préservent, quel affront fait aux visages, la marque du chagrin ou bien la trahison du temps, les mêmes visages qui jadis se protégeaient du désir s'épargnant à présent la pitié : Lauren Bacall a fait le voyage depuis New York et son front fatigué fléchit un peu sous la violence de la lumière, Shelley Winters, flottant dans sa robe trop large, semble aussi flotter dans sa tête, Joanne leur tend la main, les embrasse, les étreint, et, les voyant toutes les trois, Ellis, Winters et Bacall, bientôt rejointes par Harry Belafonte et Paul Newman venu lui du Connecticut (c'est mon incollable voisine qui précise : pas plus que je n'ai reconnu Shelley Winters sans ses kilos, je ne sais où habite Newman), les voyant tous les cinq enlacés, donc, derrière nous un homme éructe : *Grandiose! On dirait bien que tous les gauchistes du gratin ont rappliqué.*

Le mot plairait à Paul Young, peut-être, si Paul Young pouvait entendre et voir autour de lui, s'il pouvait une seule seconde quitter des yeux le cercueil qui attend toujours, bouclé dans son corbillard. Faute de pouvoir toucher au corps interdit, faute de pouvoir caresser au moins le bois qui le contient, il a posé une main sur la vitre brûlante mais ni sa main fiévreuse ni le soleil de plomb n'ont fait fondre le verre et le corps dans la boîte ne pourra rien de plus, cette fois Lockhart n'aura pas la force de revenir, aucun scénariste ne ranimera son poing, aucun trucage ne lui fera fendre le bois puis fracasser la vitre, rien ne fera que leurs doigts une fois encore se rejoignent

. . . .

Tout était réglé au millimètre, figurez-vous, cal-culé et minuté à la seconde près, chaque mouvement répété trente fois avec le chef cascadeur, chaque pas, chaque roulade repérés au sol par ses assis-tants et par les gaffers, vingt personnes qui s'étaient donné du mal, comprenez, pour que tout tombe à la perfection, chaque clé au bras, chaque élan du poing, et les prises aux jambes et les esquives et les parades, et, plus complexe encore, le combat au sol, les corps à corps, c'est difficile de garder le contrôle, la chorégraphie à l'esprit... alors... alors il avait emprisonné mes doigts dans les siens, il m'avait écarté les bras, comme crucifié sur le sable, il s'était accroupi sur ma taille et, allez savoir ce qui lui a pris, ce n'était pas dans le script, pas prévu aux répétitions non plus, il s'était penché sur moi, l'air d'un fou, l'air de vouloir me bouffer, l'air de m'ai-mer, quoi, et là, il avait glissé sa tête dans mon cou, posé ses lèvres à mon oreille, comme ça, oui, c'était dingue.

. . . .

et voici que Paul Young vacille, tout son torse s'incline contre la paroi vitrée, il y plaque l'autre main, il y colle son front, un instant on croit qu'il va tomber, mais non, la longue femme élégante qui doit être Blossom, me dis-je, son épouse, lui parle à l'oreille et lui caresse la nuque, Paul accepte son bras et tous deux s'engouffrent dans le bâtiment flambant neuf pour rejoindre les autres. Les autres – à peine s'ils l'ont salué. Mal à l'aise, Lenny s'est contenté d'une accolade rugueuse et furtive. Quant à Joanne Ellis, c'est tout juste si elle n'a pas reculé quand Paul s'est incliné pour l'embrasser au front – moins ils se toucheraient, mieux ça irait.

Une rumeur court derrière les barrières, nourrie par des photographes de presse, selon laquelle Paul Young se serait senti mal dans son avion (*Oh pas grand-chose,* commente ma voisine, *juste un malaise vagal),* puis qu'il se serait égaré ensuite, au comble de sa peine il aurait donné au chauffeur l'adresse de Canyon Drive, croyant que Bob s'y trouvait, et devant l'hacienda close, sur les indications du vigile, ils auraient dû rebrousser chemin, redescendre vers la morgue du Cedars-Sinaï. Toujours selon la rumeur, à l'idée d'arriver en retard à la levée du corps, Paul se serait énervé, il aurait fait une crise dans la voiture – et il a fallu s'arrêter à une pharmacie pour lui administrer un calmant, ou bien un remontant, cela dépend des versions parmi la foule mais la chose qu'on sait, qu'on a pu de ses yeux constater, c'est la difficulté avec laquelle le vieux cow-boy est sorti de la voiture, la peine qu'il a eue à marcher ensuite. Pour l'aider, sa jeune épouse a glissé son bras en gouttière sous celui de Paul, elle a voulu le guider mais lui, fier, s'est dégagé, il a failli tomber, entraîner Blossom dans sa chute, et c'est le maître de cérémonie qui a bondi à leur secours.

En deux semaines, il a pris vingt ans, au point que j'ai du mal à me rappeler la terrasse de l'hôtel, du mal à croire qu'il s'agit bien du même homme qui, quelques jours plus tôt, semblait prêt encore à d'ultimes conquêtes, ce grand-père à bottines en serpent et lunettes miroirs que certains médias propulsaient à la vice-présidence, un prétendant ni plus ni moins crédible qu'un autre, disaient-ils, et dont ne subsiste en cet après-midi que l'hologramme disloqué, une doublure de douleur.

Tout se passe loin de nous, loin du public, ce petit millier de badauds dont je suis, qui n'a pu passer les portes et rejoindre les gens très importants, une cinquantaine tout au plus, admis dans la chapelle blanc et or de la crypte. Pour nous contenir il y a les barrières et pour nous encadrer une police en bras de chemise. Sous le soleil accablant, la foule parquée a bon esprit, qui remercie les autorités religieuses et municipales d'avoir dressé à deux coins du parvis ces écrans géants où l'on pourra suivre la cérémonie, et, comme le font remarquer certains enthousiastes, on verra encore mieux ainsi, grâce aux zooms caméra, que si l'on était à cinq mètres de l'autel.

On verra mieux les visages.

Hélas, les mêmes autorités ont fixé quelques règles, semble-t-il, imposé aux cameramen une distance respectueuse et interdit les gros plans : depuis la fan zone, c'est surtout les dos célèbres qu'on voit, des rangées de dos plus ou moins droits, plus ou moins larges, dont celui de Paul Young qui se lève de sa chaise, un papier plié à la main, fait quelques pas jusqu'au-devant de l'autel et se plante au micro. À sa nuque qui se tend, à la façon dont elle lisse ses cheveux et les rabat sur ses joues telle une adolescente complexée, je devine son épouse anxieuse.

On voit les poings tremblants de Paul agripper le lutrin, il veut déplier la feuille de papier mais elle lui échappe et tombe au sol. Il n'essaie pas de la rattraper, encore moins de la ramasser. Il renonce, voilà ce qu'on pense parmi la foule, voilà ce qu'on croit lire, même de loin, sur son visage défait où ça cligne de partout, des paupières et des lèvres. Certains supposent qu'il va défaillir mais il parvient à articuler (à l'écran, dehors, on voit nettement ses lèvres remuer) sans que les sons nous parviennent au-dehors, comme si le micro du pupitre était tombé en panne ou un câble débranché entre la crypte et le parvis. Les enceintes crachent, quelques larsens hérissent le poil, puis la voix de Paul s'étend sur nous, voix étonnamment ferme, déterminée, rageuse même, comme étrangère au corps effondré dont elle sort et en contradiction avec les mots qu'elle forme :

Dieu de miséricorde
Je te confie Robert Lockhart afin que tu l'aimes et
le protèges mieux que je ne l'ai aimé et protégé sur
cette terre.
Prends-le dans tes bras
Ouvre-lui grand ton paradis
Là où il n'est ni chagrin, ni pleurs, ni souffrance,
mais la plénitude dans la paix, mais la plénitude
dans la joie,
Qu'il soit près de ton fils, qu'il soit dans sa chaleur,
Qu'il demeure avec lui dans ta main,
Qu'il dorme
S'endorme
Pour toujours et à jamais.

. . . .

Ceci alors, cette scène que me rapporteraient Joanne Ellis et Lenny Lieberman un peu plus tard, au cours de la soirée d'hommage donnée dans le grand théâtre voisin de la cathédrale : à la vue de la crypte où s'enfoncerait bientôt le corps de son amant, Paul Young, tout ployé de chagrin qu'il était, avait tenté une dernière joute.

C'était si injuste, protestait-il, ça lui crevait le cœur. Regardant tour à tour Joanne, Lenny, Jocelyn et ce jeune homme blond dont il ne prononçait pas le nom, soit que sa mémoire ne l'eût pas retenu, soit qu'il se refusât à le faire, il les interrogeait obstinément : « Vous êtes bien certains qu'on ne peut pas le ramener à la maison ? »

Dans la question, autant de colère que de regret ; dans la question tous purent entendre le reproche du crime qui allait se commettre, qu'ils laissaient faire, cette ingratitude ultime que le monde entier réservait à Lockhart en le chassant de chez lui, en lui refusant l'ombre blanche et parfumée de ce jardin où il avait été heureux, quoi qu'on en dise, où il aurait dû reposer, dormir doucement d'une sieste éternelle. Joanne, Lenny, Jocelyn et Kip – les quatre ont répété qu'ils avaient tout fait pour que Bob fût inhumé dans son orangeraie. Ils avaient remué ciel et terre, dans le comté et loin au-delà, mais avaient essuyé de partout la même réponse : impossible.

« Vous ne comprenez pas ? Personne ne comprend donc qu'il va étouffer ici, dans cette crypte affreuse, sous ce marbre glacé ? Il a toujours détesté le marbre, et le noir, et le silence. » En homme habitué à être obéi, Paul Young deuxième du nom avait fini par forcer la voix : « Je veux qu'on l'enterre sous le grand magnolia. »

« Quel magnolia ? » interrogeaient Kip et la secrétaire. Il n'y avait que Joanne et Lenny pour s'en souvenir. C'était un arbre lourd, envahissant et sombre, aux feuilles grillées par le sel et les vents marins, au parfum discutable – soudain le magnolia occupa tout l'écran et figea les regards, image arrêtée où butaient les mémoires.

« C'est là qu'il faut le conduire, disait le vieil homme veuf de son amant. Face à l'océan, sous notre arbre. »

Bien des heures après, lorsqu'ils me rediront ces paroles dans un vestibule du théâtre Chandler, Joanne et Lenny en resteront persuadés : à cet instant, Paul avait vraiment dit *notre arbre* et, sans le faire exprès, sans qu'aucun d'eux n'eût la tête à ça (du moins le suppose-t-on par bienséance, comme on décide que le désir n'aurait pas sa place dans le deuil alors même que Paul Young semblait hésiter sur le sens à donner à la cérémonie et que, se posant en amant éternel, le seul dans le secret de ce que désirait Bob, il faisait de ses funérailles publiques leurs noces aussi bien, des noces macabres, peut-être, mais des noces enfin), malgré eux s'était esquissée puis imposée à leurs yeux embués de chagrin une image incongrue, très vivante, elle, du magnolia de Lockhart Hall et des siestes animées qui se pratiquaient sous sa couronne.

Et Joanne sourira : « Le magnolia puait en vérité, Bob disait qu'il sentait la charogne et la vieille chaussette. Nul doute qu'il l'aurait abattu un jour ou l'autre. »

Les écrans étaient éteints, les amplis débranchés. La foule dispersée avait rejoint les rues bruyantes, les rues vivantes, toutes pavoisées d'orange et de noir ; peut-être même certains, les plus prévoyants, faisaient-ils déjà leurs emplettes auprès des vendeurs ambulants de citrouilles et dans les magasins de déguisements lorsque les porteurs en gants blancs larguèrent le corps de l'idole au fond de la crypte et que la gueule du caveau l'engloutit. Ainsi l'absurde recevait-il son dû, aurait dit Paul, et le mot de la fin avait forme d'insulte, un déni brutal comme un coup de pied au cul, un *Va te faire foutre pour l'ensemble de ton œuvre* – et Robert Wallace Lockhart serait exilé loin, très loin de la vie qu'il s'était choisie, sa maison dans les arbres, sous le soleil de Los Feliz, loin, plus loin encore de ce qui l'avait vu naître, les bords industrieux de la Clyde à Glasgow.

Ceci enfin, à la sortie du théâtre, sur une télévision dont le son a été coupé, un portrait de Robert Lockhart en casquette et vareuse de marin, dans le rôle de Martin Eden, donc, avec au centre de l'image, juste sous la fossette, les dates 1928-2004 et plus bas ce bandeau furtif :

Exclusive Live – LOCKHART FUNERALS –
All the film lots in L.A. led a one-minute silence

Blossom Young

« Je le savais pourtant. C'est bien pour ça que j'ai dit qu'on n'assisterait pas à l'hommage, qu'on devait rentrer le soir même à Omaha pour cette réunion plénière du comité, une urgence que j'ai inventée pour le ramener au ranch, que croyez-vous ? Il y a longtemps que Paul ne présidait plus, longtemps qu'il avait abandonné les rênes à son fils aîné, Paul – le troisième du nom, oui.

« Depuis des semaines il était mal, inquiet, irritable, souvent hors de lui. Il ne se ressemblait plus. J'aurais dû prendre un hôtel près de la cathédrale, le temps pour lui de se rafraîchir, de s'allonger. On n'avait pas fait trois miles que Paul se plaignait de la chaleur et pestait contre les embouteillages. La clim était à fond et le petit chauffeur slalomait comme il pouvait entre les voies express, mais Paul tremblait, son front était en nage, son regard lâchait par instants, et j'ai senti qu'on n'arriverait pas à l'avion, pas comme on le souhaitait en tout cas. L'autoroute était bloquée par un accident à hauteur de Sunset ou de Franklin, annonçait la radio, alors Paul a dit qu'il fallait bifurquer sur Santa Monica puis prendre la route Pacifique, mais le chauffeur a dit que ça n'avait pas de sens, il fallait récupérer le 405 ou je ne sais quoi, ils s'engueulaient l'un et l'autre dans le rétroviseur, et je voyais Paul devenir tout rouge, le front congestionné. *Dites-lui, vous, Madame, qu'il nous embarque dans un détour complètement dingue*, mais Paul insistait, ça roulait toujours mieux sur la Pacifique, et alors j'ai compris qu'ils ne parlaient pas des mêmes routes, ou qu'elles avaient changé de nom, et le chauffeur était un gamin grossier, un paquet de nerfs mais pas un idiot. *Vous parlez de la One, mais qu'est-ce qu'on irait faire sur la One, pourquoi on irait se perdre là-bas?* Ces derniers mots ont retenti bizarrement dans la voiture, Paul en était tout sonné, comme si les mots pouvaient gifler.

« *On va mettre deux heures si on prend son chemin*, l'énergumène insiste, il me demande de trancher mais que voulez-vous que je décide, je ne connais pas cette ville, moi, je ne la connais pas et je ne l'aime pas, je comprends pourquoi Paul a détesté sa vie ici, toujours est-il qu'à force de se prendre de bec les deux coqs nous ont fait rater la sortie et on s'est retrouvés pile dans l'accident, parmi les tôles fumantes, sous le soleil de plomb. L'odeur de brûlé rendait l'air irrespirable.

« Pour nous distraire des nouvelles du trafic,

j'ai suggéré qu'on change de radio. Sur la station météo du comté, c'était l'heure des brèves. Paul a ouvert des yeux incrédules, puis offusqués, comme s'il apprenait par une voix étrangère qu'on avait enterré son ami sans l'avoir seulement prévenu de sa mort, un instant j'ai vu à son air flottant qu'il ne savait plus où nous nous trouvions. "La ville de Los Angeles est sous l'émotion, disait le speaker, partout dans les entreprises du cinéma on a respecté une minute de silence." Paul demande au chauffeur de monter le son, puis il l'interroge dans le rétroviseur : *Vous avez entendu le président ? Qu'a dit le président ? Oh ! Ces deux-là n'ont jamais pu s'encadrer, mais quand même, le président a bien eu un mot pour Robert, non ?*, et sans comprendre j'ai dit que je ne voyais pas en quoi le président aurait une dent contre l'acteur, il n'est pas connu pour fréquenter les artistes ni s'y intéresser, et j'ai eu un doute, ou plutôt, c'est le chauffeur qui a deviné : *Est-ce qu'on parle bien du même, Monsieur, parce que si on parle bien de l'actuel, de W. Bush, alors non, je ne crois pas qu'il se soit manifesté*, Paul a sursauté, il a eu ce petit clappement de langue agacé comme chaque fois qu'on corrigeait un accroc dans sa syntaxe ou ses souvenirs. *Évidemment, je parle de Dubya, je sais avec qui je dîne une fois par mois, quand même.* L'accès de vanité m'a surprise, si puéril. On s'est regardés, le chauffeur et moi, et j'ai compris qu'on avait entendu la même chose.

« La radio enfilait les platitudes : "Il a

illuminé les écrans du monde entier", ou bien :
"Il a enchanté nos âmes d'éternels enfants",
ou encore : "Il ne peut pas nous avoir quit-
tés", des formules rebattues, pas de quoi faire
un drame, mais Paul s'est énervé encore, il a
cogné du poing contre la portière : *Qui ne peut
pas, ah non ?   pourtant, il vient de le faire
          et c'est pour de bon qu'il nous a quit-
tés   bande de crétins   à dégoiser
          à débiner toujours.*

. . . .

« On entrait dans la zone aéroportuaire mais
Paul n'a pas reconnu. *Quand on longera la plage,
soyez gentil de ralentir, jeune homme, je voudrais
montrer quelque chose à mon épouse.* Calmement,
j'ai dit que ce serait pour une prochaine fois,
que nous pouvions remercier l'excellent chauffeur de nous avoir conduits à bon port et sans
trop de retard. *Je voulais qu'on prenne la Pacifique*, a gémi Paul, *on avait une maison là-bas*, et
il m'a regardée d'un air d'enfant trahi. Il a dit :
Ça ne roule pas fort, tu sais. J'ai soupiré, il a saisi
mon poignet, sa main était brûlante, j'ai vu ses
yeux se voiler, sa cage thoracique s'est soulevée,
il suffoquait, il était tout violet, gris violet, puis
son bras gauche s'est raidi, si douloureux qu'il a
dû lâcher ma main, on aurait dit
comme une décharge de douleur
un arc électrique qui se formait d'un bras à
l'autre, qui lui transperçait les côtes, le plexus, et

j'ai senti, j'ai cru entendre quelque chose lâcher dans sa poitrine, comme quand on se déchire un genou, une cheville, sa tête s'est affaissée, c'était fini.

« Il ne s'est pas réveillé. Officiellement, il est mort vingt minutes plus tard dans l'hélicoptère qui l'évacuait sur l'hôpital. Son cœur a dévissé, m'ont dit les urgences. J'ai dit que c'était impossible, son cœur marchait du feu de Dieu, c'était sa grande force, disait-il, et le dernier check-up l'avait confirmé : un cœur de jeune homme. Un infarctus, je n'y croyais pas. Le toubib m'a regardée : *Qui vous a dit que c'était un infarctus ? Vous sortiez d'un enterrement, n'est-ce pas ? C'est l'émotion, sans doute. L'émotion a été trop forte. La panique aussi, peut-être.*

« J'ai exigé une autopsie. Le coroner a confirmé.

. . . .

« L'émotion ? J'avais protesté. On ne meurt pas d'émotion. Mais lui, le chef des urgences, de me répondre de sa voix suffisante : *Bien sûr que si. Une crise cardiaque peut survenir dans le cas d'une immense douleur, souffrance physique ou affliction morale. On appelle ça le syndrome du cœur brisé. C'est très sérieux, même si ça sonne romanesque. En clair, le cœur n'arrive plus à supporter la charge de douleur. Sans savoir le processus exact, on suppose que c'est le cerveau qui lui envoie le signal d'arrêter.* Et le légiste, plus gentil, de m'expliquer : *Ça ressemble à un infarctus et c'est ce que les ambulanciers ont cru en arrivant. L'exploration nous prouve que ce n'en était pas un. Le muscle cardiaque est normal, aucune artère ne se bouche, mais si vous regardez bien le cliché, là, vous distinguez une crispation sur le ventricule gauche, comme sous la serre d'un aigle. Et c'est le mot : quelque chose lui a serré le cœur au point de le casser.*

« Je savais que Paul mourrait avant moi, c'était dans l'ordre des choses et je m'en sentais coupable par avance, j'en faisais presque une hantise. Mais comment imaginer qu'il mourrait par quelqu'un d'autre que moi ? Pour l'amour de quelqu'un d'autre et sans regret de moi ? Je me suis sentie tellement nulle, tellement... merdique. Une miette. Je le regardais, ce toubib, avec sa fausse compassion, et j'avais envie de lui écrabouiller la face de mes dix doigts. Le pire, c'est quand j'ai compris qu'il avait compris.

« Car tout l'hôpital savait, bien sûr.

« Qui donc dans la ville aurait pu ignorer que cet après-midi-là on enterrait le grand, l'inoubliable Bob Lockhart ? Pas besoin d'être un génie pour en déduire d'où Paul sortait, avec sa cravate de deuil et son costume anthracite. Et ce toubib avait beau être jeune, de ma génération, disons, pour peu qu'il ait eu le goût du cinéma ancien comme ça arrive parfois, il y avait des chances qu'il ait entendu cette rumeur sur les deux dinosaures. Peut-être même en savait-il plus long que moi : ce n'était pas difficile puisque Paul m'avait à peine parlé de son

attachement à Lockhart, et sans jamais en dissi-
per le flou.

« Sans jamais m'en dire l'importance ni la
durée. »

Blossom Young, Yale Club, Vanderbilt Avenue

Silhouette androgyne, voix douce, longs cheveux lisses séparés par une raie et des pommettes qui rosissent facilement, la quarantaine
venue il est encore facile d'imaginer Blossom,
sage étudiante en droit, à l'heure de sa rencontre
avec Paul Young. Dans le miroir des yeux de
l'autre, elle semble guetter, farouche, une lueur
qui tiendrait lieu d'approbation, sinon d'amour.

« Je n'ai jamais rencontré Lockhart. Je l'ai eu
deux fois au téléphone, deux fois la même nuit,
et il a été odieux. On venait de se marier, Paul
et moi. Ce type appelle, je dois lui faire répéter
son nom et, à la voix qui patine, j'entends tout
de suite qu'il a bu – mon père parlait pareil. Je
dis que Paul s'est absenté, qu'il peut rappeler
dans cinq minutes. Paul a attendu plus de deux
heures, excité comme un môme. Tant d'années
qu'ils ne s'étaient pas parlé, disait-il, et il n'en
revenait pas, recomptait sur ses doigts.

« On était le 25 juillet, je m'en souviens parce
qu'il a cru que Lockhart appelait pour lui fêter
son anniversaire. C'était autrefois un rituel entre
eux, m'a-t-il dit : le 24, Paul appelait Robert,
lui souhaitait bon anniversaire et le quittait en

334

lui disant : *Salut, vieille branche, à l'année prochaine.* Ils raccrochaient, et le lendemain soir c'était au tour de Lockhart d'appeler Paul pour lui souhaiter le sien, d'anniversaire. Ça les amusait comme des gosses. Il a fini par rappeler, la voix m'a paru plus maîtrisée même si on sentait qu'il cherchait querelle. Oublié, l'anniversaire. Ce soir-là de juillet 85, Lockhart appelait pour leur copain Hudson qui était mourant, bloqué à Paris, et que le président Reagan refusait de rapatrier. J'entendais la voix gronder à travers le combiné : *Reagan est ton grand ami, non ? Alors bouge-toi, insiste, harcèle-les, lui et sa bourgeoise. Il faut ramener Rock à la maison.* Et comme Paul disait qu'il ne pouvait pas réveiller le président ni lui forcer la main, Lockhart a explosé : *Tu me fais honte*, à un moment il criait si fort que Paul a écarté l'écouteur de son oreille et j'entendais l'autre s'égosiller, hurler : *Va te faire foutre, Young, va te faire foutre jusqu'à l'os.* Paul a raccroché, tout pâle, tout gris. À l'époque, je ne savais pas de quoi souffrait Hudson – Paul ne prononçait jamais le mot sida – mais je devinais que cette affaire d'avion était un écran de fumée, prétexte à cracher une très ancienne et lancinante bile.

« Une passade, prétendait-il, et je le croyais – pourquoi pas ? Seule avant moi avait compté la mère de ses enfants. Sur elle, Lucy, il était intarissable.

« Et j'apprends que l'histoire avec Bob a duré sept ans, voire plus. Sept années, ce n'est pas une passade, non.

. . . .

« Après coup, je comprends mieux pourquoi l'obsédait la parution de cette biographie sauvage de Lockhart. Il s'en était fait une montagne et vous avez vu ? La montagne a accouché d'une souris. Ni révélation ni fracas. Un album photo, tout au plus. Sans la double mort spectaculaire des protagonistes, il ne s'en serait même pas écoulé cent copies, dit-on. Qui donc ça peut intéresser ? Qui a envie de se souvenir ? Qui veut les voir ressusciter ? On s'en fout, d'eux.

« Pardonnez ma colère. Je finirai par accepter, un jour ou l'autre.

« J'avais seulement oublié que Paul avait été jeune, d'une jeunesse que je ne connaîtrais jamais. Vivre avec quelqu'un qui a deux fois votre âge, c'est comme prendre un roman au milieu, mais un roman dont la première moitié aurait été arrachée ou bien noircie, rendue illisible.

« Que Paul ait aimé un homme à un âge où je n'étais pas née et mes parents encore des enfants, soit. C'est si loin, un autre espace-temps, comme un autre langage. Ça m'échappe tellement que ça ne pèse pas, c'est insignifiant. Mais qu'il continue d'aimer ce vieux beau décati, alors que je suis là, moi, que je suis jeune, et peut-être pas si vilaine... Ça, c'est dur à réaliser.

« Vous pouvez me trouver idiote ou insensible, mettez-vous juste à ma place un instant :

vous iriez soupçonner, vous, qu'entre ces corps flétris et diminués puisse circuler un désir si violent qu'il fasse lâcher un cœur ?

« Je me suis forcée à les maudire. Je les abîmais, je les défigurais, je les faisais minables, des amants cacochymes et disharmonieux. Un jour j'ai eu ma punition, un juste retour du fouet. Une discussion que j'ai surprise au ranch entre Mark, le fils cadet de Paul, et son épouse. Pour eux comme pour la plupart des gens, le ridicule ce n'était pas deux vieux types ensemble, non : le grotesque et le disparate, c'était ce duo d'âges absurdement différents que nous formions, Paul et moi. Je dis que j'ai surpris leur discussion mais ne croyez pas que j'écoute aux portes : elle se tenait exprès pour moi, en réalité, à quelques mètres du bureau où je me trouvais, porte grande ouverte, et les voix claironnaient pour être entendues.

« Et pour le cas où je n'aurais pas compris, un mois après le décès de Paul, les fils ont fait accrocher dans le hall du siège, à Omaha, à côté du portrait officiel de leurs parents pris à leurs vingt-cinq ans de mariage, une immense photographie de leur père avec Robert Lockhart et, au milieu, un peu écrasée, leur petite maman toute jeune actrice. Cette fois, j'ai reçu le message. Je leur ai abandonné le ranch. Un cabinet d'avocats a bien voulu de moi et je suis revenue vivre ici. New York est ma ville, après tout. New York est la ville de tout le monde. »

3. L'HACIENDA

4. NOTRE-DAME-DES-ANGES

DU MÊME AUTEUR

Au Mercure de France

MAMAN EST MORTE, *récit*, 1990, Mercure de France, nouvelle édition en 1994

LES DERNIERS SERONT LES PREMIERS, *nouvelles*, 1991

MADAME X, *roman*, 1992

LES JARDINS PUBLICS, *roman*, 1994 (Folio n° 4868)

LES MAÎTRES DU MONDE, *roman*, 1996 (Folio n° 3092)

MACHINES À SOUS, *roman*, 1998. Prix Valery Larbaud 1999 (Folio n° 3406)

SOLEIL NOIR, *roman*, 2000 (Folio n° 3763)

L'AMANT RUSSE, *roman*, 2002

GRANDIR, *roman*, 2004. Prix Millepages (Folio n° 4251)

CHAMPSECRET, *roman*, 2005

ALABAMA SONG, *roman*, 2007. Prix Goncourt (Folio n° 4867)

ZOLA JACKSON, *roman*, 2010. Prix Été du livre / Marguerite Puhl-Demange (Folio n° 5260)

DORMIR AVEC CEUX QU'ON AIME, *roman*, 2012 (Folio n° 5550)

NINA SIMONE, ROMAN, *roman*, 2013. Prix Livres & Musiques de Deauville 2014 (Folio n° 5871)

LE MONDE SELON BILLY BOY, *roman*, 2015. Prix Marcel Pagnol 2015 (Folio n° 6191)

DANS LES WESTERNS, *roman*, 2017 (Folio n° 6489)

Chez d'autres éditeurs

HABIBI, *roman*, Michel de Maule, 1987

TRISTAN CORBIÈRE, *hommage*, Éditions du Rocher, coll. « Une bibliothèque d'écrivains », 1999

À PROPOS DE *L'AMANT RUSSE*, notes sur l'autobiographie, Nouvelle Revue française, Gallimard, janvier 2002

LE JOUR DES FLEURS, *théâtre*, *in* « Mère et fils », Actes Sud-Papiers, 2004

LES COULEURS INTERDITES, *roman-préface*, *in* « Eddy Wiggins, Le noir et le blanc », Naïve éditions, 2008

ANGE SOLEIL, *théâtre*, Gallimard, coll. « Le Manteau d'Arlequin », 2011

ZOLA JACKSON, *roman*, Flammarion, coll. « Étonnants classiques », 2016

COLLECTION FOLIO

Dernières parutions

Composition CMP/PCA
Impression Maury Imprimeur
45330 Malesherbes
le 9 avril 2018.
Dépôt légal : avril 2018.
Numéro d'imprimeur : 226539.

ISBN 978-2-07-276482-0. / Imprimé en France.